KB162655

시대와의 감흥, 역사추리소설

이 저서는 2017년 정부(교육부)의 재원으로 한국연구재단의 지원을 받아 수행된 연구임.
(NRF-2017S1A6A4A01021114)

시대와의 감흥, 역사추리소설

오혜진

역락

자극적이고 매혹적인 역사추리소설 속을 거닐었던 시간들 …

내가 감상했던 최초의 소설은 무엇이었을까 문득 궁금해진다. 지금과 같이 한글을 빨리 알던 시기도 아니고 영민하지도 않아 초등학교에 가서야 처음 글을 배운 나이니 아마도 6~7살 무렵의 기억들이 나의 최초의 소설에 가닿지 않을까 싶다. 글도 모르면서 무슨 소리냐, 앞뒤가 안 맞는다 하겠지만 나는 소설을 귀로 먼저 들었다. 그래서 '감상했던'이라고 쓴 거였다. 그 당시에는 지금처럼 오디오가 발달해있던 시절이 아니었고 나는 무슨 일인지 동화책을 읽고 싶었지만 한글을 몰랐고 그래서 늘 엄마를 졸랐다. 삼남매 키우느라 아등바등 했던 엄마는 열심히 책을 읽어주다 날파리처럼 졸졸 쫓아 다니며 책을 코앞에 들이밀던 내가 지긋지긋했는지 묘수를 생각해냈다. 테이프에 녹음을 하는 거였다. 몇 권을 엄마가 녹음했는지는 기억에 남아있지 않다. 난 엄마의 구박을 피해 좋았고 엄마는 틀어만 주면 조용하니 좋았을 게다. 테이프가 늘어질 정도로 마르고 닳도록 들었는지는 모르겠지만 라디오에 테이프를 재생시켜서 평상에 누워 엄마의 목소리가 들어있는 소설을 들은 추억들은 이제 전생처럼 까마득하지만 저절로 웃음이 나는 풍경이다. 그런 그악스러움이 지금의 이 연구들의 바탕이 되지 않았을까 하는 생각을 해보곤 한다. 나에게 소설은 그냥 늘 곁에 있는 친구이자 위안처이자 길잡이였다.

그렇게 내 생과 거의 같이 갔던 소설들을 보며 궁금했던 듯싶다. 무엇이 소설을 쓰게 하고 읽게 하는가 말이다. 내 느린 공부의 원천도 그 어디쯤인가 한다. 추리소설만 탐독했던 것은 아니다. 그저 내 주변에 있는 소설들을 읽어 나갔다. 우연한 계기로 대중문학 공부를 시작했고 그 중 추리소설이 눈에 들어왔다. 〈1930년대 한국 추리소설 연구〉로 박사논문을 썼고 『대중, 비속한 취미 '추리'에 빠지다』 등의 논문집을 내며 나의 관심사는 한국의 추리소설에 자연스럽게 쏠렸다. 그리고 새로운 2000년대가 밝았고 늘 변방에 머물렀던 추리소설이 서서히 우리 문학의 많은 영역에서 두각을 나타냈다. 그것도 역사와 결합된 역사추리소설의 형태로 말이다. 궁금하지 않을 수 없었다. 몇 개의 소논문을 쓰며 무엇이 지금 역사추리소설의 출현을 만들었고 시대와 호응했는가를 본격적으로 파고들고 싶었다. 소논문 몇 개로 정리되기에는 여러모로 미흡하다는 생각이 들었다. 체계적인 정리와 분석이 필요했다. 마침 기회가 되어 한국연구재단 저술출판사업을 통해 지원을 받게 되었고, 그에 따라 연구에 걸음이 빨라졌다. 그 작은 결과물이 바로 이 한 권의 책이다.

2000년대는 90년대부터 서서히 농익었던 대중문화가 대한민국을 넘어 세계로 뻗어가던 시절이었다. 더불어 우리의 대중문화도 외국의 새로운 분위기를 재빨리 수용했고 나름의 변형과 창조를 통해 우리의 것으로 소화, 흡수도 능수능란해졌다. 그 중의 하나가 바로 팩션이다. 허구와 사실이 합쳐진 팩션은 80년대 영국과 미국을 중심으로 퍼져나갔고 90년대 들어 우리 대중문화에 서서히 스며들었다. 드라마와 영화가 먼저 민감히 반응했다. 거기에 달라진 역사관도 큰 몫을 했다. 대문자 역사, 즉 거대 담론의 역사에서 소문자 역사, 미시사로 역사관이 기울어졌다. 동시에 조선시대 일상사나 생활사에 대한 연구들도 쌓여갔다. 이런 흐름들이 드라마에서는 수라간 상궁이자 의녀인 〈장금이〉로 등장했고, 고대사에 속하는 〈주몽〉, 〈선덕여왕〉과 같은 상상력이 우세한 드라마로도 선보였다. 역사를 새롭게 본다는 것은 여러 가지 의미가 있다. 2000년대 불기 시작한 우리 역사에 대한 다시보기에는 달라진 대한민국의 위상이 바탕에 깔려 있다는 것을 눈치 채기란 그리 어려운 일이 아니다. 경제와 문화적으로 선진국임을 표방하는 OECD에 가입했고 국제적인 경기들을 치루고 우리의 각종 문화콘텐츠들이 여러 나라에서 환영받으며 그 위세를 높여갔다. 내부적으로는 '헬조선'이라는 자조가 도사리고 있지만 그럴수록 지금의 위상을 더 인정받고 싶어 하는 이율배반의 심리가 과거의 영광을 찾는 쪽으로 쏠리는 결과를 만들었다고 해도 틀린 진단은 아니리라 본다.

역사추리소설은 추리소설의 형식에 역사적 배경을 깔고 들어가는 내용의 소설이라 할 수 있다. 이 소설군은 2000년대 들어 폭발적으로 증가하였다. 역사를 보는데 그렇다면 왜 하필 추리소설의 형식을 띠었을까. 이는 90년대 이후 세계적으로 증가한 '추리서사' 콘텐츠의 범람과도 연동된다. 다양한 범죄물이 영화나 드라마로 제작되었고 문학 내부에서도 비밀을 탐색하고 찾아나서는 추리서사가 매력적인 구조를 선사했다. 그것이 교묘하게 접합되어 역사추리소설이 우리 앞에 등장하게 된 것이라 하겠다.

이 책은 그러한 사회문화적 전제들을 들여다보고 문학적 경향과 당대적 변화들을 찬찬히 훑어보면서 2000년대 역사추리소설을 보다 자세히 분석하고자 기획되었다. 총 VI장으로 구성된 이 책은 I장에서는 역사소설, 추리소설, 팩션, 역사추리소설의 개념을 짚어보았고 II장은 1930년대부터 1980년대까지 우리나라의 역사소설과 추리소설의 흐름을 통해 두 장르가 어떤 식의 발전과 변화 과정을 거쳤는지 두루 살펴보았다. 그를 바탕으로 III장에서는 1990년대 달라진 상황을 면밀하게 톺아보았다. 이는 2000년대를 이해하기 위한 기본 바탕이기도 하고 1990년대 시작된 역동적인 문화 사회상의 변화를 통해 보다 탄력적인 이해를 심기 위한 작업이었다. 이인화의 『영원한 제국』을 시작으로 역사추리소설의 첫 장이 써졌고 이후 그야말로 물밀 듯이 작품들이 쏟아졌다. IV장은 김탁환, 이정명, 오세영, 김다은 작품을 중심으로 역사추리소설의 내용과 형식을 보다 깊숙이 파헤쳐보았다. V장은 이 네 작가의 작품을 중심으로 하여 여러 역사추리소설들을 합해 그 공통점을 찾는데 주력하였다. 그 특징을 네 가지 정도로 수렴해 보았다. VI장은 2010년대의 몇 작품을 통해 패러디를 통한 새로운 활로 개척 상황과 전체적인 마무리를 지었다. 이 책의 내용들은 이 작업을 해오기 전과 과정 중에 발표되었던 소논문들이 맥락에 맞춰 수정된 형태로 일정 정도 들어가 있다.

거의 동시간대의 연구이고 계속해서 나오고 있는 소설 군이기 때문에 여전히 이 책의 많은 부분이 미진한 것은 어쩔 수 없는 한계이자 연구자의 역량 부족 탓일 터이다. 그럼에도 이렇게 한 권의 책을 냄으로 한 시대를 풍미했던 문학을 나름대로 정리하고 새롭게 그 의의를 찾아줬다는데 나름의 역할이 있지 않을까 하는 바람이다. 더불어 우리나라 추리소설의 끊임없는 변천사를 1930년대를 지나 현재까지 훑었다는 개인적인 연구의 열매라고 여겨보기도 한다.

이 책을 쓰는 3년 동안 많은 일들이 개인적으로 있었다. 전대미문의 전염병, 코로나 19로 인해 일상은 바뀌었고, 한 번도 해보지 않았던 온라인 강의를 하느라 시행착오를 겪어야만 했다. 그 정신없는 와중에 작년 3월, 열흘의 간격을 두고 너무나도 소중했던 두 분이 내 곁을 떠났다. 20여 년에 걸친 나의 거친 연구를 지금까지 할 수 있도록 이끌어주시고 바탕을 놓아주셨던 지도교수 김홍식 선생님이 암으로 소천하셨다. 재작년 얼굴을 뵌 이후로 그렇게 허망하게 떠나보냈다. 바다로 돌아가신 선생님의 명복을 다시 한 번 빈다. 그리고 아버지가 가셨다. 육친의 죽음 앞에서 내가 할 수 있는 일이 거의 없었다는 게 너무나 처절했고 아팠다. 지금은 그곳에서 편안하게 아프지 않고 계시리라 믿는다. 사랑하는 아버지 영전에 이 책을 바친다. 엄마의 건강과 마음의 평화를 이 책을 빌려 간절히 기원해본다.

책이 나오기까지 늘 그렇듯이 가족들의 응원과 지지가 없었다면 가능하지 않았을 것이다. 넘실거리는 감정의 파도를 함께 넘어주고 다독여주는 동반자이자 평생의 벗 고현욱 씨에게 내내 고마울 따름이다. 이제는 성인이 되어 든든하고 조용히 곁을 지켜주는 아들 고승환과 언제나 엄마의 마음을 헤아려 주고 안아주는 딸 고은결에게 무한한 사랑과 믿음을 보낸다.

남서울대 장영희, 안기수, 허만욱, 유권석 교수님들께도 언제나 함께해주시고 격려주심에 늘 감사하다. 그 외 많은 동료 선생님들께, 일일이 이름을 밝히진 못하지만 이 자리를 빌려 고마움을 대신한다. 선뜻 출판을 결정해주신 역락 출판사의 박태훈 이사님께도 큰 빚을 지었다. 생각

보다 훨씬 더 멋진 책으로 만들어주신 이태곤 편집이사님과 강윤경 대리님, 디자인 최선주 과장님께 노고를 치하함과 더불어 심심한 감사를 올린다.

조금 시간이 지나 우리의 후손들이 역병이 돌았던 이 시대의 비극을 추리소설의 형식에 음모론 혹은 지구의 저주와 같은 내용으로 그 진실을 파헤칠지도 모르겠다는 엉뚱한 상상을 해본다. 결국 모든 문학은 시대와 만나 날줄과 씨줄을 엮어 만든 이야기일터이다. 역사추리소설은 거기에 역사를 주된 배경으로 범죄와 비밀이라는 첨가제를 넣어 그 맛을 좀 더 자극적이고 매혹적으로 만든, 그래서 지금 이 시대가 원하는 '감정'과 '흥'을 담아낸 장르라 할 수 있겠다. 그 맛에 빠져 지금의 시절을 견뎌내는 것도 한 방법이리라 본다. 그런 역사추리소설의 매력이 이 책을 통해 조금이라도 가닿았다면, 그래서 역사추리소설 속으로 한 발 더 다가서게 되는 계기가 된다면 그것 하나로도 이 책의 작은 땀방울들이 의미 있으리라 여기며 머리말을 마친다.

2021.08.18.

역병의 시대를 건너며 오혜진 쓰다.

| 차례 |

Ⅲ. 2000년대 꽃피는 '역사' 및 '추리' 콘텐츠

Ⅳ. 주요 작가 및 작품 분석

VI. 2010년대 이후의 역사추리소설

저술서의 일부분은 다음의 논문을 저술서의 맥락과 흐름에 맞추어 넣었음을 밝혀둔다.

Ⅱ장 3.2 — 「역사추리소설의 진원지에 대한 고찰—이인화의 『영원한 제국』을 중심으로」, 〈어문론집〉, 2016.9.

Ⅳ장 1절 — 「김탁환의 백탑파 시리즈에 대한 고찰」, 〈어문론집〉, 2018.12.

2절 — 「팩션으로 키운 민족적 자긍심」, 〈어문론집〉, 2020.3.

Ⅵ장 2절 — 「패러디를 통한 추리소설의 영역 확대—김재희와 윤해환의 작품을 중심으로」, 〈어문론집〉, 2015.6.

더불어 저술서 다음 부분은 아래 논문의 일부분을 가져왔음을 밝혀둔다.

Ⅳ장 3.1 — 「계몽과 낭만의 소통, 역사추리소설로 거듭나다」, 〈어문론집〉, 2009.3.

3.2 — 「역사추리콘텐츠, 활자를 거쳐 영상으로 꽃피우다」, 〈한민족문화연구〉, 2010.5.

I.

역사추리소설이란 무엇인가

1. 팩션과 역사추리소설 그리고 역사소설, 추리소설

장르문학은 추리소설, 역사소설, 로맨스, 판타지, SF 등과 같이 각각의 명명된 내용과 형식에 따라 창작자와 수용자가 공유하는 일련의 관습들(conventions)과 규칙들(protocols)을 지닌 서사를 일컫는다. 이들은 주로 소설의 형태로 드러나는데, 관습들과 규칙들은 몇몇 선구적인 작가들이나 전형적인 작품들에 의해 형성되고 창작자와 수용자들이 동시적으로 만들어가기도 한다. 장르문학은 소위 순수문학이나 본격문학과는 다른 법칙과 세계관의 작동으로 인해 상업적이거나 대중적이라는 폄훼를 받는다. 특히 장르문학의 역사나 작품에 대한 국문학계, 비평계의 외면은 그러한 잘못된 선입견을 심어주는데 한몫을 한 게 사실이다. 그러나 이들 장르문학이 우리나라에서는 상업적이거나 대중적 이기보다 차라리 마니아적 성향이 강한 게 아이러니한 현실이다. 영국, 미국 등 서구에서 장르문학은 그 자체로 긴 역사를 지니며 탄탄하게 자리 잡고 있다. 판타지, SF, 추리소설 등이 그들의 문화와 역사의 세례를 받고 탄생한 장르라는 점을 고려한다면 당연하겠고 대중적 파급력 또한 크다. 미국의 경우 로빈 쿡이나 존 그리샴처럼 장르문학 작가들이 커다란 환영을 받고 있다. 서구의 장르문학은 관습 그 자체에 머물기 보다는 끊임없는 변화와 진화를 통해 다양한 형태로 출몰을 거듭한다. 그 수용의 폭은 장르라는 관습 속에 내재된 '보편성'의 힘을 갖고 여러 문화에 확산되는 양상을 보여준다.

이 책은 역사소설과 추리소설이 합쳐져 만들어진 역사추리소설에 초점을 맞추고 있지만 장르문학에 이제까지와는 다른 시각을 보일 필요가 있음을 우선 주장한다. 리얼리즘과 모더니즘이라는 양 갈래의 문학적 지형 속에서 우리 문학의 운신 폭은 더욱 좁아졌고 급기야 1990년대 들어 스스로 터부시했던 장르문학의 관습들과 규칙들을 은근히 포섭하며 새로운 문학의 길을 열었던 것은 엄연한 현실이다. 물론 그 이전부터 많은 작가들은 다양한 장르문학의 서사들을 산발적으로 흡수하며 자신의 문학적 영역을 확장시켰는데 우리 현대 문학의 만수기였던 1930년대 김동인, 채만식부터 이청준, 이문열 등을 거쳐 최근의 김연수, 편혜영, 윤고은, 정유정 등의 작가들이 대표적이다. 이제는 "장르적인 문법의 제한이라는 전제조건 속에서도 작가만이 가질 수 있는 스타일과 언어의 고유성, 나아가 우리 시대의 삶에 대한 진지한 문제의식을 획득"해내는 것이 "장르 속에서 장르를 넘어서는 일"이고, 이것이 곧 "상품이라는 외적 형식 속에서도 상품의 논리를 넘어서는 일에 해당된다"[1]는 의견에 귀 기울어야 할 때인 셈이다. 따라서 지금 우리 문학에 시급한 일은 대중의 입맛

1 서영채, 「멀티미디어와 서사」, 『소설의 운명』, 문학동네, 1996, 68~69쪽.

에 영합하는 것을 비판하고 지적하는 것이 아닌 이들 문학이 우리의 삶과 일상에 어떠한 의미와 성찰을 주었는가, 대중 독자들과 어떻게 호흡하고 반응했는가에 관심을 기울어야 할 때이다. 그렇다면 우리의 첫발은 이 매력적인 장르, 역사추리소설이 무엇인지부터 아는 것일 터이다.

역사추리소설을 살펴보기 전에 우선 역사소설과 추리소설 및 팩션에 대한 개념 정립이 필요하다. 이는 역사추리소설이 그 자체로 완결된 장르 개념이기보다 다채로운 빛깔의 문화와 문학이 합쳐지고 섞인 모습을 보이기 때문이다. 따라서 이 개념들에 대해 정리한 후 역사추리소설에 대한 접근이 이루어지는 것이 타당하다 여겨진다. 역사소설과 추리소설은 서구적 개념의 장르소설에 해당한다. 우선 각 장르가 어떤 식으로 서구에서 구축되었고 우리나라로 넘어왔는가를 살펴보는 것이 급선무다.

서구에서 역사소설은 루카치가 지목했던 월터 스콧(Walter Scott)의 『웨이벌리(Warerley)』(1814)부터 시작하여 19세기 후반에서 20세기 초 빅토르 위고(Victor M.Hugo)의 『1793년』(1874)이나 톨스토이의 『전쟁과 평화』, 하인리히 만(Heinrich Mann)의 『앙리 4세』(1938)에서 꽃 피고 최근의 댄 브라운 등을 위시한 팩션화 된 역사추리소설까지 이어진다. 역사소설은 "역사문학의 한 형태로서 지난날의 역사적인 시대를 배경으로 특별한 역사적인 인물이나 사건을 재현 또는 재창조하는 소설"[2]이나 "역사적인 소재를 허구적인 서사 원리에 의해 구성하는데, 역사적 사실과 허구적 요소가 서로 결합되면서, 역사의 문제를 현실 속에서 미학적으로 조망할 수 있는 가능성을 열어놓"[3]는 등으로 크게 정의내릴 수 있는데 그 성립요건으로

2 류재엽, 『한국근대역사소설연구』, 국학자료원, 2002, 20쪽 재인용.

소재의 역사성과 작가의 역사의식을 우선 조건으로 꼽는다.[4] 더불어 역사소설은 지금 현재이거나 너무 가까운 과거보다는 어느 정도의 시간적 격차를 필요로 하는데 "통속적 전기류나 중세의 로망과 구분되는 '근대적인 장편소설'로서 현재와 획기적으로 구분될 수 있는, 적어도 두 세대 이전의 과거사를 명백히 역사적 과거라는 의식하에 형상화한 소설"[5] 등으로 그 범위에 관한 정의가 요구되기도 한다. 형식이나 내용과 더불어 역사적 사실을 소설로 형상화하는 데는 현실에 대한 인식이 선행되어야 한다는 루카치의 말처럼 작가의 가치관과 더불어 "현재 사회의 문제에 대한 역사적 이해의 증대 그리고 생활감정의 역사화가 문학적으로 표현된"[6] 것으로서, 그 시기의 역사의식의 형성 및 성장과 맞물려 탄생한다. 이러한 역사소설에 대한 정의와 더불어 이어져온 서구 역사소설의 흐름은 19세기 초 허구적 인물들을 소재로 현재를 역사적으로 이해하기 위한 목적에서 출발, 1848년 프랑스 혁명 이후에는 부르주아 사실주의의 영향 아래 현실 도피적 경향을 보이다가, 19세기 말과 20세기 초에는 작가가 역사적 실존인물과 실제 배경을 자기 시대의 상황에 맞게 재해석함으로써 문학적으로 되살려냈고, 전체주의 시대에는 독재정권에 대항하는 경향을 보였으며, 제2차 세계대전 이후 오늘날에는 역사적 소재로써 추리나 스릴러 등 환상적 세계를 만들어가는 흐름으로 나아간다고 할 수 있다.[7]

3 권영민, 『한국현대문학사1』, 민음사, 2002, 540쪽.

4 이지영, 「한국 현대 역사소설에 나타난 역사의식 연구」, 〈한국말글학〉 제31집, 2014.12, 158쪽.

5 강영주, 『한국 역사소설의 재인식』, 창작과비평사, 1991, 18쪽.

6 루카치, 이영역 역, 『역사소설론』, 거름, 1999, 64쪽.

7 최성철, 「역사이론의 앵글에 잡힌 역사소설」, 〈한국사 시민강좌〉 제41집, 2007.8, 262~

우리나라도 1920년대부터 새로운 영웅 출현을 희구하는 시대적 분위기에 맞물려 근대적 의미의 역사소설이 만들어지기 시작한다. 중국에서 들여온 양계초의 「청국무술정변기」, 「월남망국사」, 「이태리건국삼걸전」, 「라란부인전」, 「세계최고민주국」 등이 구한말 번역되어 널리 읽히기 시작하였고 이와 유사한 역사, 전기 소설이 등장하였다. 이 무렵 신채호가 쓴 「대동 사천년 제일대 위인 을지문덕」, 「수군 제일위인 이순신전」, 「동국거걸 최도통전」, 「천개소문전」, 「강감찬전」 등 나라를 구했던 영웅호걸 들을 앞세운 역사소설은 처참하게 무너져 내리는 현실을 극복하기 위한 한 방편으로 작용하기도 하였다.

에드거 알란 포(Edgar Allan Poe)로부터 시작된 추리소설은 18세기 서구의 산물이다. 이 세계의 감춰진 음모를 논리와 이성, 실제적인 증거와 과학적 수색에 의해 범죄나 인간 심리까지 파악할 수 있다는 서구인들의 문화적 기대가 모여 낳은 것이 '추리소설'이다. 추리소설에는 서구인들의 이성과 낭만을 모두 충족시키는 '탐정'이 존재한다. 여전히 세계인의 사랑을 받고 있는 탐정의 대명사 '홈즈'는 서구인들의 이성 제일주의와 영웅을 그리는 낭만성이 절묘하게 결합된 인물이다. 전형적인 추리소설(classical detective story)에서 스릴러(thriller)와 범죄소설(crime novel), 스파이 소설, 서스펜스(suspense) 등 추리소설에도 여러 갈래가 존재한다. 미스터리는 전형적인 수수께끼 형 내지 퍼즐 형이고 하드보일드나 스파이 소설, 스릴러 등은 범죄소설의 성향으로 기운다. 미스터리 추리소설은 구조적 측면에서 두 개의 이야기를 가정하는데 범죄의 이야기(과거)와 수사의 이야기(현재)

263쪽 정리.

가 그것이다. 여기서 중요시되는 것은 탐정이나 경찰, 형사 혹은 탐정에 해당되는 인물이 벌이는 현재적 관점의 수사 이야기이다. 이 과정에서 범죄가 발생하게 된 정황에 대한 방법론적 해결이나 조사의 합리성, 수수께끼 풀이나 단서 등이 흥미를 유발한다. 독자와 더불어 펼치는 지적인 게임은 대부분 탐정의 승리로 끝나며 영웅적인 모습이 부각된다. 전형적인 장면은 '사건 조사의 의뢰－범죄와 단서들의 발견－심문과 토론, 고백－사건 공표와 폭로' 등이다. 탐정은 특히 사건 공표와 폭로 등을 도맡아 하며 소설의 클라이맥스를 주도적으로 이끈다. 그에 반해 범죄 추리소설은 훨씬 유연한 구조를 지니고 있다. 탐정이나 범인에 대한 감동과 그들과의 동일시를 중요시하고, 격렬한 신체적 움직임을 동반한 모험, 폭력들, 그리고 주요 인물들이 누비고 있는 사회나 범죄 등에 초점이 맞춰진다. 서구의 추리소설은 미스터리에서 범죄 추리소설로 그 범위와 영역이 차츰 확대되고 있는 양상이다. 심리 추리소설이라 일컫는 서스펜스도 사실상 범죄 추리소설의 한 영역에 해당된다.

추리소설은 역사소설에 비해 근대적 면모가 더 강한 낯선 장르라고 할 것이다. 그렇지만 조선시대 송사소설이나 도적떼가 등장하는 소설 등과 내용이 공유되는 부분이 있어 흥미롭다. 이인직의 신소설 『쌍옥적』(〈제국신문〉, 1908.12~1909.2) 등에는 '정탐소설'이란 명칭이 붙기도 하였다. 1920년을 기해 외국의 많은 추리소설이 번역, 번안되었고 그 중 모리스 르블랑과 코난 도일의 작품이 큰 인기를 끌었다. 1930년대 김내성부터 시작된 우리의 추리소설은 "미스터리 추리소설이나 미스터리 추리소설과 범죄 추리소설의 혼합된 형태 혹은 스릴러 등을 두루 지칭하는 것"[8]으로 여러 가지 성격이 혼합된 형태가 주를 이룬다. 김내성에 의해 우리만의 추리소설이 탄탄히 자리를 잡는다.

역사소설과 추리소설에 대한 기본적인 개념을 바탕으로 하여 팩션에 관해 접근해 볼 필요가 있겠다. 팩션은 역사소설과 추리소설을 합친 역사추리소설을 이해하기 위해 짚고 넘어가야 할 개념에 해당된다. 특히 최근에 등장한 이 단어는 대중매체와 밀접하게 관련되어 있다. 팩션이란 'fact(사실)'와 'fiction(허구)'이 결합된 말이다. 소설은 주로 역사물의 형태로 나타나는데 역사라는 실재했던 사실에 상상력을 가미한 형태가 그것이다. 물론 팩션이 추리물의 한 종류라는 것은 잘못된 인식이며 "역사추리소설이나, 역사를 소재로 해서 소설가의 상상력이 들어있다고 다 팩션이라고 부르는 것은 잘못된 것"[9]이라는 비판도 존재한다. 역사추리소설이 모두 팩션이 아닌 것은 분명하다. 그럼에도 팩션은 상당히 큰 범주를 아우른다. 사실 팩션이란 정의를 놓고 본다면 대부분의 소설이 해당된다고 할 정도이다. 1960년대 미국에 텔레비전이 보급되면서 스크린에 독자를 빼앗긴 소설가들의 위기의식에서 비롯, '뉴저널리즘'의 기치 아래 작가들은 픽션과 팩트의 엄격한 구분을 없앤 이른바 '팩션'에서 소설문학의 새로운 가능성과 활로를 찾은 것처럼[10] 우리나라의 경우도 1990년대 이후 팩션을 통해 새로운 활로를 모색한 흔적이 역력하다. 더구나 최근 문학에서 사용되는 팩션이란 용어는 역사물의 성격을 띠고 있는 것이 대

---

8 졸고, 『1930년대 한국 추리소설 연구』, 어문학사, 2009, 37쪽.

9 이문영 · 최희수, 「팩션 용어의 무분별한 사용에 대하여—팩션 소설이란 무엇인가」, 〈글로벌문화콘텐츠학회 하계학술대회〉, 2017.6, 176쪽.

10 강은모, 「세계화의 관점에서 본 팩션의 가능성」, 〈국제한인문학연구〉 제12호, 2013, 11쪽.

부분이기 때문에 역사추리소설은 팩션의 일종이라 할 수 있을 것이다.

역사추리소설이란 방점을 어디에 두는가에 따라 해석이 달라질 수 있겠지만 범박하게 보자면 추리소설이라는 전형적인 장르에 '역사'가 내용을 이루는 소설이라 하겠다. 우선 팩션은 대중매체를 통해 신속하게 전개되었고, 소설은 팩션이라는 커다란 울타리 안에서 역사추리소설이라는 장르적 속성을 개진해 나갔다. "팩션은 그 어느 장르보다 상호매체성이라는 현 시대의 문화의 특성에 가장 적합한 장르"[11]라는 말처럼 여러 형태를 보여준다. 역사추리소설과 기존의 역사소설이 어떤 차이를 보이는가 살펴보았을 때 다소 불분명한 지점이 존재하다. 제임스 시몬(James Simmons)의 분류에 의하면 현재의 역사추리소설은 '가장적'과 '창안적' 역사소설의 중간 정도에 자리 잡는다고 볼 수 있다.[12] 가장적 역사소설은 역사적 사실과 시·공간적 배경을 차용하여 역사적 사실에 기반하며 작가의 문학적 의도에 따르면서도 작가의 상상력과 문제의식이 서사의 방향성을 결정하는 데 중요한 요소로 작용한다. 따라서 가장적 역사소설의 경우 독자의 기대는 역사 서서와의 연관성에 있다기보다는 역사적 사건이나 상황에 대한 작가의 시각, 작가의 해석, 작가의 지향성을 살펴보는

---

11 강은모, 「세계화의 관점에서 본 팩션의 가능성」, 앞의 글, 7쪽.

12 공임순은 제임스 시몬의 논의를 도식화하여 다음과 같이 표로 만들었다.

역사소설의 분류	역사와의 정도	독자의 기대	시간	작가의 위치
기록적	역사	역사적 기대	가까운 과거	역사가인 소설가
가장적		기록적, 창안적인 역사소설의 중간 형태		
창안적	소설	허구성에 대한 관습적 기대	먼 과거	소설가

공임순, 『우리 역사소설은 이론과 논쟁이 필요하다』, 책세상, 2000, 134쪽.

데에 집중된다고 하겠다.[13] 기존의 역사소설이 '역사의식'을 매개로 총체성에 대한 인식이 가능하다는 견해가 지배적이었다면, 역사추리소설은 그보다는 허구와 오락, 정보에 치중했다고 볼 수 있다. 더구나 추리소설이라는 형식이 버티고 있는 상황이라면 역사소설이 보여주리라 기대하는 '사실'과 '역사관'은 자연스럽게 후퇴할 수밖에 없다. 역사추리소설은 형식적으로는 추리소설을 취하고 있기 때문에 대부분 탐정이라 불릴 만한 인물이 등장한다. 직접적인 탐정보다는 사건의 당사자나 연루자가 어쩔 수 없이 휘말려 사건을 조사하고 해결하는 경우가 대부분이다. 이 때 전형적인 추리소설에서 보여주는 범죄가 역사추리소설에서는 역사적 사실의 중요한 어떤 부분과 맞닿아 있는 경우가 많다. 여기에 빈틈과 공백이 가득한 조각난 파편들인 역사적 사실을 재구성하려는 역사가의 상상적 추론이 필수적으로 요구되는[14] 역사가의 역할이 감춰진 진실을 조각 맞추기 하여 재구성하는 '탐정'으로 변신하는 것은 그리 어려운 일이 아니다. 이 부분이 역사추리소설만의 매력이나 특징인 경우라 할 수 있겠는데 차후 2000년대 역사추리소설을 분석하면서 밝혀질 부분이다.

2000년대 역사추리소설은 기존의 역사소설과 추리소설이 가지고 있는 장점과 특색을 수용하면서 우리만의 새로운 문법을 만들어내고 있다. 앞으로 그 내용을 보다 면밀하게 살펴보게 될 것이다.

---

13 공임순, 『식민지의 적자들』, 푸른 역사, 2005, 102쪽.

14 박진, 「한국형 팩션—역사소설이라는 이름의 혼종 지대」, 〈기획회의〉, 2007, 57쪽.

2. 기존의 논의들과 앞으로의 전개에 관해

역사소설과 추리소설은 앞에서 잠시 살펴본 바대로 각자의 장르적 특징이 존재한다. 역사소설에 관련된 논문들은 매우 방대하다. 그 중 최근의 연구들을 중심으로 정리해보았지만 그 외 많은 논문들과 연구들에 빚지게 될 터임을 밝힌다. 추리소설에 관한 논문들 역시 마찬가지이다. 공임순의 『우리 역사소설은 이론과 논쟁이 필요하다』(앞의 책), 김병길의 『역사소설, 자미(滋味)에 빠지다: 새로 쓰는 한국 근대 역사소설의 계보학』(삼인, 2011), 이주형의 「한국 역사소설의 성취와 한계」, 『현대 한국문학 100년』(민음사, 1999), 이지영의 「한국 현대 역사소설에 나타난 역사의식 연구」(〈한국말글학〉, 2014.12), 조영일의 「역사소설이란 무엇인가: 근대문학 속의 역사소설」(〈문화/과학〉, 2010 가을), 졸저 『1930년대 한국 추리소설 연구』(앞의 책), 『대중, 비속한 취미 '추리'에 빠지다』(소명, 2013), 이정옥의 「1950~60년대 추리소설의 구조 분석」(〈현대문학이론연구〉 제15집, 2001) 등이 대표적이다.

역사추리소설에 대한 최근의 연구들은 개별 작품에 대한 분석이 아직까지는 대부분이다. 김영성의 「한국 역사추리소설에 투사된 대중의 서사적 욕망」(〈국제어문〉, 2008.8), 문흥술의 「역사소설과 팩션(faction)」(〈문학과환경〉, 문학과 환경학회, 2006.12), 박유희의 「한국 추리서사에 나타난 '탐정'표상」(〈한민족문화연구〉, 2009.11), 박진의 「한국형 팩션－역사소설이라는 이름의 혼종 지대」(앞의 글)/「역사추리소설의 장르적 성격과 한국적인 특수성」(〈현대소설연구〉, 2007.12) 오창은의 「역사소설의 확장, 역사철학의 빈곤－새로운 역사소설 테제를 위하여」(〈실천문학〉, 2008 가을), 이은자의 「역사추리소설의 대중성과 문학적 가능성: 이인화의 『영원한 제국』을 중심으로」

(〈대중서사연구〉, 1997.6), 최민용의 「사회상의 투영물, 역사추리소설: 김탁환, 『방각본 살인사건』(상 · 하, 2007, 민음사)」(〈플랫폼〉, 2008.11) 등이 그것들이다. 이 선행 연구들을 참고삼아 전체적인 틀을 잡아가는데 도움을 받으려 한다. 더불어 이후 장들에서 이루어질 세부적인 분석과 연구에 탄력적으로 적용할 터이다.

추리소설이 가진 특성과 장르적 규범은 이브 뢰테르(Yves Reture, 김경현 역, 『추리소설』, 문학과 지성사, 1997)와 싸이먼(J.Symons, *Boody Murder: From the Detective story to the Crime novel*, New York: Warner book, inc., 1993), 찰스 르젝카(Charles J, Rzepka, *Detective Fiction*, polity, 2005) 등의 이론적 연구들에 힘입었고, 졸저 『1930년대 한국 추리소설 연구』도 바탕 삼았다. 잠깐 언급했듯이 우리나라의 추리소설은 미스터리 추리소설보다 범죄 추리소설이 우세하다. 추리소설의 기본 구조는 다음과 같다. ① 사건의 발단－② 살인사건이나 중대한 범죄 발생－③ 주인공이나 탐정과 같은 역할을 맡은 인물이 사건에 연루되거나 수사 진행－④ 주변인들과 혐의자들 탐색－⑤ 사건 발생(제2의 범죄, 혹은 제3의 범죄)－⑥ 잘못된 해석, 다시 탐색과 추리－⑦ 클라이맥스(climax), 범인과 대치, 탐정 혹은 주요인물의 위험－⑧ 진실의 공표, 해결 이다. 범죄 추리소설은 전형적인 미스터리 추리소설보다는 훨씬 더 유연하고, 변형이 가능하다. 그럼에도 기본적인 추리소설의 서사 구조는 거의 비슷한데 역사추리소설 또한 그 구조를 크게 벗어나지 않는다. 장르의 규칙과 약속들을 얼마만큼 지키느냐 하는 것도 중요하기 때문에 이 서사구조에 역사추리소설이 얼마나 충실했는가도 눈여겨봐야 하는 대목이다. 그럼에도 관습이 아닌 파격과 해체 속에 어떠한 장르적 새로움을 모색했는가 하는 것 역시 놓칠 수 없는 요소이다. 얼

핏 상충돼 보이지만 익숙함과 낯설음을 동시에 밀고나갔을 때 나름의 특징이 만들어지듯 역사추리소설도 이 서사구조를 바탕으로 어떠했는지를 살펴보는 작업은 꽤나 즐거우리라 예상한다.

본격적인 이 책의 시작인 II장은 우리나라 역사소설과 추리소설의 흐름을 1930년대부터 1980년대까지 각기 훑어보는 것이다. 이 작업들은 우리나라만의 역사소설과 추리소설의 맥락을 잡고 성격을 잡아내는데 유용하리라 여겨진다. 이를 토대로 역사추리소설이 처음 등장한 1990년대 상황에 대해 시대적이고 문화적인 변화에 초점을 맞춰 면밀하게 들여다본다. 그 이전 시대와는 분명히 구분되는 1990년대의 의미와 특징 및 당대 소설들의 분위기를 통해 서서히 무르익어 가는 역사추리소설의 밑거름을 집어볼 터이다. 1994년 나온 이인화의 『영원한 제국』은 여러모로 그 첫걸음을 새긴 작품이다. 이 작품에 관해 자세하게 분석할 것이고 그것이 어떻게 2000년대 쏟아진 역사추리소설에 영향을 주고 흐름을 만들었는가 저울질 해 볼 것이다. III장은 드라마와 영화를 중심으로 역사와 추리라는 콘텐츠가 어떻게 발현되었는지 엿보려 한다. 우리 문학에서의 양상 역시 훑는다. 역사추리소설의 작가와 작품도 목록화 할 것이다. 이렇게 2000년대 역사추리소설이 나오게 된 배경을 사회 문화적 흐름과 여러 콘텐츠를 통해 살펴보는 것이 III장까지의 주된 작업이다.

가장 핵심적으로 다룰 IV장은 작품 분석이다. 아직까지 역사추리소설에 대한 통시적이고 심도 깊은 맥락의 연구들이 거의 없는 상황을 고려해본다면 이 연구의 의의는 더욱 뚜렷해 보인다. 또한 산발적으로 흩어졌던 작품과 작가 위주의 작업들을 정리하고 체계화하는 것에서 나아가 주요 작가와 작품 군을 치밀하게 분석한다. 주요 작가와 작품들을 분석한 내용을 토대로 V장은 2000년대 역사추리소설의 특징과 성향을 추출하려 한다. 이를 통해 2000년대 역사추리소설에 대한 전체적인 조망과 정리가 가능하리라 생각된다. VI장은 2010년 이후, 가장 최근의 흐름까지 살펴보며 이 책의 마무리가 될 것이다. 이러한 작업들은 향후 역사추리소설에 관한 연구를 하는데 있어 중요한 방향타로서의 역할이 되지 않을까 기대한다. 한편 당대적 관점의 이 연구는 역사추리소설에 대한 관심과 주의를 환기시키는 데도 그 역할이 있으리라 본다. 기존 문학이 가지고 있었던 여러 가지 문제점을 타개하고 새로운 길을 모색하는 하나의 대안으로 역사추리소설은 충분한 가치가 있다고 여긴다. 장르적 특성과 시대적 희구가 맞물린 이 새로운 소설의 영역은 문학의 위기라 불리는 이 시대에 활력을 제공할 수 있으리라 예감한다. 더구나 장르문학에 여전히 야박한 문단 내의 위치 재고와 독자들의 편견을 새롭게 정립하는 데에도 일정 부분 그 몫이 있다고 본다. 의외로 많은 작가들이 '추리서사'를 작품에 적극적으로 활용하고 있다. 이는 작품이 독자를 흡입하는 데 큰 역할을 하고 있음을 역설적으로 증명하는데 이 연구는 그러한 의의 또한 잡아내려 한다. 그런 면에서 보았을 때, 역사추리소설에 대한 이 연구는 문학에 활력을 더해주는 하나의 장이 될 수 있을 것이라 감히 생각해 본다. 더불어 역사추리소설의 나아갈 방향과 전망을 제시함으로써 보다 진전된 형태의 역사추리소설 생산에 힘을 보태는 것도 가능하리라 가늠해본다.

탐정의 대명사인 홈즈는 탐정이 되려는데 필요한 자질로 세 가지를 뽑았는데 지식, 관찰 능력, 연역 능력이라 하였다.[15] 대부분의 독자들이 추리소설을 보는 이유가 이 세 가지와 긴밀하게 연결되어 있기도 하다.

역사추리소설도 여기에서 크게 벗어나 있지 않다. 중요한 것은 이 추리소설의 외피를 쓴 역사소설이 2000년대라는 시대와 만나 어떤 식으로 반응하고 섞였는지를 밝혀내는 것이라 할 것이다. 그렇다면 이 글이 비록 추리소설은 아니지만 연구자의 지식과 관찰 능력, 더불어 연역 능력을 발휘하여 2000년대 역사추리소설의 성격과 특징을 밝혀내는 작업이라 여긴다면 조금은 더 흥미가 생기리라 여긴다. 자, 지금부터 우리나라 역사추리소설의 세계로 들어가, 매의 눈으로 파헤치는 모험을 시작할 것이다. 두둥!! 기대하시라.

15 Marcello Truzzi, 김주환 · 한은경 역, 「응용 사회심리학자 셜록 홈즈」, 『논리와 추리의 기호학』, 인간사랑, 1994, 180쪽.

Ⅱ.

우리나라 역사소설과 추리소설의 흐름 탐색

이 장은 우리나라 역사소설과 추리소설의 시대별 작품과 특징들을 대략적으로 훑어보는 것으로 시작한다. 근대소설이 물밀 듯이 들어온 1920년대를 거쳐 1930년대에 이르러 우리소설은 여러 가지 면에서 흥성해졌다. 대중소설의 성격을 짙게 띤 역사소설과 추리소설도 이때를 기점으로 활짝 꽃을 피웠다. 1930년대부터 1980년대까지 역사소설과 추리소설의 흐름을 간략히 살펴본 후 3절에서 1990년대 달라진 시대상황, 4절은 이인화의 작품을 살펴보며 우리 역사추리소설의 태동을 느껴 볼 것이다.

1. 역사소설의 변천사

1.1 우리만의 역사소설 다지기: 1930년대

1930년대는 1920년대 각축을 벌였던 여러 문예사조들이 그야말로 물이 오른 시절이라 할 수 있다. 20년대가 근대소설로서의 첫발을 내디디며 다양한 사조들을 넘치도록 받아들이고 소화시키지 못한 채 실험적이면서도 서툰 작품들이 많았다면 30년대 들어와서는 이러한 10년간의 과정을 겪으면서 생긴 내공과 훨씬 풍부한 스펙트럼의 작가들로 인해 리얼리즘에서 모더니즘, 대중적인 장르소설까지 제각각의 영역을 구축하고 다지던 시기였다. 출판 시장의 호황으로 독서 시장이 확대되고, 오락과 취미로서의 책읽기가 부상하면서 순수문학을 지향했던 작가들 또한 새로운 모색을 시도했다. 문학의 기능과 역할뿐 아니라 어떠한 내용과 형식이 진정한 예술의 감동과 재미를 선사할 것인가에 대한 자각이 생겼고 방법론적 실험들도 다양하게 출현하였다.[1] 장르소설로 지칭되는 작품들은 30년대 후반 들어 성행하는데 경향적인 문학으로 나아갈 길이 막혀버린 상황에서 저널리즘의 상업주의(商業主義) 성숙 등과 같은 바탕 위에 발생한 유행 현상[2]으로 보는 시각도 있었지만 이는 단순하게 규정될 문제는 아닐 터이다. 대표적인 대중소설인 장르문학은 특정한 사회적, 문화적, 역사적 상황 속에서 순환하고 있음을 기억해야 하는데, 서로 다른 장르의 경계를 규정하는 데 도움을 주는 서술의 상대적 자율성은 대중소설을 이해하는 데 필수적인 요소이다.[3]

역사소설의 경우 1920년대 말 야담운동과 함께 고전 부흥, 우리 것에 대한 연구에 힘입어 본격적으로 등장하고 1930년대 들어 상당한 수의 작

---

1 졸고, 『1930년대 한국 추리소설 연구』, 앞의 책, 56쪽.

2 백철, 『신문학사조사』, 신구문화사, 2003, 527~529쪽 참조.

3 Christopher Pawling, 박오복 역, 「대중소설: 이데올로기냐 유토피아냐?」, 『대중문학이란 무엇인가』, 평민사, 1995, 57쪽.

품이 발표되었다. 일반적으로 역사소설은 그 시대의 전사로서 현실의 당면한 문제를 해결하려는 욕구를 지니는데, 역사는 과거를 서술하고 소설은 현재적 삶을 형상화하는 것으로 역사소설은 과거의 역사를 통해 현재적 삶을 문제삼는다.[4] 구한말의 애국계몽기 때 발생한 영웅전기담으로 시작된 우리 역사소설 역시 이러한 현재적 삶을 빗대어 표현하였다. 30년대 작품들이 특히 "어두운 현실과 正面할 수 없기 때문에 취해진 文學的 태도"[5]임을 고려해보았을 때 신진 작가들보다는 기성작가들의 작품이 많았음은 의미심장하다. 박종화, 이광수, 김동인, 홍명희, 윤백남, 현진건 등 당대의 쟁쟁한 작가들이 역사소설 집필에 앞장섰다. 1930년대 들어 일본 식민지 치하의 현실은 더욱 강팍해졌고 작가들은 그 영향을 벗어날 수 없었다. 카프의 해산과 작가들의 검거 및 잦은 검열 등으로 창작의 자유를 맘껏 누릴 수 없었다는 것은 불 보듯 뻔 한 상황이었다. 그러다보니 작가들은 과거의 역사를 통해 현재의 삶을 반추하는 방식을 선택했고 그 중의 하나가 역사소설이었다. 신문 잡지의 발행이 크게 늘어난 사회적 배경도 역사소설의 부흥에 한몫했다. 신문이라는 대중적 매체에 실렸기 때문에 역사를 보다 쉽고 가볍게 접근한 점도 간과할 수 없는 부분이다. 여기에 추격이나 격투의 박진감과 남녀 주인공의 애절한 사랑이야기가 결합하여 매 회 독자의 관심을 지속하거나 권력층의 숨겨진 비화를 전해들으며 그 속에서 전개되는 성애 묘사를 엿보는 쾌감[6] 등도 많은 독자층을 끌어들이는 요소로 작용했다.

4 강옥희, 『역사소설이란 무엇인가』, 예림기획, 2003, 43쪽.

5 백철, 『신문학사조사』, 앞의 책, 523쪽.

6 김종수, 「역사소설의 발흥과 그 문법의 탄생」, 〈한국어문학연구〉 제51집, 2008.8, 292쪽.

대표적인 작품으로는 다음과 같다. 이광수의 『마의태자』(〈동아일보〉, 1926.5.10~1927.1.9), 『단종애사』(〈동아일보〉, 1928.11.30~1929.12.11), 『이순신』(1931.6.26~1932.4.3), 홍명희의 『임꺽정』(〈조선일보〉, 1928.11.21~1929.12.26/1932.12.1~1934.9.4. 1, 2차 「林巨正傳」으로 연재, 1934.9.15~1935.12.25 「火賊 林巨正」으로 연재, 1937.12.12~1939.7.4 「林巨正」/〈조광〉, 1940.10 「林巨正」으로 1회 게재), 김동인의 『젊은 그들』(〈동아일보〉, 1930.9.1~1931.11.10), 『윤현궁의 봄』(〈조선일보〉, 1933.4.26~1934.2.6), 『대수양』(〈조광〉, 1941.3~12), 윤백남의 『대도전』(〈동아일보〉, 1930.1.16~1931.7.13), 현진건의 『무영탑』(〈동아일보〉, 1938.7.20~1939.2.7), 『흑치상지』(〈동아일보〉, 1939.10.25~1940.1.16 미완), 박종화의 『금삼의 피』(〈매일신보〉, 1936.3.20~12.29), 『대춘부』(〈조광〉, 1940) 등이다. 거의 신문이나 잡지에 연재되었고, 독자들의 큰 인기를 끌었다. 이 작품들은 애국계몽기의 영웅서사의 면모를 지니면서도 근대적 역사소설로의 모습을 갖춘 것들이었다. 특히 일본에 대한 차별성과 민족 내부의 단결을 고취하고 근대적인 민족의식을 강조[7]하기 위해 1920년대 다루어졌던 위인들이 재등장하면서 시대 의식을 내세웠다.

이광수의 경우, 민족의식을 고취하기 위해 윤리적인 이념을 앞세운 작품이 많았다. 세조에 의해 왕위를 빼앗기고 결국 사약을 받고 마는 단종이라든지 신라의 비운의 마지막 태자, 혹은 충의와 애국심으로 무장한 이순신 등과 같은 인물을 내세워 반대적 인물과의 대결에서 최후를 맞는 역사적 인물을 그렸다. 이로 인해 이광수의 역사소설은 "지나치게 역사를 윤리화함으로써 오히려 의도와는 달리 허무의식에 빠"[8]지고 마는 한

7 이지원, 『한국 근대 문화사상사 연구』, 혜안, 2007, 164쪽 참조.

8 박종홍, 「일제강점기 역사소설의 세 양상」, 〈우리말글〉 56, 2012.12, 10쪽.

계를 노출시켰다.

박종화는 『삼국사기』, 『고려사』, 『조선왕조실록』, 『승정원일기』 등 편찬 자료들을 고증의 바탕으로 삼아 충실하게 소설에 재현했고 이를 통해 민족 정서를 고양하려 애썼으며[9] 해방 후 60년대까지 활발하게 역사소설을 전개해 나간다. 현진건은 사실주의적 태도를 견지하며 편하고 쉽게 역사를 소설화한 점이 눈이 띤다. 식민지 현실에 맞선 작품들을 주로 쓰던 현진건은 30년대 들어 시대적인 압박과 분위기 속에서 나름의 역사소설을 개진한다. 백제부흥운동을 내세워 저항 의식을 고취시키려다 일제의 검열에 의해 중단된 미완의 『흑치상지』나 석공이나 일반 백성을 주인공으로 내세운 『무영탑』 등은 현진건만의 특질을 잘 발휘한 작품들이라 하겠다. 그러나 한편으로 이들의 작품들은 궁중비화나 여인네들의 쟁투, 눈물이나 감정에 호소하는 등, 독자들의 흥미에 치중하는 한계를 드러냈다.

김동인과 윤백남은 역사를 더욱 상업화, 독자들의 기호에 맞춘 작품을 썼다. 이들은 특히 '야담'에 능숙했고, 김동인의 경우, 〈월간야담〉과 같은 잡지를 발행할 정도로 관심도 높았다. 1920년대 후반부터 대중운동과 더불어 야담운동도 활발해졌고, 대회 등도 열렸다.

> 야담野談이란 중국中国의 설서說書와일본의강담講談 = 그중中에도 신강담新講談을ㅅ글어다가그장長을취取하고 단短을 보甫하야그우에조선적정신朝鮮的精神을 집어너어서 절대絶代로조선화朝鮮化시킨그것을 창설創設해노은 것이

9 류재엽, 『한국근대역사소설 연구』, 앞의 책, 185쪽.

즉야담野談그것이다.[10]

대표적인 야담 강연자였던 김진구의 발언처럼 근대 야담의 시작은 통속적인 내용보다는 당대 번졌던 '고전론(古典論)'과 '복고사상(復古思想)'의 테두리 안에 있었음을 알 수 있다. 1930년대 이후 야담은 급속히 통속적이며 흥미 위주로 흘러갔고, 이것의 일부가 김동인이나 윤백남의 역사소설로 자연스럽게 녹아들었다. 윤백남의 『대도전』은 제목과 같이 대도(大盜)나 의적(義賊)에 초점을 맞추었는데, 이들은 이후 추리소설 속 영웅의 모습과 일견 유사한 점이 눈에 띤다. 김동인이나 윤백남 소설의 주인공들은 강력한 물리력으로 부패 관료의 악행을 응징하는 영웅으로 주로 형상화되는데, 도술까지 부릴 줄 아는 인물로 묘사되면서 그 신비성을 높이기도 한다.[11] 그러다보니 이 소설들은 역사적 사실에 충실하기 보다는 주인공의 영웅적 행적과 상식을 뛰어넘는 기기묘묘함을 앞세워 대중들의 희구에 가까운 가상의 역사 공간이 만들어지기도 하였다.

홍명희의 『임꺽정』 역시 의적 무리를 주인공으로 내세운 점은 앞의 소설들과 비슷하지만 당시 현실에 대한 응징과 지배세력에 대한 반대급부적인 성향이 강했다. 『임꺽정』은 그 외에도 대하 장편소설로 수많은 실존 인물과 허구 인물을 뒤섞고 기층 민중들의 삶을 사실적으로 묘사하는 등 역사소설의 한 장을 새롭게 펼친 작품으로 뽑힌다. 연산군과 명종 시절의 역사적 상황을 광범위하게 보여주면서도 봉건지배 질서에 맞서

10 김진구, 「야담출현(野談出現)의 필연성(必然性)」, 〈동아일보〉, 1928.2.5.

11 김종수, 「역사소설의 발흥과 그 문법의 탄생」, 앞의 논문, 302쪽.

일어선 하층민의 역동적인 삶과 대항을 민중적인 시각에서 접근하고 있다는 점에서 더욱 그렇다. 기존의 영웅주의나 복고적, 교훈적인 작품에서 벗어나 건강하고 살아 숨 쉬는 기층 민중들의 의지와 희망을 보여준 점도 기존의 작품과 그 결을 달리한다. 백정인 임꺽정부터 시작하여 대장장이, 갖바치, 소금장수, 서얼 등 여러 인물들의 삶이 제각각 흥미롭게 펼쳐진 후 큰 강으로 모이듯이 청석골 화적패로 뭉치는 소설의 형식도 특기할 만하다. 흥미로운 점은 주인공 임꺽정이 일관된 모습이기보다는 다층적인 면모를 보인다는 것이다. 초반부에는 모순된 신분 질서에 저항하고 현실을 변혁하려는 의지의 인물로 그려지는 데 반해 뒤로 갈수록 여자문제나 술 등으로 골치를 썩이고 때로는 잔인한 면모까지 보이는 등 다소 종잡을 수 없게 그려지는데 이는 "작가가 인물에 대하여 시종 비판적 거리를 유지함으로써, 임꺽정이 큰일을 하겠다는 의식은 가졌지만 당시에 도적집단을 이끌고서 혁명을 실천하는 데에는 역부족이었음을 그대로 보여준 것"[12]이라 하겠다. 오히려 이런 점이 전망과 희망만으로 펼쳐지는 리얼리즘 소설의 비현실성을 보다 단단하게 땅에 옭아 맨 효과이기도 하다는 점에서 작가 홍명희의 예리함이 돋보이는 지점이기도 하다. "대중의 힘으로는 어떻게 할 수 없는 사회적 문제점을 정의 편에서 해결하는 영웅의 형상은 역사적 공간 속에서 대중들에게 자기보호의 은신처를 제공"[13]한다는 의견이 이 작품만큼 들어맞는 것도 없다 하겠다.

식민지 시절의 엄혹함 속에서 역사소설은 대중들에게 역사와 민족주

12 박종홍, 「일제강점기 역사소설의 세 양상」, 앞의 논문, 24쪽.

13 이정옥, 「대중소설의 시학적 연구—1930년대를 중심으로」, 서강대 박사논문, 1999, 135쪽.

의 의식을 일깨우며 그 역할을 다하려 하였지만 역으로 그러한 시절의 탓에 당대를 대별하는 저항의식과 깊이 있는 역사의식을 이끌어 내는 데는 어려움이 있었던 것도 사실이었다.

1.2 시대의 증언과 대응: 1945~1980년대

해방 직후에는 홍경래, 홍길동, 전봉준 등의 역사적 인물들을 중심으로 한 역사소설이 많이 등장한 점이 이채롭다. 박종화의 『민족』(〈중앙신문〉, 1945.12.5~1946.11.30), 『홍경래』(〈동아일보〉, 1948.10.1~1949.8.24), 박태원의 『홍길동전』(〈조선금융조합연합회〉, 1947), 이명선의 『홍경래전』(〈조선금융조합연합회〉, 1947), 윤백남의 『회천기(回天記)』(〈자유신문〉, 1949.4.10~9.23), 채만식의 『옥랑사』(〈희망〉, 1955.5~1956.5) 등이 대표적이다. 식민지 체제를 청산하고 자주적인 정권을 수립하기 위한 과정에서 작가들 역시 시대적 소명과 민족 현실에 대한 자각으로 그 내용이 일제와는 확연히 달라졌다. '민족' 또는 '역사적 영웅'의 의미와, 그것의 형상화 방법과 관련된 문학의 시대적 '역할'이 무엇인지를 역사적 진실과 사실(史實)과의 관계를 통해서 파악하는 데 그 궁극적인 목표를[14] 두었다는 지적은 눈여겨볼 지점이다. 주로 민중 봉기나 혁명을 통해 이름을 알린 허구 혹은 실재의 인물에 관심을 둔 점은 당대의 현실에 필요한 지도자나 민족적 구상을 작가들 역시 고민했음을 알 수 있다. 역사소설이 더 이상 현실도피적인 궁중비화가 아닌 사회윤리의 혁명으로서 봉건적 모순을 비판하고 민중의 관점에서 취재해야 할

14 민현기, 「해방직후 역사소설 연구」, 〈어문학〉 제70집, 2000.6, 151쪽.

것임을 강조한 이태준의 발언[15]은 그러한 작가들의 의식을 엿볼 수 있는 한 예라 하겠다.

1950~60년대는 역사소설이 그다지 많이 나오지는 않았다. 한국전쟁이라는 너무나 참혹한 민족적 비극 앞에 과거를 돌아보고 성찰한다는 것이 쉽지 않았고 당장의 아픔과 무너진 나라를 일으켜야 한다는 국가적 과업 아래 여러 문학들은 숨고르기를 하고 있을 때였다고 할 수 있다. 그럼에도 1960년대로 접어들면서 서서히 전쟁의 상처가 회복되고 4.19 혁명과 5.16군사 쿠데타를 거치면서 새로운 의식들이 싹텄고 역사소설도 하나 둘씩 목소리를 내기 시작했다. 유주현의 『조선총독부』(〈신동아〉, 1964~1966)나 유현종의 『들불』(〈현대문학〉 연재, 1972), 최인욱의 『임꺽정』(〈서울신문〉, 1962~1965) 등이 그들이다.

1970~80년대 역사소설은 지나간 과거의 역사를 현재의 전사로서 진실되게 그리려는 루카치식의 사실주의에 가까웠고 주로 대하소설로 발표되었다. 김동리의 『삼국기』(〈서울신문〉, 1972.1.1~1973.9.29), 『대왕암』(〈매일신문〉, 1974.2.1~1975.11.1), 박경리의 『토지』(〈현대문학〉, 1969~1972, 1부/〈문학사상〉, 1972.10~1975.10, 2부/〈주부생활〉, 1978, 3부/〈정경문화〉, 〈월간경향〉, 1983, 4부/〈문화일보〉, 1992.9~1994, 5부), 조정래의 『태백산맥』, 김주영의 『객주』(〈서울신문〉, 1979.6~1983.2), 황석영의 『장길산』(〈한국일보〉, 1974.7.11~1984.7.5), 이병주의 『관부연락선』(〈월간중앙〉, 1968.4~1970.3), 『지리산』(〈세대〉, 1972.9~1978.8), 『산하』(1979), 『소설 남로당』(〈월간조선〉, 1985~1987) 등이 대표적이다. 구한말을 중심으로 한 작

15 이태준, 「전망이기보다 주장」, 〈개벽〉, 1946.3, 99쪽(민현기, 「해방직후 역사소설 연구」, 앞의 논문, 152쪽 재인용).

품들이 많은 점도 눈에 띈다. 근대적이고 서구적인 문물이 타의에 의해 물밀 듯이 들어오던 구한말은 주체성이나 민족주의 의식이 커질 수밖에 없었고, 그에 따라 역동적이고 다양한 삶의 흐름들을 그려내기에 적합했다는 것이 그 이유일 것이다. 더구나 70년대 군부독재를 거치고 들어선 또 다른 군사정권은 미국에 상당히 의존적이었고, 민족이나 통일 등과 같은 거대담론에 대한 열기가 서서히 달아올랐던 시절이었음을 감안한다면 이러한 소설 내의 움직임은 당대의 분위기를 기민하게 잡아낸 셈이다. 이것은 "한국 사회의 올바른 정체성을 파악하고 세우기 위한 우리 사회의 근대적인 주체 인식의 흐름을 반영하고 있는 작가의식의 소산"[16] 이라고도 볼 수 있다. 70년대 다소 주춤했던 역사소설은 80년대 초반을 기점으로 대하장편소설로 전개되었다. 신문이나 잡지에 연재되었다는 점도 주된 공통점이다. 1970~80년대 역사소설이 시대적 고민을 담지하는 한편 대중들의 욕망을 일정부분 호응하였는데, 무게감과 재미를 동시에 잡았다 할 정도로 대중들의 반응은 호의적이었다.

다른 소설이 주로 영웅적 주인공을 내세우고 있는 반면, 김주영의 『객주』는 1800년대 후반 조선 사회의 중심이 아닌 주변부를 떠돌아다니는 장돌뱅이나 보부상을 주인공으로 두고 그들이 머물렀던 공간, 객주를 주요한 배경으로 삼는다. "인물과 공간의 공통적인 상징성이 소설에서의 중요한 위치를 점유하고 있"[17]다는 언급처럼 이 작품은 개인의 주체성보다는 공간과 당대를 살았던 떠돌이들, 즉 객체화되거나 타자화 되었던

16 이동재, 「한국현대역사소설론」, 〈한국근대문학연구〉 제5권, 2004, 346쪽.

17 윤정화, 「1980년대 역사소설 『객주』에 투사된 대중의 復古的욕망과 유랑적 정체성 연구」, 〈한국문학이론과 비평〉 57, 2012.12, 397쪽.

이들의 삶에 초점을 맞춘다. 급격한 침체기에 빠진 소설문단이 새로운 모색의 실험으로 역사를 다루었다[18]는 긍정적인 평가에서부터 "근대로의 바람직한 지향을 외면하고, 반외세에 치중함으로써 전근대적인 질서에 안주하고 마는 복고주의적 성향"[19]을 보였다는 비판까지 여러 평가를 받은 김주영의 『객주』는 당대 역사소설의 맥을 같이하면서도 그 이전과는 다른 면모를 보인 점이 특징이다.

민중적 역사관을 뚜렷하게 보여준 황석영의 『장길산』은 1930년대 홍명희가 그렸던 세계를 80년대식으로 풀어놓은 시대의 작품이다. 이 작품은 『임꺽정』과 같이 기층민의 삶을 매우 실감나고 구체적으로 보여주었을 뿐 아니라 당대 유행했던 굿이나 민요, 풍물놀이 등을 풍요롭게 펼쳐 보이며 문화꾼으로서의 작가적 역량도 마음껏 과시하였다. 주인공인 길산과 사당패의 삶과 애환을 그리면서도 새 세상을 꿈꾸는 여러 인물군상들을 가감 없이 보여주고 있다. 『임꺽정』이 피카레스크식 구성으로 많은 인물이 주인공을 이루는 식이였다면 이 작품은 길산과 묘옥의 사랑이야기를 기둥으로 삼아 보다 집중된 양상이다. 우리 역사소설의 한 획을 그은 작품이라 할 만한 박경리의 『토지』는 상당히 긴 시간의 집필과정이 우선 눈에 띤다. 단행본 총 16권에 달하는 양과 수많은 인물을 다루었다는 점에서 가히 작가의 필생의 작품이라 할 만하며 그 문학적 완성도 또한 뒤지지 않는다. 이 작품의 주인공은 몰락한 최참판의 딸 서희와 하인

---

18 정성관, 「되돌아본 83년 문화계, 전후세대 시각으로 역사 재조명」, 〈매일경제신문〉, 1983.12.15, 9쪽.

19 김현주, 「영웅주의적 역사소설에 나타난 역사의식—김주영의 『객주』 연구」, 〈대중서사연구〉 7, 2002, 224쪽.

노릇을 했던 길상이지만 그 외에도 기층민의 바탕을 이루었던 많은 농민들과 1890년대에서부터 1945년까지 격랑의 세월 자체가 소설의 주요 버팀목이라 해도 과언이 아니다. 특히 평범한 농민인 용이와 월선의 애절하고도 안타까운 사랑과 그 외 많은 인물들의 굴곡지고 파란 많은 사연들이 굽이굽이 펼쳐지는 그야말로 대하소설의 전형을 이루었다.

조정래의 『태백산맥』은 다른 작품에 비해 비교적 최근의 현대사를 다루고 있다. 해방 이후부터 1950년 한국전쟁이 나고 휴전이 되기까지의 기간, 가장 비극적이고 첨예한 대립이 있었던 시기를 관통한다. 좌우익의 대립이 극심했던 전라도 벌교와 순천을 주요 배경으로 김범진, 김범우 형제와 염상구, 염상진 형제의 대립과 애증을 본령으로 내세웠다. 이 작품은 이전까지 반공사상에 입각한 군사정권 밑에 좌익 활동을 다루지 못했던 금기를 깨고 과감히 빨치산 활동의 정당성과 전라도 농민들의 삶을 세밀하게 그렸다는 점에서 그 의미가 매우 깊다. 또한 제주 4.3사건을 그전과는 다른 관점에서 제시하는 등 이 소설은 80년대 숨어서 봐야 하는 지식인들의 필독서가 되기에 이른다. 다루고 있는 주제의 무거움에도 불구하고 이 소설이 많은 독자층을 거느릴 수 있었던 것은 대중성 또한 확보했기 때문이다. 질펀한 전라도 사투리와 욕설, 남녀 간의 사랑과 직접적인 성적 묘사, 개성적인 인물의 생생함, 다양한 인물들의 시점 등이 소설적 재미를 이끌고 있다. 이병주의 경우도 일제 강점기와 해방 이후 이데올로기 갈등 속에서 어떤 삶을 살아야 하는가를 고민하는 작품들을 남겼다. 한편으로 작가는 '역사의 진보'라는 관념에 갇혀 '인간'을 역사에 종속된 것으로 인식하는 우리 문학의 지배적인 한 경향에 대해 반성하는 계기를 제공한다.[20]

이렇듯 1970년대와 80년대는 시대적 과제를 고스란히 인식하며 민중적이고 다층적인 주인공을 통해 역사를 진지하게 바라보려는 노력들이 팽배했던 시절이라고 봐도 무방할 것이다.

2. 추리소설의 변천사

2.1 여명기부터 김내성까지: 1930년대

조선시대 송사소설[21]에서 우리 추리소설의 맹아를 볼 수 있지만, 근대적 개념의 추리소설은 서구의 작품이 번역, 번안되기 시작하면서 본격화되었다고 보면 될 것이다. 1920년대 쏟아진 번역물 중 의외로 추리소설이 상당수 있었고, 그 영향은 추리소설의 형태로 나타나기 보다는 기법의 일부분을 차용하는 데서부터 나타난다. 액자 형식의 플롯이나 빈번한 범죄, 트릭의 사용 등 추리기법을 서술 장치의 핵심적 요소로 사용한 김동인의 「유서」(〈영대〉, 1924.8~1925.1 미완)나 임노월의 「악몽」(〈영대〉, 1924.10) 등이 그 중 도드라진다. 여기서 잠깐 아동소설로 눈을 돌려보면 뜻밖의

20 이지영, 「한국 현대 역사소설에 나타난 역사의식 연구」, 〈한국말글학〉 제31집, 2014.12, 170~171쪽.

21 송사소설이란 "송사모티브가 소설작품 전반의 구성을 주도하는 소설, 즉 송사사건의 발생과 해결이 소설작품의 발단과 결말에 해당되는 구조를 가지고 전개되는"(이헌홍, 『韓國訟事小說硏究』, 三知院, 1997, 28쪽) 고소설로 18세기 유행했었다. 정찰설화나 송사소설이 19세기 말 탐색과 범죄의 신소설을 거쳐 근대적 의미의 추리소설로 옮아가는 과정은 다음의 논문에 자세히 언급한 바 있다.(졸고, 「근대 추리소설의 기원 연구」, 『대중, 비속한 취미 '추리'에 빠지다』, 앞의 책)

사실을 발견할 수 있다. 방정환이 1920년대 중반부터 아동 추리소설을 창작했다는 점이다. 「동생을 차즈려」(〈어린이〉, 1925.2~10), 「칠칠단의 비밀」(<어린이>, 1926.4~12), 「소년삼태성」(〈어린이〉, 1929.1) 등이 대표적인 작품이다. 주인공 소년이 바로 탐정이다. 이 소년들은 중국인에게 납치된 어린 누이를 찾으러 가거나, 아니면 자신들의 부모를 찾아 떠난다. 이들은 서구의 탐정이 지닌 명민하고 이성적인 탐색과 냉철한 지성은 비록 없지만, 소년다운 용기와 순수함으로 그득하다. 방정환 소설의 여타 다른 주인공들처럼 '굳세어라 소년들'답다. 서구의 합리주의와 낭만주의가 합세해 형성된 것이 추리소설이라는 장르이다. 과학적인 지식과 합리적인 사고를 지닌 인간이라면 이 세상 어떠한 미스터리라도 풀 수 있다는 인간의 이성에 대한 믿음은 지극히 낭만적이다. 그렇다면 방정환의 소설에서 그 시대의 성장 동력인 소년들이 이를 악물고 범인을 찾는 행위는 계몽과 근대시민의 '씨앗'으로서의 자질을 고스란히 드러낸 셈이다. 아동 추리소설에서 우리만의 창작 소설이 첫발을 띠었고 그 확장은 1930년대에 가서 열매를 맺는다.

우리 추리소설은 홈즈와 같은 탐정이 등장하여 사건을 해결하는 전형적인 탐정소설(detective story)에 해당하는 미스터리 추리소설(mystery)과 범죄 추리소설(crime novel)이 혼합된 형태가 대다수다. 일본에서 이미 추리소설로 1935년 〈프로필〉이란 잡지를 통해 「타원형의 거울」로 등단한 김내성이 다시 조선 땅을 밟은 것은 1936년. 잡지 〈별건곤〉을 통해 번역 추리소설과 고전적인 형태의 추리소설을 발표하던 최유범이나 『염마(艶魔)』(〈조선일보〉, 1934.5.16~11.5)의 채만식, 『수평선 너머로』(〈매일신보〉, 1934.7.10~12.19)의 김동인 등의 작가가 한두 편 취미삼아 추리소설을 쓰던 시절에 김내성은 과감하게 추리소설만의 세계로 돌진한다. 잡지 〈조광〉의 편집진으로 우선 일자리를 얻은 그는 〈조선일보〉에 1937년 「가상범인(假想犯人)」(1937.2.13~3.21)을 시작으로 「백가면(白假面)」(〈소년〉, 1937.6~1938.5), 「황금굴」(〈동아일보〉, 1937.11.1~12.31)과 같은 아동추리소설에서부터 「광상시인(狂想詩人)」(〈조광〉, 1937.9), 「살인예술가(殺人藝術家)」(〈조광〉, 1938.3~5), 「백과 홍(白과 紅)」(〈사해공론〉, 1938.9)과 같은 '김내성표'라 불릴만한 환상적이고 기괴한 추리소설을 속속 발표한다. 이렇게 추리소설계를 평정한 김내성은 드디어 장편 추리소설 『마인(魔人)』(〈조선일보〉, 1939.2.14~10.11)을 발표하며 그 독보성을 만천하에 드러낸다. 이 소설은 장편이라는 점뿐만 아니라 김내성 추리소설의 결정체이자 1930년대를 대표하는 추리소설이라 해도 전혀 아깝지 않은, 안회남의 평처럼 "『마인』의(은) 참으로 우수한 탐정소설이라는 것을 시인"할 수밖에 없는 작품이다. 김내성의 단편소설들이 당시 유행했던 '에로, 그로, 넌센스' 코드와 연애적인 정서를 듬뿍 담은 범죄소설에 가까운 소설들이었다면, 『마인』은 그러한 김내성의 특성과 더불어 미스터리 추리소설의 성격 또한 제대로 표출하고 있다. 사회 깊숙이 뿌리내린 폭력에 대한 경험과 분위기를 칼, 총 등에 의한 자극적 범죄와 살인 등으로 묘파해냈고, 피아니스트 '주은몽'이라는 팜므 파탈을 내세워 신여성에 대한 관심과 로맨스도 자연스럽게 작품 속에 용해시켰다.

「가상범인」에서부터 출현한 탐정 유불란(劉不亂)은 뛰어난 변장술로 독자들을 사로잡은 후, 밀실사건에 해당되는 해월 습격의 진실과 은몽의 정체를 밝혀내는 등 맹활약을 펼친다. 사건이 일어난 정황과 증거, 단서들에 의해 수수께끼를 풀고 진실에 접근하는 유불란은 연역적 추리를 탁월하게 수행하는, 그야말로 근대성의 현현인 미스터리 탐정상이다. 재미

있는 점은 이처럼 냉철한 이성과 합리로 무장한 듯 보이는 유불란이 은몽과의 로맨스에 휩싸여 고뇌에 빠지면서 미스터리 추리소설의 주인공이 가지는 기계적 인간상을 살짝 비껴간다. 이는 김내성 추리소설의 시작인 「타원형의 거울」에서부터 맹아를 보인, 삼각관계를 둘러싼 애증과 복수, 치정이 보다 정제되고 세련된 형태로 드러난 것이다. 또한 채만식과 김동인의 추리소설의 로맨스적 요소를 우리 추리소설의 특색으로 다지는데 일조한다. 독자들의 반응도 뜨거웠다. 신문연재가 끝나자 단행본으로 나온 이 소설은 6천부 이상 판매라는 실적을 올린다. 이로써 김내성은 1930년대 추리소설이라는 새로운 문학의 장에 확실하게 족적을 남긴 작가로 남게 된다.

2.2 전쟁, 펄프픽션 그 안의 추리소설: 1945~1970년대

1945년 해방 이후 정치적, 이념적 대립에 따른 남, 북 간의 갈라섬은 해방정국을 그야말로 뜨겁게 달구었고, 연이은 한국전쟁은 대한민국을 혼돈 속에 빠트렸다. 휴전 이후에도 어수선한 사회분위기는 여전했고, 이는 문단에도 그대로 반영되었다. 이러한 때 1930년대 추리소설의 독보적 존재였던 김내성은 해방 후 추리소설보다는 연애나 사회상을 중심으로 한 소설들을 주로 발표한다.

추리소설에서 한발 물러선 김내성을 대신하여 1950년대에는 다양한 작가들이 출몰한다. 1950년부터 새롭게 등장한 추리소설 작가들은 그러나 문단으로부터 철저하게 외면당한다. 이는 많은 작가들이 새로운 문학의 진로를 모색하기 위해 다양한 문학적 기법에 관심을 가지고 또 추리소설이 그러한 다변화에 한몫을 하던 1930년대와는 사뭇 달라진 분위기도 한몫한다. 추리소설 작가 역시 일반 소설가와는 엄격하게 분리되며 인쇄 상태도 펄프픽션에 머무르는 등 장르소설에 대한 인식이 1930년대에 비해 현저하게 후퇴하고 마는 한계를 보인다. 또한 1930년대 등장했던 소위 딱지본 소설들이 1950년대 재출간되는데 이중 '탐정소설'이나 '연애탐정 의리소설', '탐정비극'이란 부제를 달고 나온 소설도 간혹 눈에 띤다. 『혈루의 미인』(세창서관, 1935/52), 『악마의 루』(세창서관, 1935/53), 『열정의 루』(세창서관, 1935/52), 『사랑은 원수』(세창서관, 1952) 등이 대표적이다. 이러한 작품은 작가가 밝혀져 있는 경우는 거의 없고, 빈약한 서사구조와 돌연한 결말이 문제점으로 남는다. 그럼에도 읽을거리가 마땅치 않았고, 워낙 열악한 당시의 출판 상황을 감안했을 때 딱지본 소설들이 전쟁 후 피폐해진 대중들의 오락이자 남루한 현실을 잊기 위한 수단이었다는 데 그 의의를 찾을 수 있다.

나만식의 『지하실의 미녀』(대동문화사, 1953), 『복면의 가인』(백조사(白鳥社), 1952), 서남손의 『그 여자(女子)의 비밀(秘密)』(서울 기문사, 1955), 허문녕의 『너를 노린다』(한양출판사, 1965), 『검은 독수리』(한양출판사, 1965), 『번개 쌍권총』(한양출판사, 1965), 백일완의 『황금마』(한양출판사, 1965) 등이 1950년대 이후 나온 작품들이다. 이들은 대부분 범죄 추리소설로 빠른 사건 전개와 복잡하게 얽힌 인간관계가 특징이다. 여기에 해방 전 외국의 번역된 작품들을 다시 우리식 지명이나 인명으로 고쳐 나온 딱지본에 가까운 작품들도 1960년대 들어서면 상당하다. 대표적인 작가가 바로 천불란(千不亂)이다. 정확한 이름을 파악할 수 없지만, 아마도 김내성의 유불란 탐정의 이름을 변형한 듯한데, 소위 '천불란 시리즈'라 하여 송인출판사에서 펴낸 작품이 몇 편을 이룬다. 「너를 노린다」, 「독살과 복수」, 「너는 내 손에 죽는다」, 「원한의 복수」와 같이 자극적이며 선정적인 제목에 울긋불긋한 표지로 독자의 시선을 끈다. 천불란의 「독살과 복수」같은 작품은 1935년 1월부터 1936년 6월까지 복면아(覆面兒)에 의해 〈중앙〉에 연재되었던 「마야(摩耶)의 황금성(黃金城)」을 재번안한 작품이다. 지명과 인명만 바꾸었을 뿐 내용이나 형식은 거의 동일하다. 그렇다면 천불란의 다른 작품 역시 창작이라기보다는 재번안한 작품들일 가능성이 높다.

대중문학 작가로 이름을 날리던 방인근은 『원한의 복수』(文研社, 1952)와 『국보(國寶)와 괴적(怪賊)』(진문출판사, 1962), 「괴사체(怪死體)」(영인서관, 1952) 같은 추리소설을 발표한다. 외국 작품들의 번안이나 번역이 판을 치던 시기, 방인근은 탐정 '장비호'를 등장시켜 나름의 스타일을 구축한다. 그의 추리소설은 일본의 '사회파' 추리소설의 성격과 미국의 하드보일드(hard-boiled detection) 스타일을 적절히 혼합하여 한국적 현실에 맞춘 점이 돋보인다. 특히 『국보와 괴적』은 우리나라의 국보가 일본의 밀수꾼에 의해 해외로 도굴되는 사건을 다루고 있어 흥미롭다. 당시 사회적으로 상당히 문제가 되었던 범죄를 부각시키며 한편으로 범죄를 둘러싼 비밀과 수수께끼 풀이도 소홀히 하지 않는다. 민족주의 감정을 자극, 애국심과 적개심을 적절히 버무린 이 작품은 일본과 중국을 오가며 범인을 잡는 탐정의 종횡무진 모험담을 빠른 전개로 진행시켜 나간다. 우연의 남발과 남성중심주의적 사고가 긴장도를 떨어뜨리기도 하지만, 국보가 감춰진 비밀 장소와 관련된 트릭이나 여러 인물들의 변장, 사나이들 간의 끈끈한 우정 등은 작품의 큰 기둥을 떠받치며 역할을 다한다. 1950~60년대는 허문녕, 나만식, 천불란과 같은 작가들에 의해 추리소설의 명맥을 이어갔고, 방인근에 의해 제법 탄탄한 추리소설의 다양함을 일구었다. 복수와 치정이 주요내용을 이루기는 했지만, 범죄 추리소설의 틀을 벗어나지 않은 채, 당대의 혼란스러운 사회상을 드러냈다. 따라서 이 시대는 눈에 띠지 않지만 나름대로 다양한 색채와 특징을 지닌 추리소설이 산발적이지만 펄프픽션의 형태로나마 분주하게 나온 시절로 봐야 할 것이다.

1970년대는 김성종이라는 개인에 의해 추리소설의 맥박이 뛰던 시대라 말할 수 있다. 마치 1930년대 김내성에 의해 추리소설이 자리를 잡고 명맥을 유지했듯 김성종 역시 등단 후 정력적인 작품 활동으로 추리소설계에 한 획을 긋는다. 1969년 조선일보사 신춘문예 공모에 단편소설 「경찰관」이 당선, 이어 〈현대문학〉의 추천을 받아 등단한다. 그는 1974년 〈한국일보〉 창간 20주년 기념 200만원 현상 장편소설 공모에 『최후의 증인』이 당선, 추리소설 작가로 명성을 날리게 된다. 이 작품은 「창녀의 죽음」(1974)에서부터 등장한 탐정 오병호가 주인공으로, 한 변호사의 살인사건으로부터 시작된다. 매우 진진한 사건 전개와 치밀한 플롯, 과거와 현재를 오가는 복잡한 사건의 얼개는 장편소설이 가지는 묘미를 잘 살리면서도 추리소설로도 훌륭한 완결성을 보이고 있다. 어두운 분위기와 몸을 사리지 않은 오병호의 적극적 활동은 방인근에 의해 선보인 하드보일드(hard-boiled)형 탐정이다. 운명 속에 놓인 '죄 없는 범인'들이 서서히 실체를 드러내며 감춰진 전쟁의 아픔과 참혹한 인간 군상이 제각각의 모습으로 그려진다. 또한 사건을 해결하는 과정에서 희생자들의 아픔에 동조하며 고뇌를 겪는 오병호의 모습은 이전에는 볼 수 없었던 개성적인 탐정 상으로 연출된다. 가해자인 듯 하지만 결국 역사와 복잡한 인간관계의 희생자인 황바우와 누명까지 써 가며 황바우와 손지혜의 진실을 파헤치려는 오병호라는 인물은 우리 추리소설에 새로운 인물 군이 만들어졌다는 증표이기도 하다. 범죄 추리소설의 기본적 특질을 유지하면서도 오병호의 끈질긴 추적과 진실을 향한 비밀의 '조각 맞추기'는 미스터리 추리소설이 지닌 지적 유희까지 더해져 작품의 성실함을 더욱 돋보이게 한다. 김성종은 이후 『슬픈 살인』(1972), 『여명의 눈동자』(1978), 『아름다운 밀회』(1984), 『피아노 살인』(1985), 『부랑의 강』, 『백색인간』, 『경부선특급살인사건』, 『제15열』, 『제5열』(1988) 등 신문이나 잡지에 끊이지 않고 작품을 발표하며 70~80년대 추리소설계를 이끌어간다. 또한 추리소설뿐만 아니라 다양한 소설적 실험을 통해 대중문학의 지평을 넓히고 있고 부산에 전문도서관인 '추리문학관'(1992)을 세우기도 하는 등 여전히 활동 중인 작가이다.

뛰어난 작가의 출현에 의해 1970년대의 추리소설이 그 기반을 다져갔다는 점은 고무적인 일임에도 한 작가에 의해 주도되다보니 한계가 따를 수밖에 없는 것도 사실이다. 이어진 김성종의 작품들은 과도한 성적(性的) 묘사와 폭력적이고 자극적인 소재의 범람이라는 문제점을 남겼고, 다양하고 색다른 시도들보다는 김성종 만의 스타일이 굳어지는 시대였다고 할 것이다.[22] 김성종 이외에는 1988년에 제4회 한국추리문학대상을 수상한 노원이 『죽음의 멜로디』(1975), 『악마의 일력』(1979)과 같은 작품을 간간히 발표하거나 현재훈이 한두 편의 작품을 선보이는 정도였다.

22 졸고, 「1950~90년대까지 추리소설의 전개 양상」, 『대중, 비속한 취미 '추리'에 빠지다』, 앞의 책, 82쪽.

2.3 다양한 작가 군과 새로운 움직임 - 1980년대 이후

월간 『소설문학』의 '제1회 1천 만원 고료 장편 추리소설 공모'를 통해 1985년 유우제의 「죽음의 세레나데」, 제3회 강형원의 「증권살인사건」 등이 뽑힌다. 1983년에는 '미스터리 클럽'이 '한국추리작가협회'로 정식 발족하면서 '한국추리문학대상'을 제정, 1985년 현재훈을 시작으로, 김성종, 이상우, 노원, 이원두, 한대희, 강형원, 유우제, 이수광, 이경재 등으로 수상자가 이어진다. 1970년대 데뷔하였지만 80년대 들어 활발했던 노원은 중앙정보부 7국장을 지낸 남다른 이력을 바탕으로 남북 간의 스파이 활동이나 공작을 다룬 작품을 발표한다. 「야간항로」, 「춘희는 사라졌는가」 등이 그것들이다. 오랫동안 한국일보 기자로 지낸 후 83년부터 「불새, 밤에 죽다」를 발표 한 후 본격적으로 추리소설을 써온 이상우도 80년대 빼놓을 수 없는 작가이다. 『화분 살해사건』(1984), 『악녀 두 번 살다』(1987), 『안개도시』(1987), 『여자는 눈으로 승부한다』(1989) 등 주로 장편소설을 발표한다. 그러나 이상우의 작품은 사건과 관계없이 성적 묘사가 넘치고, 인신매매나 매춘, 불륜 등 선정적이고 자극적인 내용을 주로 다루고 있어 우리 추리소설의 고질적인 문제점을 확연하게 드러낸다.

여러 문제점에도 불구하고, 스릴러적 요소가 강한 김성종의 작품들과 50만부 이상의 판매고를 올린 이상우의 『악녀(惡女) 두 번 살다』(1986), 정통 수수께끼 풀이형인 노원의 『화려한 외출』, 하드 보일드적 작풍을 가진 정건섭의 『호수에 죽다』 등의 작품이 속속 발표되었다. 그 후 백휴, 김차애, 황세연, 서미애, 정석화 등의 젊은 작가들이 등단하면서 활기를 띠었다. 더욱 특징적인 점은 이전까지 남성작가 위주로 형성되었던 추리소설 흐름이 여성작가의 대거 등장으로 좀 더 섬세한 면모를 드러냈다는 것이다. 남성작가들의 작품에 등장한 여성들이 일상생활을 교란하는 파괴적인 힘을 지닌 전형적인 범죄자나 혹은 범죄자를 양산하게 하는 '팜므 파탈'로 그려졌다면 여성 작가들은 그 팜므 파탈을 주인공으로 내세워 내밀한 심리나 정서를 깊숙하게 파헤친다. 희생자나 타자로서만이 아니라 적극적이고 감정이 살아있는 주체적 여성이 그려진다. 김차애나 서미애 등이 대표적인 작가라 하겠다.

여러 작가들의 출현에 힘입어 1989년에 창간된 〈추리문학〉은 이후 1990년대 초반 추리소설을 새롭게 하는 발판을 마련한다. 창간호에 선보인 김내성에 대한 재발견과 '타원형의 거울'을 우리말로 번역한 점도 연구적 가치를 더했다. 신인 발굴에도 박차를 가했다. 1990년 제정한 '김내성 추리문학상'을 통해 권경희, 이승영, 임사라 등도 등단한다. 미국이나 일본의 새로운 추리소설을 소개하는가 하면, 애거서 크리스티 탄생 100주년을 기념한 특집을 마련하는 등 나름대로 추리소설을 알리고 그 영역을 넓히기 위해 노력했지만, 국내 추리소설계 자체의 튼튼함이 뒷받침되지 못한 상태에서 외국 작가들의 작품과 재해석, 기존 작품들의 소개에 치중하다 보니 독자층의 저변 확대를 이끌어내는 데는 성공하지 못했다. 결국 1991년 10월호로 종간된다. 그 뒤를 이어 1994년 4월에 〈미스터리 매거진〉이 출간되었지만, 그 해 11월 총 8권으로 마감되었다.

3. 진원의 시대, 1990년대

3.1 역사관의 지각 변동과 추리서사

1990년대는 소련 및 동유럽 사회주의 정권의 붕괴와 독일 통일 등 세계사적 격변 속에서 80년대를 지배했던 전망과 현실성에 천착한 리얼리즘이 갈 길을 잃는다. 이념의 공백과 혼란 상태는 탈정치와 포스트모더니즘, 여성과 타자, 소수자에 대한 관심으로 자연스레 옮아간다. "80년대가 대중의 정서 속에서 환멸과 냉소로 정리된 다음 90년대 문학에 드넓게 밀어닥친 환멸과 냉소, 그리고 권태"[23]라는 한 작가의 일갈처럼 90년대는 거대담론과 리얼리즘 문학에 치중했었던 80년대와는 상당히 다른 결을 보여준다. 문화 산업의 급속한 팽창으로 문학이 상업적 색채를 자연스럽게 띤 것도 이 시절의 빼놓을 수 없는 대목이다. 소설 역시 이러한 흐름을 비껴가지 않았고 여기에 성 묘사의 후퇴, 과거 지향성의 강화, 진정성의 후퇴와 문학의 오락화[24] 등의 성향까지 더한다. 따라서 90년대 문학의 지배적인 현실적 조건 중의 하나가 문화 산업의 팽창에 따른 시장의 논리가 곧 상품 경쟁력의 척도로 평가되는 상황이[25] 빚어진 것은 필연적인 결과라 할 것이다.

---

23 방현석, 「청산과 전향에서 일탈과 몽상까지—한쪽 날개를 상실한 90년대 문학의 궤적」, 〈말〉, 1997, 11월호, 148쪽.

24 한만수, 「90년대 베스트셀러 소설, 그 세계관과 오락성—『소설 동의보감』, 『천년의 사랑』, 『무궁화꽃이 피었습니다』, 『영원한 제국』, 『아버지』를 중심으로」, 〈한국문학연구〉 20, 1998.3, 194쪽.

25 이광호, 「'90년대'는 끝나지 않았다」, 〈문학과 사회〉, 1999, 761쪽.

여기에 역사학계의 변화도 소설의 지각 변동에 일조한다. 우선 국내 역사학계의 두 가지 서로 다른 흐름이다. 하나는 90년대 이후로 베네딕트 앤더슨이나 독일의 신역사주의 학자들의 역사학을 중심으로 한 탈민족주의, 탈근대, 포스트모더니즘 역사학이다. 헤이든 화이트(Hayden White) 등으로 대표되는, '역사도 결국 허구'라는 급진적인 포스트모던 역사학의 관점을 빌려오지 않더라도 기존의 역사의식과는 판이하게 달라진 분위기는 이후 역사학계의 저변을 흔들었다. 여기에는 1970년대 등장한 미시사도 한몫한다. 미시사는 실명(實名)을 추적하여 한 마을 공동체나 특정 개인을 대상으로 어떤 위기나 사건에 대처하는 그들의 전략과 가치관을 미시적으로 탐색한다. 미시사가는 마치 인류학자처럼 한 지역 내에 거주하는 보통 사람들의 구체적인 삶의 모습을 세밀히 관찰하고 기록한다. 미시사는 이러한 기록들 속에서 구체적인 사건의 전말을 재구성하여 이야기식 문체로 풀어가는 역사이야기이며, 미시사의 특성상 유난히 불충분하고 불연속적인 사료의 공백을 상상력으로 채워나가는 '가능성의 역사'이다.[26] 즉 개별성으로서의 역사이기도 하다는 점이다. 이러한 흐름들은 왕조나 중요한 사건, 영웅 중심에서 이방인이나 타자, 여성, 소외된 사람들, 평범한 사람들로 역사 서술의 무게중심이 옮겨갔다는 의미이기도 하다. 이러한 인식 전환에는 푸코의 작업도 큰 몫을 한다. 그는 지식과 담론의 생산과 유통에 권력이 개입하는 방식들을 지적하며 권력에 의하여 가려진 반역사의 발굴－정신질환자, 죄수, 혹은 성적통제의 대상이 되었던 자들의 시각에서 역사 다시 보기－에 노력을 기울인다.[27] 로버트

26 곽차섭, 『미시사란 무엇인가』, 푸른 역사, 2000, 14쪽.

단턴, 자크 솔레, 필립 아리에스, 조르쥐 뒤비 등의 성, 죽음, 아동 및 고양이나 전단지와 같은, 기존 역사에서 중요하게 다루지 않았던 일면을 통해 시대를 해석하고 재구성하는 미시사적 연구들이 대중들에게까지 널리 읽히며 변화의 흐름을 넓혀갔다. 빠스깔 디비의 『침실의 문화사』(동문선, 1994), 로버트 단턴의 『고양이 대학살』(조한욱 역, 문지, 1996), 자크 솔레의 『성애의 사회사』(이종민 역, 동문선, 1996), 엘리스 피터스의 『죽음의 혼례』(이창남 역, 북하우스, 1998) 등이 대표적이다. 민족과 국가의 이데올로기와 정체성에 의문을 가하는 역사학의 근본적 문제제기는 특히 대한민국 내의 80년대 팽배했던 민족, 민중주의 담론을 비판하고 반성하는 계기를 마련하였고, 남성과 통치자 중심의 역사 해석에 균열을 일으켰다.

우리 조상들의 풍속사와 일상사에 대한 역사학계의 관심도 증폭되면서 민족이나 일상, 풍속에 대한 새로운 내러티브를 창출하는데 일조한다. 이후 조선시대에 관한 다양한 연구서들과 대중역사서들이 증가했다. 한국역사연구회가 공동으로 집필한 『조선시대 사람들은 어떻게 살았을까』(1996)와 이어 나온 『고려시대 사람들은 어떻게 살았을까』, 『삼국시대 사람들은 어떻게 살았을까』, 『우리는 지난 100년 동안 어떻게 살았을까』(역사비평사, 1998) 등 소위 '살았을까' 시리즈가 큰 인기를 끌었다. 이 책들의 의의는 우선 개인이든 집단이든 전문 역사연구자들의 대중서가 활발하게 간행된 시발점이었다는 점과 서양사학계의 생활사, 미시사 연구 동향에 힘입어 정치사 중심이 아닌 다양한 경제, 사회, 문화의 접근이 이루

27 전수용, 「TV드라마 〈뿌리 깊은 나무〉와 이정명의 원작소설」, 〈문학과 영상〉 2012 가을, 802쪽.

어졌다는 점이다.[28] 연구가들이 지닌 전문성과 쉽고 편한 서술에 상상력이나 이야기 구성 능력, 편집 기술 등이 적절히 맞아떨어지면서 대중적인 역사서의 인기는 더해갔다. 이덕일, 박은봉과 같은 역사저술가들도 이 분위기에 가세한다. 이들 역사서는 한글 전용은 물론 어려운 용어나 복잡한 설명은 피하고, 독자에게 친숙하면서 흥미를 끌 수 있고, 메시지가 분명한 서술로 구성[29]되었다는 공통점을 지닌다.

대중 매체의 변화도 만만치 않았다. 미국과 영국 등 서구에서는 80년대 들어 팩션의 증가가 매우 두드러졌다. 영국은 탐정, 스파이, 판타지, 공상 과학이라는 대중문학적 서사 전통을 나날이 지분을 넓혀가던 드라마와 영화로 부활시켰다. 범죄물과 서스펜스, 스릴러 등이 영화뿐 아니라 드라마로도 정착된 미국에서는 추리소설의 드라마화라 할 수 있는 'CSI범죄수사대'와 같은 시리즈물을 만들기도 하였다. 기존의 리얼리즘으로는 세계를 그려낼 수 없다는 위기의식에서 출발한 초기 추리소설을 생각해 본다면 끊이지 않은 범죄와 그에 직결된 추리 서사물들은 점점 탈근대적이고 포스트모던적인 시대의 상황을 투영한다 하겠다.[30] 외국 추리물의 폭발적인 인기는 우리나라의 방송과 영화계에도 많은 영향을 끼쳤다. 이에 관해서는 III-1에서 자세히 거론할 터이다. 이처럼 1990년대는 들끓는 용광로처럼 이전과는 다른 역사관과 문화로 요동쳤고 소설

---

28 오항녕, 「역사 대중화와 역사학—역사의 향유와 모독 사이」, 〈역사와 현실〉 100, 2016.6, 95~96쪽 참조.

29 송상헌, 「이야기체 역사책의 서술 실태와 방향」, 〈공주교대논총〉 제43집 제1호, 2006.9, 39~40쪽 참조.

30 90년대 역사, 문화상에 대한 변화는 다음의 글을 참조하였다. 졸고, 「계몽과 낭만의 소통, 역사추리소설로 거듭나다」, 앞의 글, 93~94쪽.

역시 그 흐름을 비껴가지 않았다. 더불어 많은 작품에서 선보인 '역사'와 '추리'가 새삼 독자들에게 얼마나 큰 흡입력을 가질 수 있는지 상기시키는 계기가 되기도 하였다. 그것이 가진 잠재력과 매력에 우리 문학 역시 상당 부분 포섭되었다. 다음 절에서 그 내용을 천착해보자.

3.2 낯선 역사소설의 출현

1) 역사소설 만개와 『비명을 찾아서』

앞에서 정리한대로 1980년대에는 우리 사회 전반적으로 지니고 있었던 진지한 시대정신과 저항 의식이 리얼리즘과 진정성을 중요시하는 작가의 치열한 작품으로 표출되었다면 90년대 들어서면 판도가 사뭇 달라진다. 우선 기존과는 다른 역사소설 붐이 일었다. 1990년대 이은성의 『소설 동의보감』(창비)을 시작으로 이재운의 『소설 토정비결』(해냄, 1992), 황인경의 『소설 목민심서』(삼진기획, 1992), 이문구의 『매월당 김시습』(문이당, 1992) 등 역사속의 흥미로운 인물을 중심으로 써나간 이 소설들은 엄청난 반향을 불러일으켰다. 『소설 동의보감』의 경우, 사극 〈허준〉[31]으로 탈바꿈하면서 '동의보감'증후군이라 불러도 좋을 만큼 역사소설의 출판 홍수가 일기 시작하였다.[32] 이들에 대해 세계관과 역사의식의 낮음[33]이나 지식인

---

31 드라마 〈허준〉은 MBC에서 방영된 작품으로(1999.11.29~2000.6.27), 대한민국 사극 역사상 최고의 시청률이라고 할 64.8%를 기록하는 등 엄청난 인기를 끌었던 작품이다.

32 홍영의, 「고려시대 관련 역사소설의 대중성과 향후 전망」, 〈인문콘텐츠〉 제3호, 2004.6, 113쪽.

33 한민수, 「위인전과 위인전(爲人傳)」, 〈창작과 비평〉, 1992, 겨울호.

주인공에만 의존한 나머지 당대의 총체적 재현에 실패하고 있다[34]는 비난이 있었지만, 허준이나 이지함, 정약용과 같이 당대보다는 후대에 더 많은 영향과 감흥을 불러일으킨 인물을 중심으로 한 소설들은 이후 역사추리소설에도 많은 영향을 미친다. 이러한 역사소설들은 "대중의 관심이 국가나 민족에서 개인으로 옮겨가는 시점에 봇물처럼 터져 나왔다"[35]는 언급처럼 역사를 민족이나 국가와 같은 거시적인 관점보다 개인에 초점을 맞추어 보다 일상적이고 상상력을 가미할 수 있는 스토리텔링에 접근했다는 점에서 의미심장하다. 그러기에 여러 인간 군상이 나오는 긴 서사의 호흡보다는 한 인물에 초점을 맞추고 주인공의 생각과 일상에 보다 많은 상상력을 부여하는 팩션적 성향이 강해졌다. 더불어 이전보다 더 강하게 과거 회귀나 향수를 자극하는 콘텐츠들도 많아졌다. 이 당시 물밀 듯이 번역되었던 팩션의 영향도 간과하기 어렵다. 대표적인 작품으로는 스릴러적 풍모가 짙은 마이클 크라이튼의 『쥬라기 공원』(정영목 역, 김영사, 1991), 『폭로』(오효근 역, 영림 카디널, 1994), 『떠오르는 태양』(정영목 역, 김영사, 1992), 존 그리샴의 『펠리컨 브리프』(정영목 역, 시공사, 1992), 『의뢰인』(정영목 역, 시공사, 1993), 『타임투킬』(김희균 역, 시공사, 1996), 로빈 쿡의 『돌연변이』(박민 역, 열림원, 1993), 『바이탈사인』(김원중 역, 열림원, 1993), 『바이러스』(김원중 역, 열림원, 1994), 톰 클랜시의 『붉은 폭풍』(주한일 역, 잎새, 1992) 등이 대표적이다. 이들 작품은 "혼돈이론과 첨단 유전공학이론, 법률 및 의학지식으로 무장한 데다 첨예한 사회적 관심을 시기적절하게 반영"[36]하면서 독자들

34 권인호, 「역사와 팩션의 차이」, 〈시대와 철학〉 제5호, 1992.
35 한기호, 『베스트셀러 30년』, 교보문고, 2011, 126쪽.
36 한기호, 「이제는 한국추리소설이다」, 〈플랫폼〉, 2008.12월호, 29쪽.

의 폭발적인 관심을 받는데 성공하였다. 더구나 이러한 역사의 대중적 소비가 때로는 단순한 소설 탐독을 넘어 전문 역사지식의 조사와 탐구로 이어질 수 있다는 점에서 중요한 의미를 갖는다[37]는 점을 고려하면 역사소설을 통한 역사의 대중화가 2000년대 역사추리소설과 자연스럽게 연관됨을 알 수 있다. 이제 역사소설은 "역사와 특별히 연계된 소설, 곧 사실성과 상상성이란 이중성을 함께 갖고 있는 특이한 서사문학"[38]이란 정의가 더욱 빛을 발하는 시기가 도래한 것이다.

이러한 와중에 1987년에 발표된 복거일의 『비명을 찾아서』는 우리나라의 소설사를 일별해 보았을 때 드문 시도임에 분명하다. 작가 스스로 밝힌 '대체역사(代替歷史)alternative history'는 과거에 있었던 어떤 중요한 사건의 결말이 현재의 역사와 다르게 났다는 가정을 하고 그 뒤의 역사를 재구성하여 작품의 배경으로 삼는 기법[39]으로 외국에서 종종 행했던 형식이다. 여기서 어떤 중요한 사건이란 이또우 히로부미가 안중근 의사의 총에 맞은 것으로, 소설에서는 사망한 것이 아니라 한 달 후 깨어난 후부터 재구성된다. 일본은 1940년 이후 더욱 큰 지도적 위치를 차지하고 2차 대전 후에도 미국과 노서아에 이은 초강대국이 된다. 조선은 식민지로 일본에 완전히 동화되어 역사, 언어, 문화 등이 철저하게 말살, 왜곡된 채 1980년대에 이른다. 조선인들은 일본의 식민지라는 사실조차 모르고 살아간다. 주인공은 무역회사의 과장으로 있는 조선인 '기노시다

37 최성철, 「역사이론의 앵글에 잡힌 역사소설」, 앞의 글, 264~265쪽.

38 이재선, 「역사소설의 성취와 반성」, 『현대한국문학 100년』, 민음사, 1999, 119~120쪽.

39 복거일, 『비명을 찾아서』, 문학과 지성사, 1987, 9~10쪽 참고. 이후 인용시 쪽수만을 표시한다.

히데요(木下英世)'로 시를 쓰기도 한다. 여러 가지 연유로 〈조선 고시가전〉이나 족보, 만해의 유고 등을 접하면서 점차로 자신의 뿌리와 역사에 대해 알게 되고 자신의 이름이 박영세임도 깨닫는다. 조선에 관한 책을 반입하는 것이 금기시되었던 탓에 사상범으로 몰려 재교육 과정을 마치고 나왔지만 아내가 내지인 소좌 아오끼와 바람이 나자 소좌를 목졸라 죽인 후 조선의 임시정부가 있는 상해로 향한다.

우선 눈여겨 볼 부분은 주인공 기노시다 히데요를 박영세로 이끈 것은 앞에서 밝힌 문서들과 더불어 액자소설처럼 배치되어 있는 또 하나의 소설이다. 바로 〈도우꾜우, 쇼우와 61년의 겨울〉이란 작품이다. 역설적이게도 이 〈도우꾜우〉는 대체역사로 바뀐 소설 속 현실이 아니라 이 소설이 써진 1993년 현실을 재현한다.

> 서 장
>
> 메이지 42년 10월 26일 추밀원(枢密院) 의장 이또우 히로부미공작은 조선인 자객 안주우공(安重根)이 쏜 부라우닝 권총 탄환 세 발을 가슴에 맞고 만주 합이빈(哈爾浜)역두에서 69세를 일기로 운명하였다.(87쪽)

이렇게 소설은 "소설/역사의 경계허물기만 일어나는 것이 아니라, 과거/미래의 시간의 질서도 해체된다. 그러므로 우리들의 역사에 대한 고정관념은 수정되어야함을 의미하고 있어 필연성, 절대성의 거부"[40]를 보

40 김현숙, 「복거일 『비명을 찾아서; 京城, 쇼우와 62년』의 의미」, 〈현대소설연구〉 제1집, 1994.12, 393쪽.

여준다. 따라서 독자는 "가상의 반역사적 사건을 표면에 내세우고 있으나, 독서해 갈수록 그것은 가상의 역사가 아니며 현실이 분명히 자리하고 있음을"[41] 알게 된다. 실제로 소설 속 배경인 소화 62년의 경성은 1960~80년대의 일본과 당대 대한민국의 모습이 상당히 투영되어 있다. 환경 올림픽이라든가 공해 · 스포츠 · 관료제도 · 통제된 언론 등 우리의 실제 현실과 작품 내적 현실은 끊임없이 유비(類比)된다.[42] 이것은 작가가 대체역사를 주장하고 있지만 그 속에서 그려내고 있는 상황은 역사를 딛고 있는 '현실에 대한 강박'[43]을 보여주기 때문으로 여겨진다.

이 작품은 추리서사를 배치하고 있지는 않다. 그럼에도 주인공이 여러 가지 단서들, 조선의 옛 문헌이나 족보, 만해의 시들을 통해 차차로 조선어에 대한 실체에 접근하고, 일제에 의해 조선의 역사가 철저히 지워지고 왜곡되었다는 것을 하나씩 알아가는 과정은 독자에게 역설적으로 지금 현재를 끊임없이 상기시키며 긴장감을 불러일으킨다. 흩어진 단서를 모으고 추적하여 5천년 조선의 역사를 알아가는 과정은 전형적인 추리서사는 아니지만 그에 버금가는 값을 한다. 거기에 저 먼 상해이지만 여전히 조선이라는 이름을 내걸고 임시정부를 꾸려가는 사람들이 있다는 사실은 주인공뿐 아니라 독자에게 식민지 시절의 뼈아픈 과거를 상기시킨다. 이처럼 이 작품은 "전형적인 근대 민족주의의 서사를 '계승'하고

41 김현숙, 「복거일 『비명을 찾아서; 京城, 쇼우와 62년』의 의미」, 위의 논문, 402쪽.

42 한창석, 「환상소설을 통한 서사 확장의 가능성—복거일, 박민규를 중심으로」, 〈우리문학연구〉 제34집, 2011.10, 456쪽.

43 한창석, 「환상소설을 통한 서사 확장의 가능성—복거일, 박민규를 중심으로」, 위의 논문, 462쪽.

있다고 할 수 있다. 민족적 각성과 거듭남을 기조로 하는 이 작품의 구조는 진정한 민족을 창조해내려는 기획의 일단을 보여주는 것이다."[44] 대체역사라는 새로움을 도입하고 있지만 그 내용은 민족주의 의식을 강조한 셈이다. 이는 당시의 시대상과도 밀접한 관련이 있다. 대한민국은 당시 올림픽을 앞두고 선진국에 대한 열망이 그 어느 때보다 높았고, 식민지의 울타리에서 벗어나지 못했던 패배주의적 역사학계의 그늘을 벗어나 보다 거시적이고 진취적인 민족과 역사에 대한 재편성이 활발해진 때였다. 발해나 만주에 대한 시각의 변화, 민주화에 대한 열망, 통일에의 의지, 경제대국의 진입을 앞두고 있는 조바심, 세계사의 지각변동 등이 민족에 대한 관심을 환기시킨 정리의 시기였던 것이다. 물론 이 소설에서 그려지는 역사적 현실이 "환각이거나 인간의 꿈에 불과한 것"[45]이라는 지적과 같이 어찌 보면 당시 도약하고 있던 조국에 대한 믿음과 영토 확장에 대한 대중들의 욕망을 표현했다고 볼 수도 있다. 더불어 "민족, 민족사에 대한 당대의 통념적 인식에 대한 비판적 성찰"[46]이 부족하다는 시각도 한편으로는 타당하다. 그럼에도 복거일은 시대적 흐름을 명민하게 잡아내면서 대체역사라는 실험으로 그야말로 기존에 없던 소설을 만들었고 이에 많은 독자들이 반응했다는 점은 결코 놓칠 수 없는 지점이다. 이후 90년대 쏟아진 역사추리소설들과 맞물리면서 그 의미는 보다 확장된다.

---

44 권명아, 「국사 시대의 민족 이야기—복거일, 『비명을 찾아서』」, 〈실천문학〉 통권 68호, 2002.11, 42쪽.

45 이동재, 「한국현대역사소설론」, 앞의 논문, 348쪽.

46 권명아, 「국사 시대의 민족 이야기—복거일, 『비명을 찾아서』」, 앞의 논문, 50쪽.

2) 역사추리소설의 첫발 – 이인화의 『영원한 제국』

이처럼 1990년대는 역사의식의 변화가 두드러진 시기라 할 수 있다. 1993년 발표된 이인화의 『영원한 제국』[47]은 앞서 언급한 변화상을 흡수하면서도 추리소설의 형식을 취해 역사추리소설의 한 장을 열게 된다. 소설은 자체의 목적을 위해 모든 표현 형식을 제 것으로 삼고, 모든 문학적 기법들을 그 사용 자체의 정당성을 마련하지도 않은 채 활용[48]한다는 점에 착목한다면 소설은 내용과 형식에 있어 잡식성이라 할 것이다. 그 실험은 출간 한 달 만에 10만부를 넘어선 뒤 2년 만에 100만부를 돌파[49]하는 등 엄청난 판매고를 기록하며 시대의 베스트셀러로 기록된다. 그렇다면 무엇으로 인해 이 소설에 그토록 많은 독자들이 관심을 보였는가 궁금하지 않을 수 없다. 따라서 이제부터 『영원한 제국』의 내용과 형식을 살펴보고 당대 독자들뿐 아니라 2000년대 역사추리소설에 얼마만큼의 영향을 끼쳤는가를 가늠해 보려 한다.

『영원한 제국』에 대한 연구들은 당대의 몇몇 평론과 역사학계의 글들이 산발적으로 존재한다. 정해조의 경우 교양습득의 욕구가 충족되는 많은 자료와 지식을 기반으로 여러 다양한 기법을 혼용한 정통 추리소설과 본격 소설 사이의 새로운 형태를 보여줌으로써 하나의 가능성을 열어주고[50] 있다고 호평하고 있지만 대부분의 역사학자들은 남인의 이상주의

47 이인화, 『영원한 제국』, 세계사, 1995. 이후 작품 인용시 쪽수만 표시한다.

48 Marthe Robert, 김치수 · 이윤옥 역, 『기원의 소설, 소설의 기원』, 문학과 지성사, 1999, 12~13쪽 참조.

49 한기호, 『베스트셀러 30년』, 앞의 책, 174쪽.

50 정해조, 「추리기법의 변용—이인화의 『영원한 제국』」, 〈오늘의 문예비평〉, 1993.12.

가 패배한 세력의 자기 옹호 수준에 그치고 있고, 역사에 대한 허무주의적 시각과 식민사관을 심층적으로 재생산[51]하고 있다는 지적에 이어 민족적 관점이 결여된 역사의식 없는 역사소설[52]로 문제시했다. 몇 편의 글들이긴 하지만 문학 담당자와 역사학자의 입장이 교묘히 갈리고 있는 점이 눈에 띈다. 당대의 역사학계가 아직은 팩션에 엄격했다는 점과 이 소설이 지닌 역사관을 진작부터 민감하게 포착하고 있다는 것은 시사하는 바가 남다르다. 이 작품을 역사추리소설이 가진 대중성과 문학적 가능성에 기대어 보다 면밀하게 분석한 이은자의 논문은 역사관보다는 소설 외연 확장에 신경 쓴다. 특히 대중문학의 지평을 한 단계 올려줬을 뿐 아니라 추리문법의 도식성을 벗어나 새로운 변용을 보여주었다는 점에 주목한다.[53] 여러 엇갈린 시선들을 감안하면서 본격적으로 소설 속에 깊숙이 접근해 그 실체를 들여다보자.

2)-1 정조와 정약용을 추리로 녹여 낸 역사의 엔터테인먼트화

『영원한 제국』은 액자소설의 형식을 취하고 있다. 대학원 논문을 준비하던 화자 '나'는 우연히 이인몽(李人夢)이란 이름을 지닌 규장각 대리가 남긴 〈취성록(聚星錄)〉을 입수한 후 그 이야기를 재구성하겠다고 나선다. 이후 이인몽의 시점으로 전개되는 액자 속 이야기는 그러나 중간 중

---

51 설준규, 「소문난 잔치의 먹을거리: "세계관의 대립"?—이인화 장편소설 『영원한 제국』, 세계사 1993」, 〈창작과 비평〉, 1993.12.

52 박광용, 「소설 『영원한 제국』: 풍부한 상상력 · 빈곤한 역사의식」, 〈역사비평〉, 1993.11.

53 이은자, 「역사추리소설의 대중성과 문학적 가능성—이인화의 『영원한 제국』을 중심으로」, 〈대중서사연구〉, 1997.6.

간 화자 '나'가 등장해 역사적 인물이나 사상에 관해 자세히 설명하고 의견을 제시하는 전지적 서술자의 역할을 하기도 한다. 1800년 1월 19일 새벽부터 1월 20일 새벽까지 하루 동안에 숨 가쁜 일들이 빼곡하게 펼쳐진다. 그리고 여느 추리소설과 같이 검서관 장종오의 죽음으로 사건은 시작된다. 추리소설은 전형적인 2개의 플롯으로 진행되기 마련이다. 즉 '범죄의 스토리'와 '조사의 스토리'가 소설의 큰 틀을 이루는데[54] 우선 시작은 조사의 스토리가 전면에 배치되면서 범죄의 스토리가 서서히 드러나는 구조이다.

주요 사건을 중심으로 정리하면 다음과 같다.

① 검서관 장종오의 죽음

② 장종오의 죽음에 대한 의문을 풀기 위해 정약용을 만남(정약용은 채제공의 아들 채이숙을 감옥에서 방면하기 위해 노력하던 중)

③ 채이숙, 비밀을 규장각 사령 현승헌에게 유고로 남기고 고문과 추위로 죽음

④ 장종오 죽음의 원인을 규명

⑤ 『시경천경록』과 장종오와의 관계에 대한 실마리 조금씩 풀림

⑥ 장종오 죽음의 배후인물과 역모 사건 발생

⑦ 〈금등지사〉를 둘러싼 남인과 정조, 노론의 암투

⑧ 채이숙의 장례식에 모여든 남인과 노론의 대결

⑨ 〈금등지사〉의 실체와 최후의 대결

54 Tzvwtan Todorov, 신동욱 역, 『산문의 시학』, 문예출판사, 1998, 50쪽.

이 소설은 추리소설의 기본적인 틀을 갖추고 있으면서 역사적 사실에 허구를 과감히 도입해 흥미를 잡아끈다. 가장 첫 번째 장종오의 죽음에서부터 모든 사건의 비밀을 움켜쥐고 있는 것은 『시경천경록』 속의 〈금등지사〉라는 기록이다. 이 〈금등지사〉는 영조가 사도세자의 죽음 이후 "번암 채제공 선생과 독대 하시고 손수 쓰신, 선세자 저하를 애도하는 자작시"와 "그 시를 쓰신 심정을 구술하여 번암 선생으로 하여금 받아쓰게"(142쪽) 한 기록이다. 〈금등지사〉는 노론과 남인의 대결에서 영조 측 힘의 유지를 위해 이용되었고, 지금은 채제공의 죽음으로 행방이 묘연한 상태이다. 〈금등지사〉는 이 소설의 주제를 드러내기 위한 중요한 장치이다. 소설은 그 기록을 둘러싸고 벌어지는 노론과 남인의 관계를 숙종 조부터 시작하여 매우 자세하게 풀어간다. 〈금등지사〉뿐 아니라 이 소설 속 전제로 깔려있는 몇 가지 사항을 짚고 넘어갈 필요가 있다. 우선 이 소설은 남인과 노론을 철저하게 나누고 있다. 백과 흑처럼 둘 사이는 결코 섞일 수 없고, 섞여서도 안 되는 관계로 그려진다. 주인공 이인몽도 그렇고 그를 도와주고 이끌어주는 사람은 모두 남인이다. 남인과 노론의 기본적인 철학과 주장을 장황할 정도로 늘어놓지만 소설의 시각은 남인으로 기울어져 있다. 두 번째로 사도세자를 둘러싼 정조와 노론의 보이지 않은 암투이다. 정조가 사도세자의 아들이었고, 이로 인해 왕세손의 지위마저 위태했던 것은 엄연한 역사적 사실이지만 이 소설은 그것을 전면화 시켜 극적으로 각을 세운다. 마지막으로 앞서 나왔던 〈금등지사〉를 둘러싼 정조, 남인, 노론의 각기 다른 입장과 보이지 않은 쟁투가 이 소설의 기조를 이룬다.

이 대립각은 살인 사건과 은폐된 진실, 그것을 풀어가는 추리 서사로 그 긴장감과 재미를 더한다. 추리소설 속에는 조사의 스토리를 이끌어가는 사람이 필요한데 바로 탐정이다. 소설 속 첫 번째 탐정은 주인공 이인몽이 아니라 정약용이다. 2000년대 이후 많은 역사추리소설이나 영, 미 추리소설의 경우 탐정 역할은 대부분 주인공이 맡는다. 하지만 『영원한 제국』에는 각 사건마다 조금씩 다른 인물이 실마리를 제공하고 해결한다. 따라서 그들을 탐정이라 부르기 보다는 사건의 핵심을 파악하고 그 진실을 논구해 가는 조사관에 가깝다고 해야 할 것이다. 이렇게 논리적 '추리'와 '추론'은 다른 사람에게 맡겨지고 이인몽은 범죄 추리소설의 탐정들이나 "희생자의 이야기가 중심에 서 있"[55]는 서스펜스 주인공 마냥 위협과 모험, 혹은 언제 죽을지 모를 상황에 처해져 숨 가쁘게 움직이는 역할을 맡는다. 그러다보니 숨겨진 범죄의 조각을 맞추는 탐정의 매력은 크게 부각되지 않는다. 그럼에도 첫 번째 탐정 역할을 맡은 정약용의 역할을 무시할 수 없다. 이인몽이 장종오의 죽음에 대한 의문을 해결하기 위해 먼저 떠올린 인물은 정약용이다. ④에서 장종오 죽음의 원인과 〈금등지사〉에 관한 과거의 사건과 그 중요성을 설파하는 ⑤의 인물도 바로 그다. 외상이 없이 발견된 장종오의 방이 매우 더웠다는 이야기를 들은 정약용은 아궁이를 찾은 후 그 안에서 시커먼 덩어리를 발견한다.

> "석탄은 시탄보다 화력이 강하고 곳에 따라서는 산과 들에 얼마든지 널려 있어서 쉽게 민가의 난방용으로 쓸 수 있는 돌이지. (중략) 바로 독연(毒煙)이야. 이 돌이 타는 연기에 무색무취의 독이 있는 거지. 밀폐된 방안에서 한 시각(2시간)

55 정규웅, 『추리소설의 세계』, 살림, 2004, 72쪽.

쯤 그 연기를 맡으면 누구라도 견딜 수 없다네.(생략)"(94~95쪽)

"아, 정말『시경천경록』이란 책이 있긴 있군요!" "글쎄…" (중략)/

"그렇지. 실록청(実録庁)에서『영조실록』을 만들 때 작성한 것일세. 선대왕마마께서 쓰신 모든 글과 책들의 목록이지. 그런데 여기에도『시경천경록』이란 책은 없네." (중략)

그러나 이것은 분명 다른 사람이 원문의 빈칸에, 혹은 원문을 교묘하게 세초(洗草)하고 새로 덧붙인 글씨였다. 내가 아는 사람 중에 이 정도로 감쪽같이 모필을 할 사람은 한 사람밖에 없다. 장종오.(125~126쪽)

위의 인용문은 이인몽이 정약용에 의해 살인이 어떻게 벌어지고『시경천견록』을 둘러싼 모종의 비밀이 있다는 것을 깨닫게 되는 부분이다. 탐정기술에서 중요한 것이 "증언에 의한 입증을 단서들에 의한 입증으로 대체하는 것"[56]이란 측면에서 보면 경험과 단서로 정합적인 결론을 도출해내는 정약용은 탐정에 준한다. 정약용은 소설 속에도 형조참의(刑曹參議)를 지내고 있었다. 형조참의란 전국의 모든 형사 사건을 심리하는 중요한 자리이고, 대화 속에도 곡산부사 시절 사건을 해결한 일도 있었음을 드러냈다. 곡산 부사 시절 도내에 해결하지 못한 옥사(獄事)와 황해도의 옥사를 매우 명백하게 처리하여 정조의 신임을 받은[57] 사실은 유명하다. 정약용은 이 소설에도 그런 면모를 물씬 풍긴다. 비밀을 밝히는 과정을 통해 감춰져 있던 진실을 하나씩 캐어내는 추리서사의 가장 흥미진

56 Tomas Narcejac, 김중현 역,『추리소설의 논리』, 예림기획, 2003, 28쪽.

57 이덕일,『정조와 철인정치의 시대 2』, 고즈윈, 2008, 210쪽 참조.

진함을 정약용을 통해 보여준 셈이다. 하지만 소설의 중간까지 사건의 실마리를 풀어나가는 중요한 역할을 맡았고, 채이숙의 유고를 들은 현승헌이 심환지, 구재겸 등의 노론 세력에 의해 죽임을 당할 것으로 예고되고 있는 절박한 상황에서 현승헌을 만나러 갈 것임을 언급한 후에 정약용은 어쩐 일인지 더 이상 등장하지 않는다.

정약용이 사라진 후 이어지는 ⑥번에서는 장종오 죽음의 배후자를 밝힌 인물은 바로 정조이다. 정조는 이 모든 사건을 다 알고 있었고 사실 장종오의 죽음을 예상하기까지 한 듯 해 충격을 준다. 소설 속에 묘사된 정조는 매우 건장한 인물로 묘사된다. 정조는 장종오를 죽인 인물로 내시감 서인성을 지목한다. 서인성을 추궁하는 정조의 모습은 모든 비밀의 열쇠를 쥔 자의 자신감 그 자체이다.

> "궁궐의 모든 아궁이는 내수사에서 지급된 시탄을 땔 뿐이옵니다. 천신은 이 대교가 가져온 이 석탄이란 것을 생전 처음 보았사옵니다. 이는 진실로 저희 내관들의 출물(出物)이 아니오라 다른 어떤 블측한 자가 꾸며낸 일이옵니다. (생략)" (중략)
> "그저께 밤 과인은 서고로 가서 검서관에게 몇 권의 서록(書錄)이 든 보자기를 맡겼다. 수원행궁에 갔다가 돌아올 때까지 그 서록들을 정리하라고 하면서 말이야. 그리고 아주 중요한 말을 한마디 했었다. 그 서록들이 선대왕마마의 금등지사를 이루는 것이라는 말을 말이야. 그때 과인의 주변엔 아무도 없었지. 바로 내시감! 너를 빼고는 말이야!"(206~207쪽)

정조는 덫을 놓고 범인이 걸려들길 기다렸고 서인성은 예상대로 그

덫에 걸린다. 이러한 정조의 모습은 왕이라는 근엄하고 순수한 용안이기보다는 권모술수와 자신의 목적을 이루기 위해 어떤 일이든 할 수 있는 인물로 비친다. 탐정이자 수사관이면서 모든 것을 조종하는 지략가이다. 그러면서도 궁지에 몰린 서인성이 칼을 날리는 시역(弑逆)을 물리쳐야 하는 위태로운 모습도 한편에 지닌다. 서인성의 시역에 이인몽은 온몸으로 막아내며 범행을 저지한다. 이는 앞서도 언급한 이인몽의 갖은 고초 중 하나에 불과하다.

이 사건 이후로 급격하게 사건은 〈금등지사〉의 행방을 둘러싼 논란으로 이어진다. 이제 추리소설이 가지는 '추리'로서의 매력보다는 '추적'과 과연 중요한 문서를 누가 쟁취할 것인가에 관심이 쏠린다. 그러나 소설은 그 추적보다는 남인과 노론의 〈금등지사〉를 둘러싼 당파 간의 입장과 과연 〈금등지사〉가 지금 이 시국에 어떠한 정치적 역할을 할 수 있을지를 가지고 언쟁을 벌인다. 이 언쟁의 와중에 〈금등지사〉라는 것이 정조의 정치적 수의 하나였음이 서서히 드러난다. 정조의 궁극적인 프로젝트는 바로 유신(維新)이다.

> 유신(維新)! 드디어 조선 왕조는 천명(天命)을 유신하는 것이다. (중략) 이제 커다란 변화가 찾아오리라. 그동안 사리사욕과 축재에 어두웠던 특권계급들은 남김없이 숙청되고 어떠한 신분의 차별도 철폐된 새 세상이 도래하리라. 현명한 왕법의 원리 아래 만민이 평등하고 행복한 세상, 애초에 공부자(孔夫子)께서 꿈꾸신 아득한 옛시대의 이상이 실현되는 것이다.(50~51쪽)

대한민국 국민들에게 유신이란 단어는 정조라는 왕보다 박정희라는 인물과 더 관련 깊다. 이러한 유신을 정조가 실행하려 했다는 이인몽의 저 뜨거운 애국심의 발언은 곧 작가의 발언이기도 하다. 정조의 유신은 위의 내용대로라면 차라리 사회주의 이념이나 파시즘 쪽에 가깝다. 아무리 이념이 훌륭하다 하더라도 자신들의 논리만이 '진리'임을 주장한다면 그것은 자연스럽게 독재와 많은 억압을 나을 수밖에 없다는 것은 이미 수많은 역사가 증명한 바이다. 작가의 바람과 달리 정조의 죽음으로 인해 홍재유신은 막을 내리고, 소설 또한 〈금등지사〉가 누구의 손에 들어갔는지 정확하게 밝혀지지 않은 채 10년 후 이인몽의 초라한 행적을 보여줄 뿐이다. 남인의 본거지였던 경남 지역에 널리 퍼진 '정조의 독살설'에 강한 흥미를 느껴 작가는 이 소설을 집필했다고 밝혔지만 그 의도와는 별개로 "권력기반이 취약한 남인(南人)계 이상주의가 사악한 음모와 술수를 구사하는 강력한 권력집단에 의해 무참히 무너져가는 과정"[58]만이 부각된 채 정조의 죽음도 구체적으로 묘사되지 않은 상태로 소설은 끝이 난다.

2)-2 위험하지만 매력 넘친 선구적 전략

이 작품은 폭발적으로 늘어난 2000년대 역사추리소설의 한 포문을 여는데 큰 역할을 했음은 살펴본 바이다. 작품이 가지는 내외적인 구성은 그전에 볼 수 없었던 역사추리소설 그대로이다. 그렇다면 이 작품이 지닌 의의는 동시에 한계이기도 한 점이 있어 같이 살펴보려 한다.

58 설준규, 「소문난 잔치의 먹을거리: "세계관의 대립"?—이인화 장편소설 『영원한 제국』, 세계사 1993」, 앞의 글, 427쪽.

우선 많은 역사추리소설들이 정조 시대를 매력적으로 보았음은 이 작품에 영향 받은 바가 크다. 작품 속 정조에 대한 작가 이인화의 의견이 전적으로 새로운 것은 아니다. 80년대 이후 민족주의가 강화된 역사학계의 조류와 90년대 들어 식민 사관에 맞서 자생적인 근대화의 기점을 영, 정조 시대로 잡는 학자들이 늘어났다. 민족주의가 적극적인 정치적 기획, 즉 '민족을 창조해 내려는 기획'을 가진 이념[59]이라고 보았을 때 90년대는 새로운 민족을 창조해 내려는 야심찬 시절이었다고 봐야 한다. 이 와중에 강력한 왕권 중심의 유신이 성공했어야 함을 강력하게 주장하는 소설이 등장한 것이다. 그렇다면 이 소설은 90년대 초반 범람했던 역사소설이 가진 "묵은 통념 또는 고정관념에 사로잡혀 거의 참신함과 진보적 시각을 결여"[60]하고 있는 문제점을 비켜가고 있을 뿐 아니라 보다 진취적인 역사의식을 보여주고 있다는 점에서 당대 독자들에게 강한 인상을 주었을 가능성이 높다. 문제는 정조의 독살설을 바탕으로 그의 죽음을 안타까워하는 이인몽이라는 주인공의 입을 통해 작위적으로 그 바람을 새겨 넣었다는 점일 것이다. 그리고 작가 자신이 박정희에 의해 이루어진 유신이 잘못된 것임을 소설 속에 밝히고 있음에도 불구하고 정조의 홍재유신이 가진 의의를 계속해서 설파함으로써 정조의 유신이 필요했고 박정희의 유신 역시 어느 정도는 필요하지 않았는가 하는 의도까지 내비친다.

유신에 대한 작가의 염원은 과도할 정도라 여겨지는데 이후 다른 작

59 박지향, 『슬픈 아이랜드』, 기파랑, 2008, 49쪽.
60 이이화, 「소설 『동의보감』은 역사를 옳게 봤는가?」, 〈역사비평〉, 1992.11, 268쪽.

품에서는 그러한 혐의가 더 짙어진다. 『인간의 길』(살림, 1997~1998)은 박정희를 연상케 하는 인물을 내세워 그의 영웅상을 부각시키고 있어 『영원한 제국』에 드러나는 정조의 홍재유신에 대한 의미부여가 그런 식으로 귀결되었음을 증명한다. 박정희 조국 근대화는 '국가 재건'이라는 슬로건으로 표방되었듯이,[61] 이 작품에서 집요하게 파고드는 홍재유신도 결국 그러한 성격으로 함몰될 여지는 충분하다. 이 지점에 이르면 민족주의가 가지는 커다란 맹점과 무반성의 오류를 새삼 반성케 한다. 개인적인 작가의 성향으로 치부하기에는 이 소설이 가진 의미가 크다고 볼 때 여러 가지 위험성은 다분해 보인다. 실제로 이 작품의 영향만이라 할 순 없지만 많은 역사추리소설이 민족주의적 성향을 강하게 내비친다. 더구나 팩션이 근대 역사학에 의해 상실된 '꿈꾸는 역사'를 되찾아옴으로써 현실의 역사가 설정한 경계를 넘어서 역사적 상상력을 무한대로 확장[62]하는 성향을 감안하면 정조와 세종 시절에 치우친 역사추리소설이 성군(聖君)이라 여기는 인물에 대한 영웅화와 그 시대를 바탕으로 삼아 근대화가 이룩되었다면 하는 열망으로 그 시절을 그리는 것은 독자들에게 일정 정도의 대리만족과 욕망을 충족시켜주는 점도 사실이다. 또한 역사 전반의 패러다임이 바뀌고 있는 상황에서 우리 민족이나 역사에 대한 자부심을 내비치는 것도 무조건 경시할 일은 아니다. 그렇지만 그것이 역사에 대한 잘못된 시각이나 제국주의 혹은 자민족주의로 빠지게 되는 우를 범해선 곤란하다. "정치적 사건을 다룬 소설이 권력의 정당성은 어디서 연

61 김은실, 「한국 근대화 프로젝트의 문화 논리와 가부장성」, 『우리 안의 파시즘』, 임지현 외, 삼인, 2003, 114쪽.

62 김기봉, 『역사들이 속삭인다』, 프로네시스, 2009, 113쪽.

유하는가 하는 데 대한 자기입장이 있어야 할 것"[63]이라는 주장에 수긍한다면 더욱 그렇다.

한 가지 더 짚고 넘어가자면 악인으로만 규정된 노론이다. 노론이 가지고 있는 부정적인 부분과 추리소설에서 가지는 악인의 역할이 가진 한계로도 볼 수 있지만 그러기에는 소설 속 여러 논쟁과 묘사들은 지극히 편파적이다. 작중화자의 해설과는 달리 상투적 야담소설에 나오는 파당과 크게 다를 바 없는 모습[64]의 노론이나 그 노론계 사상마저 다양성을 제대로 보지 못했고, 소론계 사상은 대상에서 아예 제외해버린 점[65]에 대한 지적은 당연히 따라올 수밖에 없는 형편이다. 다행히 이후의 역사추리소설은 이토록 노골적으로 독재나 군사 정권 혹은 어느 당파에만 경도되는 양상은 가급적 피하고 있다. 그렇지만 역사적 사실에 대한 작가의 해석을 필연적으로 요구하는 성격을 감안한다면 이후의 역사추리소설이 역사의식의 섬세한 균형을 보여주는지에 대해 지속적인 경계심을 품어야 함은 재론의 여지가 없다.

두 번째로 이 소설이 가진 추리소설로서의 시도는 소설의 긴장감을 높이고 사건에 대한 궁금증을 불러일으키는 데 기여한다. 더구나 "역사와 문학은 과거를 반영하는 것이 아니라 구성하는 것이며, 발견하는 것이 아니라 만들어내는 것"[66]이라는 역사 인식 패러다임의 변화에 따른

63 정해조, 「추리기법의 변용—이인화의 『영원한 제국』」, 앞의 글, 23쪽.

64 설준규, 「소문난 잔치의 먹을거리: "세계관의 대립"?—이인화 장편소설 『영원한 제국』, 세계사 1993」, 앞의 글, 427쪽.

65 박광용, 「소설 『영원한 제국』: 풍부한 상상력 · 빈곤한 역사의식」, 앞의 글, 120쪽.

66 Green Blatt, *Postmordern Narrative Theory*, ST.Martin's Press, 1998(공임순, 『우리 역사소설은 이론과 논쟁이 필요하다』, 앞의 책, 47쪽 재인용).

자유로운 작가의 상상력은 매력적으로 다가온다. 따라서 역사에 상상을 더해가며 긴장과 흥미를 높이는 역사추리소설의 대두는 팩션이 보여주는 혼종적 양상을 극명하게 표출하는 현상이다. 역사추리소설은 이처럼 '역사'라는 징후와 '추리'라는 단서가 합해져 가능과 상상 사이의 착종된 지점을 체현한다. 이 작품에서 실존 인물인 정약용과 정조가 직접 추리하고 사건을 해결하는 모습은 전에 없이 신선하며 역사 속 인물이 '탐정'이 될 수 있음을 대중의 머리에 각인시키는 계기가 되었으리라 본다. 이들의 활약이 소설의 재미와 흥미를 배가시켰음은 앞서 밝힌 바다. 이렇게 역사와 추리가 만나 빚어지는 시너지 효과에 많은 작가들이 주목하지 않을 수 없었으리라 본다.

그럼에도 이 소설은 역사와 추리 중 역사의 자장 안에 보다 더 가까이 있다. 우선 추리소설로 보았을 때 정약용이라는 탐정의 역할이 초반에 비해 뒤로 갈수록 약해질뿐더러 아예 등장하지도 않은 점은 아쉽다. 이는 정약용이 꼭 탐정이라는 의미에서 뿐만 아니라 주인공 이인몽과 같은 남인으로 충분히 도움을 주고 사건을 해결해 나갈 수 있는 지위와 지략을 지니고 있음에도 무기력하고 고뇌에 찬 이인몽 만이 여러 힘겨운 사건들을 감당하다 보니 독자들까지 매우 힘이 들고 진이 빠지는 지경에 이른다. 이인몽은 앞서도 언급했듯이 피해자의 모습으로만 소설 내내 나오다 보니 긴장과 초조, 충격, 번민, 잘못된 판단, 어리석음 등의 괴로움만이 부각된다. 더구나 마지막으로 금등지사를 둘러싼 싸움이 어떤 식으로 해결되었는지가 뚜렷하지 않을뿐더러 결국 금등지사를 빼앗겨 정조의 힘이 약해진 것에 대해 10년의 세월이 흐른 뒤 이인몽의 모습을 통해 유추해 볼 수 있다는 점은 이 소설의 집필 의도가 '정조 독살설'에 대한 작가만의 해석이 맞는 것인지 의아할 지경이다. 정조 역시 힘이 넘치고 절대적 힘을 지닌 인물로 등장하지만 금위영까지 동원해서도 금등지사를 손에 넣지 못했다는 설정은 앞서의 지략적인 면모와는 어울리지 않는다. 이런 여러 가지 면을 보았을 때 이 소설은 "수수께끼 해결에 대한 쾌감이나 권선징악의 실천을 위한 정의감"[67] 등을 마음껏 맛보기는 어렵다. 또한 벌어진 사건에 대한 논리적 인과관계로 해결을 마무리 지어야 하는 점도 뚜렷하게 정리되지 않는다. 그럼에도 초반 미스터리 추리소설이 지닌 지적인 대결을 중시하는 모습을 보이다 체제의 비효율성이나 부패에 대해 항의하는 내용이 짙은 범죄 추리소설로 옮아가는 양상은 주의를 요한다. 이는 역사소설과 범죄 추리소설의 혼합된 영역을 개척한 점으로 특기할 만하다. 더구나 2000년대 역사추리소설이 대부분 범죄 추리소설이란 점을 생각해 본다면 더욱 그렇다.

여기에 더해 이 소설은 역사추리소설이나 팩션이 큰 인기를 끄는데 한몫을 한 '인문학적 상상력'을 선취하고 있다. "자료에 바탕하고 있으되 극적인 흥미를 잃지 않고"[68] 있다는 점에서 인포테인먼트(information + entertainment)로의 역할을 이때부터 톡톡히 했음을 알 수 있다. 당시로는 드물었던 석탄이 가진 독성을 이용한 살인 방법, 『신주무원록』을 이용한 검시제도와 그 과정, 감자를 사용하여 만든 거짓 인감, 창덕궁의 온돌 시설 등 조선시대 생활상과 결부된 역사적 지식들부터 사도제자의 죽음을 둘러싼 전개 과정 및 각 당파의 자세한 철학적 연원과 논쟁들, 천주교의 전래와

67 정규웅, 『추리소설의 세계』, 앞의 책, 29쪽.

68 손정수, 「인간의 길, 작가의 길」, 〈작가세계〉, 2003.11, 130쪽.

〈천주실의〉가 가진 의미 등이 이 소설에는 그득하다. 이러한 "지적 노력들이 작품 속에 구체적 형상화로 살아숨쉬지 못"[69]했다는 비난처럼 지식을 나열하듯 늘어놓은 사상 논쟁이나 박지원과 이인몽과의 만남과 같은 에피소드 등 다소 불필요한 장면들이 포진해 있는 점은 아쉽지만, 2000년대 역사추리소설들은 그러한 문제점을 간파, 적극적으로 작품 속에 녹여 내었다는 것은 이후 내용에서 밝힐 터이다.

한편 이 소설은 작가도 밝히고 있듯이 큰 인기를 끌었던 『장미의 이름』을 패러디하고 있다. 1980년에 써져 1986년에 번역, 출간된 『장미의 이름』(움베르토 에코(Umberto Eco), 이윤기 역, 열린책들)은 우리에게 비교적 일찍 소개된 역사추리소설이자 팩션으로 큰 반향을 불러일으켰고 이후 많은 미국과 영국의 역사추리소설이 수입, 번역돼 인기를 끌었다. 책을 둘러싼 사상적 암투와 그를 해결하기 위해 애쓰는 인물들이란 점 등의 틀을 지닌 『영원한 제국』은 『장미의 이름』에 큰 빚을 지고 있다. 이인화는 등단작부터 표절시비가 붙었고 그 자신이 평론가가 되어 자신의 작품이 혼성모방임을 주장했음은 널리 알려진 바이다.[70] 그로 인해 이인화는 90년대 어떤 식으로든지 주목받는 작가가 되었고 이후 여러 작가들이 패러디나

---

69 이은자, 「역사추리소설의 대중성과 문학적 가능성—이인화의 『영원한 제국』을 중심으로」, 앞의 글, 239쪽.

70 이인화는 소설을 쓸 때의 필명이고 그의 본명은 류철균이다. 평론가이기도 한 류철균은 이인화의 『내가 누구인지 말할 수 있는 자는 누구인가』(세계사, 1992)를 '혼성모방'이라 주장하며 장 보드리야르의 시뮬라시옹 이론과 포스트모더니즘의 패스티쉬 기법에 의지하여 패러디나 표절과는 다르다고 하였다(손정수, 「인간의 길, 작가의 길—이인화론」, 앞의 글, 123쪽 참조). 여기서는 이것에 관해 자세한 언급은 피하겠지만 이인화라는 작가가 혼성모방이나 패러디, 포스트모더니즘에 대해 꽤 자유로운 생각을 가지고 있고 작품 내에서도 이것을 익숙하게 활용하였다는 점은 인정한 채로 논의를 전개해 나갔다.

다른 사람의 작품을 인용, 모방하는 것에 자유로워지는 데 하나의 디딤돌 역할을 한다. 많은 역사추리소설 역시 패러디의 형식을 취했고 이는 이인화의 몫이 크다. 우리 추리소설은 우리만의 전형성과 홈즈와 같은 개성화된 캐릭터는 부족한 상황이었다. 여전히 많은 부분이 서구 추리소설에 의지한 바가 컸는데, 2000년대 역사추리소설은 새로운 활로라 여겨질 정도의 영역을 개척했다. 그럼에도 각 작품들의 면면을 보면 서구 미스터리 추리소설에서 선보였던 추리 기법이나 홈즈 캐릭터를 모방한 경우가 상당하다. 이인화의 패러디 역시 이러한 경우라 하겠다. 패러디는 장르소설이 가진 흡인력을 한층 돋보이게 함과 동시에 한편으로 우리만의 새로운 캐릭터 창출에는 방해가 되는 이중성도 엄연히 존재한다. 정약용이 전형적인 탐정으로 오롯이 서기 힘든 것은 그가 실존했던 인물이기 때문이다. 물론 이인화의 작품에서부터 정약용을 탐정으로 내세운 것은 매우 영리한 선택이었음은 많은 작품을 통해 드러났지만 정약용이 곧 탐정이라는 등식이 성립되기에는 무리수가 따른다. 따라서 패러디와 모방을 통해 우리 추리소설의 외연을 확장했지만 동시에 우리만의 독특하고 새로운 추리기법의 발전에는 걸림돌이 되는 점도 잊어서는 안 될 터이다. 그럼에도 장르가 진공 속에 존재하는 것이 아니라 특정한 사회적, 문화적, 역사적 상황 속에서 순환[71]함을 기억한다면 앞으로 톺아볼 역사추리소설이 실험정신의 끈을 놓치 않는 것은 역시나 중요한 일이라 여겨진다.

이인화의 『영원한 제국』은 1990년대 초반에 등장하여 숱한 화제를 뿌

71 Christopher Pawling ed., 박오복 역, 「대중소설: 이데올로기냐 유토피아냐」, 『대중문학이란 무엇인가?』, 앞의 글, 85쪽.

린 작품이다. 변화된 역사학계의 흐름과 팩션 열풍, 추리 서사가 지닌 소설적 재미를 영민하게 포착해냈다. 짚어본 바대로 여러 가지 문제점이 노출되기도 하였지만 정조 시대에 대한 남다른 의미부여, 정약용이 지닌 면모를 탐정으로 대체할 수 있었던 선구적 전략, 유익한 역사 정보와 생활사에 대한 인문학적 접근 등은 이후 2000년대 역사추리소설에 적지 않은 영향을 끼쳤고 그 초석을 다졌다는 점에서 그 의미는 적지 않다 하겠다.

Ⅲ.

2000년대 꽃피는 '역사' 및 '추리' 콘텐츠

이인화의 『영원한 제국』으로 포문을 연 역사추리소설은 2000년대 주목할 만한 작품들이 쏟아졌다. III장은 주요 작품과 작가들을 분석하기 전 드라마와 영화, 여타 소설 등 다른 매체들이 보여준 '역사' 혹은 '추리' 콘텐츠를 살펴볼 예정이다. 소설이 기타 대중매체나 다양한 문화들과 끊임없이 교류하며 영향을 주고받는 상황에서 이러한 작업들은 작품들을 면밀히 검토하는데 기름진 밑거름이 된다. 역사추리소설이 아닌 소설에서 드러난 역사 관련 내용이나 추리서사 활용은 더욱 그렇다. 최근 들어 영상매체의 엄청난 약진은 소설과 영상의 영역이 단독으로만 존재하는 것이 아니라 서로 침투, 습합된다는 것을 확연히 보여주는데 소설이 드라마화되거나 드라마가 다시 소설로 옮겨지는 이동이 자연스럽게 여겨 지는게 그 증거라 할 만하다. III장은 드라마, 영화, 문학에서 드러난 '역사' 및 '추리'에 관해 살펴보고, 역사추리소설의 작품목록까지 정리해 볼 것이다.

1. 드라마와 영화에서 뽐낸 역사추리서사

1.1 드라마 – 미시사를 바탕으로 한 영웅의 대활약

드라마와 영화는 90년대부터 불기 시작한 팩션 열풍을 그 어느 매체보다 반갑게 받아들여 다양한 작품으로 선보였다. 특히 드라마는 2000년대 초반 들어 역사물을 활발하게 제작하였는데 달라진 역사관을 바탕으로 승부한 몇몇 작품들은 대중들의 엄청난 인기를 끌었다.

그 시작은 블록버스터 사극을 지향하며 그전에는 별반 다루지 않았던 후삼국시대와 고려 건국까지를 다룬 〈태조 왕건〉(2000.4.1~2002.2.24, kbs1)이었다. 건국 영웅인 왕건과 후삼국의 왕들을 중심으로 극이 전개되긴 하였지만 인물을 중심으로 이야기를 풀어가고 부정적으로 다루어지던 궁예와 같은 인물의 재조명으로 시청자들에게 각광을 받았다. 한류열풍의 신호탄이라 불릴 정도의 작품은 〈대장금〉(2003.9.15~2004.3.23, MBC)에서 이루어진다. 주인공인 '서장금'이 어린 시절 수라간 상궁에서부터 어의녀가 되기까지의 과정을 그려낸 작품으로 최고 시청률 57.8%, 평균 시청률 40% 이상을 유지하며 '장금이 신드롬'이라 불릴 정도의 인기를 누렸다. 이는 숱한 난관과 역경에 시달리면서도 굳고 올바른 심성을 잃지 않고 끊임없이 노력하는 주체적 여성인 주인공 장금이의 역할이 컸다. "왕조 중심, 남성 중심의 역사에서 벗어난 자리에서 출발하여 궁녀와 의녀라는 구체적인 개인, 즉 역사 속에서 부수적이라 생각되어 온 인물의 역사"[1]란

1 양근애, 「TV 드라마 〈대장금〉에 나타난 '가능성으로서의 역사' 구현 방식」, 〈한국극예

점에서 그 의의는 배가된다. 여기에 궁궐의 음식을 영상과 소리로 맛깔나게 재현하는 동시에 수라간 상궁과 어의녀라는, 지금으로 따지자면 전문 요리사와 의사라 할 수 있는 조선 시대 직업여성을 그린 점도 눈에 띈다. 주인공의 멘토라 불릴 정도의 자애롭고 선한 이미지의 궁녀들과 다양한 직업군의 일반 백성들의 모습까지, 각자 주인공으로 치열하게 살아가는 '아무개'들의 삶을 보여주고 있는 점도 특기할 만하다. 그야말로 거대 역사의 추론 방식인 계량적 분석에 의한 실증주의가 아니라 오히려 겉보기에는 별 의미 없이 보이는 사소한 사실이 역사적 리얼리티를 설명해낼 수 있는 실마리가 된다는 사실에 주목[2]한 드라마라 평가할 수 있다.

〈대장금〉 성공 이후 "대형화와 대중성 획득의 역사드라마 시기"[3]로 진입한다. 〈다모〉(2003.7.28~2003.9.9, MBC)는 조선시대 여형사로 불리는 주인공이 등장해 여러 사건을 파헤치고 조사하는 퓨전사극에 해당되는데 '다모폐인'이라는 말이 등장할 정도로 열혈 팬을 이끌어냈고 유행어도 등장하였다. 이 드라마는 〈대장금〉과 같이 전문 직업군이라 할 수 있는 여형사의 활동을 그렸고 "민중의 역사, 풍속의 역사 등 보통 사람들의 삶과 가까운 소재를 다양하게 사용한 '대중 사극'이라 일컫는 최근의 퓨전 사극"[4]으로 불릴 정도로 미시사와 일상사를 충실히 재현하기도 하였다. 형사라는 직업이 가진 신선함을 활용, 2000년대 후반에 풍성해진 역

술연구〉, 2008.1, 337쪽.

2 양근애, 위의 논문, 316쪽.

3 주창윤, 「역사드라마의 장르사적 변화과정」, 〈한국극예술연구〉, 2007, 4쪽.

4 김영순, 「〈다모〉, 대중사극에서 미적 체험으로」, 『문화, 미디어로 소통하기』, 김영순 외, 논형, 2004, 21쪽.

사와 추리를 섞은 드라마의 선두주자 격이라 할만하다. 김탁환의 『불멸』과 김훈의 『칼의 노래』을 원작으로 한 〈불멸의 이순신〉(2004.9.4~2005.8.28, KBS1)은 영웅과 충신으로서의 이순신의 모습보다는 고뇌하고 번민하는 모습을 그려 깊은 인상을 남겼다.

이후 역사에 거의 남겨져 있지 않은 내용에 보다 너른 상상력을 확대하여 고대사라 일컫는 시대를 다룬 드라마들로 옮겨간다. 〈주몽〉(2006.5.15~2007.3.6, MBC)과 〈선덕여왕〉(2009.5.25~2009.12.22, MBC)이 대표적이다. 고구려 건국 시조인 주몽에 관한 이야기는 〈삼국유사〉의 한 구절에만 남아 있을 뿐, 그야말로 '신화'에 가깝다. 따라서 그 어느 시대보다 많은 상상력을 필요로 했다고 할 수 있다. 시대를 고증하는 것에 치중하기보다는 주몽의 성장담과 더불어 나라를 세우기까지의 지난하고 힘든 과정을 차근차근 헤쳐 나가는 모습에 초점이 맞춰졌고, 소서노라는 진취적인 여성과 함께 나라를 세우는 모습과 각자의 길을 가기 위해 헤어지는 모습을 자연스럽게 담아내 큰 인기를 끌었다. 〈선덕여왕〉은 어린 시절 '덕만'이 여왕으로 거듭나기까지의 과정을 드라마틱하게 그렸을 뿐더러 정치의 한복판에서 치열한 경쟁과 갈등을 해결해나가는 모습으로 주목을 받았다. 흥미로운 것은 주인공 덕만보다 역사 속에는 미비하게 묘사된 '미실'이 정적으로 강한 존재감을 내뿜으며 악녀이지만 나름의 설득력과 강한 지도력으로 나라를 이끌어가는 모습을 선보여 화제몰이를 했다. 여기에 중국에서 수입 금지를 시킬 정도로 불편한 심기를 드러낸 〈태왕사신기〉(2007)는 "중국의 동북공정 주장으로 인해 민족주의 의식이 고양되자 기획된 것"[5]이라는 의견처럼 외교적인 기싸움으로까지 번지는 드라마도 생기게 되었다. 이는 역사가 가지는 해석과 국가별로 가지는 이해득실에 따른 현상이라고 할 것이다.

이처럼 2000년대는 대형 역사드라마의 출현이 상당히 돋보였고, 기존 역사의 틀에서 벗어나 새로운 인물들과 미시사, 일상사를 섬세하게 도입하여 팩션적 요소를 강화한 작품들이 선보였다.

이제부터 좀 더 자세히 살펴볼 드라마들은 앞서 본 드라마들보다는 추리적 요소를 훨씬 더 드러낸 작품들이라 주목을 요한다. 즉 장르적 요소를 내세운 작품들이라는 점에서 눈여겨 볼 가치가 충분하다. 역사추리소설이 원작인 〈뿌리 깊은 나무〉와 〈바람의 화원〉도 그런 요소가 강하지만 V장 이정명 작품 분석 시 두 편을 보다 자세하게 다룰 예정이라 여기서는 〈별순검〉, 〈이산〉, 〈정조암살미스테리－8일〉, 〈조선추리 활극 정약용〉 등 4편 정도만 살펴본다. 재미있는 것은 세 작품이 정조 시대를 배경으로 하고 있다는 점이다. '정조'와 생동하는 18세기 후반의 조선 사회가 낳은 개성 있고 진보적인 인사들의 결합은 추리 콘텐츠와 만났을 때 더욱 다양한 모습으로 연출된다. 더불어 이 드라마들은 대부분 퓨전사극의 성향을 띤다. 퓨전사극이란 "종래의 사극이 왕가와 대신을 중심으로 하여 정사에 근거한 사건을 근간으로 삼아 형상화한 작품이라면, 이러한 사극으로부터 벗어나 역사서에 근거하지 않은 다양한 인물들을 주인공으로 삼고 다분히 현대적인 인물성격과 대사의 질감을 지니는 등, 기존의 사극 관행으로부터 벗어난 작품"[6]으로 2000년대 많은 역사 드라마들이 이러한 성향을 일정 정도 지니고 있는 것은 분명하다. 역사추리

5 강은모, 「세계화의 관점에서 본 팩션의 가능성」, 앞의 논문, 24~25쪽.

6 이영미, 『한국인의 자화상 드라마』, 생각의 나무, 2008, 75쪽.

소설 역시 이 자장 안에 있는 점은 차후 기억할 만한 부분이다.

1) 〈별순검〉 – 조선판 CSI

2000대 초반을 전후로 첨단과학을 동원, 범죄에 대한 과학적 접근과 사건 프로파일링이라는 작업을 통해 새로운 범죄 서사를 구축한 미국 드라마 〈CSI과학수사대〉나 〈X-File〉이 우리나라 시청자들에게 급속하게 퍼지면서 수사와 추리 콘텐츠에 대한 관심이 상당히 높아졌다. 이에 MBC는 조선 후기를 배경으로 조선시대 형사사건에 대한 법의학적 분석과 과학 수사의 다양함을 보여주었던 별순검의 활동을 그린 〈추리다큐 별순검〉을 제작하였다(2005.10.9~11.26). 하지만 5%의 낮은 시청률로 인해 조기 종영되었다. 이후 MBC드라마넷에서는 〈별순검 시즌1〉(2007.10.13~12.29)과 〈별순검 시즌2〉(2008.10.8~12.9)를 만들었고, 스타 없이도 탄탄한 서사 구조와 내용, 연기만으로 드라마가 승부할 수 있다라는 것을 보여주었다. 경무관 총지휘관인 강승조 역의 류승룡과 별순검 진이(박효주 분), 김강우(온주완 분), 배복근(안내상 분) 그 외 증거물 분석관 등이 시즌 1에 등장하였다. '조선말 갑오개혁 이후, 좌우 포도청이 사라진 후 경무청이 신설됐고 경찰업무를 담당하는 순검이 등장했다. 그들 중 특수업무를 담당하는 사복 경찰들이 있었으니 이들을 별순검이라 불렀다'라는 1화의 소개처럼 개화기라는 혼란스러운 시절을 배경으로 하였다는 점은 이 드라마의 지향점이 무엇인지를 알 수 있게 해준다. 즉 새로운 직업군인 별순검을 통해 그 시대의 범죄를 다른 시각으로 조명, 다양한 가치관의 충돌을 환기시킨 셈이다. 신분제 요동에 따라 벌어진 백정 살해(1화)나 외국 자본의 공격적인 유입에 따른 민족 자본의 위기 상황(제3화) 및 악덕 고리대금업에 대한 서민들의 공포(제10화) 등은 시대적 상황과 결부되어 그 위기감을 높인다. 전기수나 소설가의 팬덤 유치 경쟁(15~16화) 등을 보여준 에피소드 들은 현재의 상황과 겹치면서 그 재미를 높여갔다. 더불어 살인사건 피해자의 사망 원인을 『증수무원록』에 따라 검시(檢屍)로 정확히 추정하고, 사건의 증거를 단서나 목격자들의 증언을 토대로 분석하는 등 과학적이고 합리적인 수사 과정을 보여주어 '한국판 CSI'라는 별칭을 얻기도 하였다.[7] 식초를 이용해 핏자국을 찾는다든지 큰 가방 안에 확대경이나 붓, 솔 등을 가지고 다니면서 정밀한 현장 검증을 하는 모습이 대표적이다. "현 시기의 사회적 문제의식을 과거 사건을 통해 우회적으로 재해석하고 싶다는 욕망과 영화 같은 TV드라마, 또는 소위 '미드'와 '일드'에 견줄 수 있을 정도의 완성도 높은 한국형 드라마를 생산하겠다는 욕망"[8]을 보였다는 평가처럼 이 드라마는 한국판 과학수사드라마를 지향한다. 이 시리즈는 꾸준히 인기를 끌어 2009년 콘텐츠진흥원 기획만화 창작 지원 부분에 선정된 『조선과학수사대 어린이 별순검』 등으로 탈바꿈하면서 어린 독자층을 사로잡기도 하였다.

---

7 법의학서인 『무원록(無冤錄)』은 원나라에서 14세기 초 편집된 책으로 검시하는 규정과 방법을 서술한 책이다. 이를 세종 때 우리나라의 현실에 맞추어 『신주무원록(新註無冤錄)』으로 1438년 완성하였다. 영조 때 이를 다시 개편한 『증수무원록(增修無冤錄)』에 이어 정조 때는 이를 한글판으로 내어 언해본이 나오기도 하였다. 실제 조선시대 사건 수사의 핵심은 크게 두 가지였는데 하나는 사체의 사망 원인을 밝히는 것이고, 다른 하나는 목격자나 관련자들의 증언을 확보하는 것이었는데, 전자의 것을 보다 중시하여 세 번의 검안과정이 있었다고 한다. 숯, 소금, 백반, 닭, 은비녀, 파, 매실, 감초, 식초 등 다양한 검시용 재료를 사용하여 보다 과학적이고 합리적인 검안을 하기 위해 노력하였음이 이러한 문헌들을 통해 드러난다(심재우, 「『무원록』과 조선시대의 검시」, 한국역사연구회 웹진(www.koreanhistory.org/webzine), 2009, 2월 11일).

8 박명진, 「추리(推理)와 역사(歷史)의 변증법」, 〈한국극예술연구〉 50, 2012, 339쪽.

그 외 미국 20세기 폭스사가 1993년에 제작하여 우리나라에서는 1994년부터 방영되었던 〈X파일〉(KBS2, 1994.10.31 첫 방송)은 정부의 음모 이론과 UFO, 외계인 등을 소재로 다뤄 폭발적인 인기를 누렸다. 이 드라마의 제목을 가져와 〈조선 X파일 기찰비록〉(tvn, 2010.8.20~10.29)이 만들어지기도 하였다. 기찰비록(奇察秘錄)이란 기이한 사건들에 대한 기록이란 뜻으로 광해군 시대에 벌어졌던 초현상을 흥미롭게 보여주기도 하였다. 4차원 세계나 초능력, UFO, 외계인, 돌연변이 등이 각 에피소드마다 출현하였다. 공중파에는 본격적인 추리 콘텐츠가 그다지 큰 반향을 일으키진 못하고 있는 상황이지만, 케이블 TV를 중심으로 계속되고 있는 이러한 시도들은 역사, 추리 콘텐츠에 대한 대중들의 인식이 서서히 바뀌고 있었음을 확인케 해주는 바로미터라 할만 했다.

2) 〈이산〉 – 왕 되기 프로젝트

드라마 〈이산〉은 MBC를 통해 2007년 9월 17일부터 2008년 6월 16일까지 10개월에 걸쳐 방영되었다. 이서진을 정조로 내세운 이 드라마는 배우들의 호연과 더불어 탄탄한 내용 전개로 연장방영이 될 정도였다. 사도세자의 죽음 즉, 임오화변(壬午禍變)이 있던 1762년 세손이 11살 때부터 1800년(정조24년) 정조가 승하하기까지의 일대기를 다루고 있지만 플롯은 상당히 복잡하다. 이야기의 큰 줄기는 세 가지로 각각의 내용을 지니면서 동시에 얽히고설키기도 한다. 어린 세손이 성송연(후에 문효 세자를 낳은 의빈성씨)을 만나 우정을 나누고 사랑으로 이어지는 로맨스가 한 줄기이고, 호위무사 박대수나 홍국영과 손잡고 여러 어려움을 헤쳐 나가는 것이 또 하나이다. 이들은 친구이자 믿음직한 동료로 이산 앞에 산적한 음모와 모험들을 때로는 기지로 때론 격정적인 몸싸움으로 물리친다. 마지막으로 적대세력의 음모와 세 규합이다.

세 가지 줄기는 특히 추리 서사의 일부분을 차용하여, 거짓과 진실, 죽음과 생을 넘나드는 '왕 되기 프로젝트'를 흥미롭게 보여준다. 매회 던져지는 시련들과 그것들을 해결하기 위한 고투는 곧 탐정이자 주인공인 이산이 그것을 어떤 식으로 해결하고 밝혀낼 것인가에 초점이 모아지면서 긴장감을 더한다. 가장 대표적인 사건 해결은 노론이 세손을 몰아내기 위해 비밀 교지를 만드는데, 그 교지가 누출되고 그것이 송연과 보조자들에게 발각되는 에피소드이다. 노론은 교지로 세손의 목을 조이려 하지만 이산이 음모의 내용을 인지하고 반격을 준비하여 극적인 해결을 맞는다. 범죄를 둘러싸고 벌어지는 음모와 비밀, 사건과 갈등이 해결되는 장치로써 추리서사의 행위와 결말은 대부분 극적인 흥미와 즐거움[9]을 위한다는 말은 〈이산〉에 그대로 들어맞는다. 추리서사를 적극적으로 활용하여 흥미를 불러올 뿐 아니라 홍국영과 손을 잡는 이산을 통해 새로운 시대를 꿈꾸는 지도자상을 연출하기도 한다. 남다른 지략과 권력에 대한 강한 의지를 지닌 홍국영과 노론의 압박 속에 입지가 좁아진 자신을 탄탄하게 받쳐줄 누군가를 기다리던 이산과의 만남은 서로에게 이익을 주는 결합이다. 이들의 만남이 정치적인 성격만을 띠었던 것은 물론 아니고, 그 안에는 끈끈한 우정과 믿음이 굳건하게 자리잡고 있었다. 여기에 채제공의 지원까지 더해져 새로운 세상에 맞설 진보적이고 개혁적인 지도자로 부상해 가는 모습이 연출된다. 완성된 왕이 아니라 만들어지고

9 졸고, 『1930년대 한국 추리소설 연구』, 앞의 책, 188쪽 정리.

성장해가는, 그러면서 다듬어지는 주인공은 실제의 정조와는 상관없이 2000년대가 원하는 지도자 상이었던 것이다. 따라서 이 드라마가 왕이 된 후의 정조의 모습보다는 세손 시절에 초점을 맞춘 것은 그러한 의도를 잘 드러낸 셈이라 하겠다.

3) 〈정조암살미스테리-8일〉 - 영웅의 시련과 극복

케이블 방송 CGV에서 방영한 〈정조암살미스테리 - 8일〉(2007.11.17~12.16 방영)은 오세영의 역사추리소설 『원행』에 풍부한 상상력을 더하고, 정조에 보다 초점을 맞춘 드라마이다. 총 10부작으로 방영된 이 드라마는 정조 역에 김상중, 정약용에 박정철, 혜경궁 홍씨에 정애리 등 탄탄한 연기력을 바탕으로 한 중견연기자들이 활약을 펼쳤다. 이 드라마의 주인공은 정약용이 아니라 정조다. 그러다보니 범죄 추리서사에 벗어나는 진행으로 흘러간다. 드라마는 사도세자의 죽음으로부터 시작하여 정조의 즉위식, 혜경궁 홍씨와의 팽팽한 긴장감, 정순왕후와 노론 세력 간의 알력까지 정조를 둘러싼 여러 갈등 상황들이 1, 2화에서 세세하게 전개된다. 이후 3화부터는 원행을 준비하는 과정에 노론의 적극적인 공세와 눈에 보이지 않는 정치적 암투, 긴장감 등이 본격적으로 다루어지고, 동시에 정조가 자객과 직접 칼로 맞서거나 문인방 패거리를 둘러싼 추격, 격투 장면이 빠르게 진행된다. 그러다보니 원작에서 중요시 그려졌던 정약용의 탐색의 서사보다는 정조의 정치적 암투가 더 비중 있게 다루어진다. 이는 드라마의 빠른 화면 전개와 컴퓨터 그래픽을 통한 원행 장면 등이 비선형적으로 배치, 혹은 몽타주 되면서 정조의 면모가 보다 '사실적'이고 인간적으로 묘사되는 것과 균형을 이룬다. 이는 드라마적 '허구'의 문법과 기술적으로 허구를 가능케 하는 장치들을 통해 역사의 '사실적 분위기(Reality)'가 강화[10]되는 효과를 발휘한다. 왕가의 비극을 배경으로 한 채 진행되는 화성으로의 원행 준비와 출발, 그리고 이어지는 정조암살을 위한 거병(擧兵) 계획과 배다리에서의 총격 준비, 실제로 인질이 되어 잡혀간 위기일발의 정조의 모습은 이 드라마를 보다 묵직하고 역사적 현실로 다가서게 한다. 하지만 새로운 세상을 꿈꾸는 문인방과 같은 인물, 그를 따르는 상인 홍재천, 장인형 패거리와 매회 빠지지 않고 등장하는 칼이나 총을 이용한 추적, 격투 장면 및 장인형과 소향비와의 애틋한 사랑 이야기는 이 드라마가 기존의 왕조 중심의 사극과 차별화되는 지점이다.

이처럼 이 드라마는 최근 새롭게 해석되는 정조 관련 콘텐츠를 재확인하며 정약용을 이용한 추리 콘텐츠로 이를 강조한다는 점이 특징이다. 원작의 기본 틀을 유지하면서도 갈등 세력과 맞서는 카리스마를 내뿜는 군주 정조를 통해 지금 이 시대의 '영웅'을 불러온다. 물론 이 영웅은 갖은 정치적 모략과 암살 기도, 혈육 간에도 끊이지 않은 정쟁(政爭) 등 정치적이면서 한편으로 고뇌하지 않을 수 없는 살아있는 '인간'으로 그려진다. 정공법에 가까운 범죄 추리 소설과 이를 영웅적 이미지로 소환한 〈정조암살〉은 최근의 트랜드와 '정조'라는 콘텐츠의 결합이 만들어낸 합작품이라 할 것이다.

10 정준희, 「고전 재창조 경향과 팩션 드라마 유행」, 『해외방송정보』 제712호, 한국방송공사, 2007, 32쪽.

4) 〈조선추리 활극 정약용〉 – 현재적 활극의 탄생

〈조선추리 활극 정약용〉(이하 〈조선추리〉)는 2009년 11월에 처음 방영을 시작한 이후로 케이블 TV로는 높은 4%대의 시청률을 자랑하며 총 8회로 마무리되었다.[11] 제목과 같이 주인공은 정약용이다. 박재정이 연기한 정약용은 기존의 올곧고 엄격한 선비의 이미지를 벗고 훨씬 더 친근하고 발랄하게 변신한다. 물론 청렴하고 강직하며 "부패한 권력을 비판하고 민생의 안정을 위한 갖가지 개혁 방안을 구상"[12]했던 정약용의 기본적인 성향은 유지되지만 퓨전 사극답게 패러디와 코믹 요소를 가미해 분위기는 사뭇 발랄하다.

서학을 접했다는 이유로 노론대신들에게 공세를 받은 정약용은 1795년 당시 충청도 홍주(洪州)에 속한 역원(驛院)인 금정찰방(金井察訪)으로 좌천된다. 이 드라마는 이러한 역사적 사실로부터 시작된다. 하지만 곧바로 '추리'에 초점을 맞춘다. 퓨전사극이라는 기치에 걸맞게 다루고 있는 범죄들이 역시나 현재적이다. 3화 〈방울소리〉는 사이코패스와 같은 아동 연쇄살인범이 등장하고 4화 〈쩐의 전쟁〉은 이전에 선보였던 드라마 제목을 패러디한 만큼 사채업자와 묻지마 투자와 같은 '돈' 때문에 벌어지는 피해 상을 고발하고 있으며, 학원이나 학교 내의 폭력이나 집단 따돌림 등을 다룬 6화 〈학원별곡, 꺾여진 날개〉 등은 현재의 범죄를 비틀어 다루고 있다. 또한 최신 유행어를 넣어 재미를 더하는 등 하이콘셉트 성

---

11 케이블 OCN에 'TV무비'를 표방하며 내건 이 작품은 2009년 11월 27일부터 2010년 1월 15일까지 총 8회 방영되었다. 박재정, 이영은, 홍석천, 조상기 등을 내세운 이 작품은 특히 3,40대 남녀를 중심으로 열광적인 반응을 끌어냈다.

12 임부연, 『정약용&최한기—실학에 길을 묻다』, 김영사, 2007, 13쪽.

향으로 현재적인 의미를 강조한다.

> 애지남(愛知男); 지금의 엣지남(1화)
>
> 이잡(二雜); 현대의 투잡을 말함 / 부이선(芙苡線); 현대의 브이라인 / 보독소(補篤蘇); 현대의 보톡스 주사(2화)
>
> 왜빙(矮聘); 현대의 웰빙을 뜻함(3화)

직접 화면에 자막으로 뜨는 언어 유희적 단어들은 웃음을 유발한다. 이처럼 〈조선추리〉는 트렌드를 고스란히 재현하면서도 수사 드라마로서의 기본 서사 구조를 유지한다. 여기에 논리적인 수수께끼나 비밀 풀기, 밀실살인과 같은 '지적 유희'가 등장, 사건 해결자와 범인, 독자 사이의 '게임'이 전개된다. 미스터리 추리 서사가 가지는 이와 같은 논리적이고 연역적인 추리를 통해 정약용은 새로운 시대의 합리적인 지식인이자 행동하는 목민관으로 자리매김한다. 실제로 3화의 범인이 제시한 마방진(魔方陣)과 음양오행(陰陽五行)의 비밀을 찾아내 범인과 희생자가 있는 곳을 밝혀낸다든지, 5화의 독충을 이용한 밀실살인, 6화의 사체(死體) 바꿔치기와 사후(死後) 시간 혼동 등을 통한 범인과 정약용과의 지적 대결은 이 드라마의 강점으로 뽑히면서 미스터리와 범죄 추리서사의 적절한 혼합을 보여준다. 이는 제목이나 광고에 계속해 등장하는 카피문구 "학자 정약용은 잊어라! 셜록 홈즈를 뛰어 넘는 최고의 탐정이 온다!"처럼 실존 인물인 정약용이 조선시대의 셜록 홈즈로 탄생한 것이다. 그렇다고 실존 인물의 이미지를 완전히 파기하진 않는다. 가부장제 하에서 고통 받는 여성이나 어린이 살해 사건, 학교나 학원 내의 폭력과 입시, 악성 댓글, 고리대금업에 대한 임금의 적절한 조치와 배려, 제도적 모순의 변혁 등을 촉구하는 모습 등을 통해 "효자나 열녀와 같은 허위 이데올로기에 대한 그의 격렬한 분노는 어찌 보면 도가 지나치다고 여겨질 정도"[13]였던 역사 속 인물로 다시 살아난다. 정조 역시 기존의 이미지를 고수하면서 조금 더 백성들의 세계로 내려온다. '오랜 벗'을 만나고 싶어 호위무사 한 명만을 거느리고 '잠행'을 감행한 정조는 정약용이 묵고 있는 주막에서 거리낌 없이 탁주를 마시고 주모나 상민들과 농담을 주고받으며 심지어 도박까지 벌인다. 신분을 숨기고 이렇게 백성들의 삶을 돌아보는 모습은 정조를 더욱 친근하게 만든다.

이 드라마는 추리서사가 지닌 권선징악적 측면뿐 아니라 살인이나 범죄를 저지른 자가 진정한 악(惡)인가에 대한 의문을 던지고 있다. 범죄자가 살인을 행할 수밖에 없는 사회적 모순에 대한 고발적 측면과 악이 행해질 수밖에 없는 근원적인 문제가 무엇인지에 대한 질문을 제기하는 이 드라마는 앞서의 역사추리 서사가 지니는 여러 요소들을 흡수하고 따르고 있으면서도 새로운 면모를 선보인다. "범죄 추리소설이 때로는 법이나 정의, 사회가 지닌 제도에 관해 의문을 제기하는 급진적인 태도를 보이기도 한다"[14]는 지적과 같이 이 드라마는 이러한 의문을 끌어내고 있어 의미심장하다.

인물들은 전형적이면서도 개성적이다. 정약용의 호위무사 무영과 관에 소속된 다모(茶母) 설란과 군교인 철두, 소매치기와 사기 등 소위 잡범

13 정민, 『18세기 조선 지식인의 발견』, 휴머니스트, 2007, 70~71쪽.

14 Julian Symon, *Bloody Murder*, op.cit, p.193.

이지만 충실한 보조자인 각수, 다소 모자라 보이나 한 번 본 것은 잊지 않는 장이 등은 전형적인 미스터리 추리소설의 보조자들이다. 이들은 각자의 특색과 능력을 동원하여 정약용을 돕는다. 특히 설란은 시체검안이나 재빠른 추리로 정약용과 더불어 사건 해결의 핵심적 역할을 한다. 설란과 정약용 사이의 미묘한 감정도 전개되어 극적 재미를 더했다. 설란의 검시나 목격자의 증언 확보 등은 그 이전의 〈별순검〉과 같은 드라마를 통해 보여주었던 과학적이고 합리적인 과정을 그대로 재현하고 있다. 이는 실제 조선시대의 법의학서인 『무원록』에 의한 역사적 고증을 거친 작업들이라 더욱 흥미진진하다. 또한 최근 확산되고 있는 범죄심리학이나 프로 파일러들에 대한 관심을 적절하게 혼합한 범죄자나 혐의자와의 면담과 협상 과정 등도 세련되게 그려진다.

하지만 수학과 과학에 조예가 깊었던 정약용이 정작 '마방진(魔方陣)'과 같은 기초적인 문제를 놓고 며칠씩 고민한다거나, 살인을 방조한 혐의자를 풀어준 뒤 진범과 시간을 보내게 하여 죽게 되는 어설픈 사건 전개는 탄탄한 추리와 사건 수사 과정의 치밀함과는 다소 거리가 있는 것도 사실이다. 또한 악성댓글에 대한 조정의 적절한 법적 조치를 취해달라는 간언 등은 최근 논의의 대상이 되고 있는 '인터넷 실명제'와 곧바로 연결되어 문제의 소지가 다분하다. 그럼에도 매회 새롭고도 시의적절한 범죄와 그에 따른 각 인물들 간의 갈등과 정약용의 활동은 신선하면서도 명쾌한 요소가 더 크다. 역사적 사실이나 실증보다는 '추리'와 '범죄' 등 추리서사가 가질 수 있는 다양한 재미에 집중한 〈조선추리〉는 앞선 드라마들과는 또 다르게 최근의 경향을 내포하면서도 대중의 코드에 맞춘 모양새다.

이 외에도 여러 드라마들이 '역사'와 '추리'를 표방해서 이 매력적인 '소스'를 각자의 방식으로 대중들에게 펼쳐 보이고 있고 여전히 현재 진행형임을 우리는 확인할 수 있다.

1.2 영화 – 다양한 시도와 시리즈화

영화는 드라마보다는 두 시간이라는 제한적 시간으로 인해 역사와 추리를 다 소화하기에는 다소 무리가 있다고 하겠다. 그럼에도 1995년 〈건축무한육면각체의 비밀〉(감독 유상욱)은 이상의 시를 활용하여 일본의 음모에 맞서 활약하는 내용을 담으면서 2000년대 역사추리소설이 흔히 보여주었던 내용과 형식을 선취하고 있어 흥미롭다. 2002년 나온 대체역사를 보여준 〈2009 로스트 메모리즈〉(이시명 감독)은 앞서 살펴본 『비명을 찾아서』와 같은 시점을 잡아 일제시대와 2009년을 오가며 역사의 소용돌이를 헤쳐 나가는 모습을 선보여 많은 관람객을 불러 모이기도 하였다. 정지우 감독의 〈모던 보이〉(2008)는 박해일과 김혜수를 주연으로, 이지민의 소설 『망하거나 죽지 않고 살 수 있겠니』(문학동네, 2000)을 원작으로 한다. 당시 영화에서 많이 다뤄지던 1930년대를 배경으로 하고 있는 점도 예사롭지 않다. 소위 '모던보이'였던 주인공이 댄서 로즈를 만나 사랑에 빠지고, 정체가 묘한 그녀의 행방을 쫓다 독립운동가의 길로 들어선다는 내용이다. 그 외의 팩션 영화로는 〈황산벌〉(2003), 〈음란서생〉(2006), 〈황진이〉(2007), 〈쌍화점〉(2008), 〈미인도〉(2008) 등이 있고 2010년대 이후로는 〈광해, 왕이 된 남자〉(2012), 〈조선명탐정: 각시투구꽃의 비밀〉(2011), 〈가비〉(2012) 등이 이어진다. 그 중 〈미인도〉는 같은 해 나온 드라마 〈바람의 화원〉과 같은 설정, 즉 신윤복이 여성이라는 가정 하에 펼쳐진 작품이라 여러모로 논란이 일기도 하였다. 이 영화들은 기존의 사극과는 다른 인물과 일상사를 중심으로 하고 있어 드라마나 소설과 맥을 같이 하고 있음을 알 수 있다. 이외에도 서스펜스가 적극 차용된 영화의 등장이 눈길을 끈다. 〈세븐데이즈〉(원신연 감독, 2007), 〈그놈 목소리〉(박진표 감독, 2007), 〈추격자〉(나홍진 감독, 2008) 등이 있다.

가장 눈여겨 볼 작품은 김석윤 감독의 '조선명탐정 시리즈'로 불리는 영화 3편이다. 〈조선명탐정: 각시투구꽃의 비밀〉(2010), 〈조선명탐정: 사라진 놉의 딸〉(2015), 〈조선명탐정: 흡혈괴마의 비밀〉(2018)이다. 이중 첫 번째 편은 김탁환의 백탑파 시리즈 중 두 번째 편인 『열녀문의 비밀』을 기본으로 삼아 이루어졌다. 원작이 정조 시대를 배경으로 박지원 등의 실존인물과 김진, 이명방과 같은 허구적 탐정을 내세운 전형적인 역사추리소설이라면 영화는 조선 시대를 배경으로 하지만 정확하게 시대를 규정하지 않고 있고, 주인공 김민 역시 소설 속 인물보다는 희화되고 엉뚱한 인물로 탈바꿈한다. 사건의 기본 틀은 소설에서 가져왔지만 영화 속 인물들은 거의 새롭게 만들어졌다고 해도 과언이 아니다. 탐정 김민은 차라리 앞서 살펴본 드라마나 역사추리소설에서 많이 등장했던 '정약용'을 모티브 삼았다는 느낌이 강하다. 벼슬을 가지고 있으며 왕명을 받아 일을 진행하는 상황이 그렇다. 전형적인 양반 가문인 듯 하지만 "명탐정 포와르를 연상케 하는 콧수염을"[15] 기르는 등의 서구 탐정의 이미지를

15 Jin Aishu, 「2000년대 한 · 중 역사추리물에 나타난 탐정 이미지 비교—영화 "조선명탐정" 시리즈와 "적인걸(狄仁傑)" 시리즈를 중심으로」, 〈한중인문학회 국제학술대회〉, 2018, 138쪽.

차용하면서도 완벽하고 이지적인 모습과는 상반되어 웃음을 유발한다. 그는 사건을 파헤치고 탐색하는 동안에 실수를 연발하고 무모한 모험을 저지르며 심지어 근엄한 양반의 신분임에도 아름다운 여성에게 쉽게 홀리거나 에로물을 짐작케 하는 책을 보는 등 매우 인간적이면서도 솔직한 인물로 그려진다. 더불어 왓슨 역할에 해당하는 개장수 서필과의 스냅스틱적인 코미디는 이 영화가 지향하는 바가 무엇인지도 명확히 보여준다. 역사에 대한 깊이 있는 통찰과 서늘한 깨달음보다는 두 시간 동안의 재미와 웃음을 유발하는 데 초점이 맞춰 있음을 확연히 드러낸다. 그러면서도 김민은 당연하게도 사건을 공정하고 적절하게 해결하는 탐정이다. 이는 두 번째, 세 번째 시리즈로 이어지면서 더 강화되는 모습이 연출된다.

이제까지 살펴본 바대로 최근의 드라마와 영화는 역사와 추리라는 콘텐츠를 적극적으로 받아들이고 있다. 특히 드라마는 매우 활발하게 이를 활용하고 있다는 것을 확인하였다. '역사'란 있는 그대로의 사실이라기보다는 어떤 해석의 잣대를 내미느냐에 따라 지평은 얼마든지 넓어진다. 더구나 2000년 이후의 다양한 대중매체와 소설은 상호 영향을 주고받는 관계라 할 수 있다. 드라마나 영화의 이러한 움직임들이 역사추리소설과 어떻게 교호하였는지는 이후 작품들을 분석하며 치밀하게 살펴보도록 하겠다.

2. 우리 문학의 뜨거운 호응

1990년대에 이어 2000년대 역시 대중적 역사서가 상당히 쏟아졌다. 이러한 역사서 들은 소설과 역사 이야기 중간 정도의 위치에서 나름의 독서 시장을 이루었다. 그 당시 나왔던 몇 권의 책에 제목만 보아도 그 흐름을 파악하기가 어렵지 않다.

한명기, 『광해군』, 역사비평사, 2000.

이승한, 『고려 무인 이야기』 1, 2, 푸른 역사, 2003.

문국진, 『한국의 시체 일본의 사체』, 해바라기, 2003.

여설하, 『조선과학수사대 별순검』, 큰방, 2005.

_____, 『이산과 陰謀』, 생각하는 책, 2007.

_____, 『한권으로 보는 대왕세종』, 큰방, 2008.

정연식, 『일상으로 본 조선시대 이야기』 1, 2, 청년사, 2007.

김성문 · 이웅혁, 『범죄자들의 심리추적 프로파일링』, 수사연구사, 2007.

이수광 외, 『조선과학수사대 별순검』, MBC C&I, 2008.

이종호, 『조선 최대의 과학수사 X파일』, 글로연, 2008.

박은봉, 『한국사편지』, 책과 함께, 2009.

배상열, 『아무도 조선을 모른다』, 브리즈, 2009.

이들은 대체로 역사와 소설의 중간 정도에 자리 잡은 서사구조를 보이고 있어 흥미롭다. 더불어 앞서 살펴본 바대로 신역사주의와 미시사의 영향 하에 있음도 확인된다. 미시사는 거의 예외 없이 '가능성의 역사'를 지향한다[16]는 언급처럼 이러한 역사서들은 실록이나 정사로 굳어진 사실

16 곽차섭, 『미시사란 무엇인가』, 앞의 책, 27쪽.

외에 비어진 구멍들을 메우며 가능성의 이야기로 상상력을 자극한다. 그것이 추리서사의 형식을 띠고 있는 점도 흥미롭고 범죄와 관련된 내용들도 상당수 눈에 띤다. 이 외에도 『범죄의 현장』(리처드 플랫, 안재권 역, 해나무, 2005), 『프로파일링』(브라이언 이니스, 이경식 역, 휴먼앤북스, 2005), 『지문, 범인을 읽는 신체코드』(콜린 비번, 유혜영 역, 황금가지, 2006) 등의 번역서들은 위와 같은 독서 시장의 흐름 속에 읽힌 책들이란 점에서 의미가 있다. 픽션과 팩션의 중간 지점에 자리한 이러한 대중서들은 문학에도 상당한 영향을 끼친다. 추리서사를 적극적으로 활용한 소설들이 그 어느 때보다 많아진 것 부터가 그 증좌라 할 수 있다. 여기서 추리서사란 추리소설이 가지는 장르적 관습에서 이완되어 그 법칙에 얽매이지 않은 채 자유롭게 추리소설적 요소를 차용 혹은 변형하여 사용한 서사[17]를 일컫는다. 우리 소설은 근대 문학 초기부터 김동인, 염상섭, 방인근 등이 적극적으로 추리 서사를 활용하여 자극적인 전개와 극적인 결말을 이끌었다. 이는 당시 대중들의 취향에도 맞아 떨어졌고 소설의 지평을 넓히는데도 한몫을 하였다. 해방 후에도 이러한 면모는 계속해서 이어졌는데 이청준, 이문열, 전상국 등이 그렇다. 이들은 추리소설이 가지는 이중적이거나 중층적인 플롯 사용이나 탐색적 성격을 짙게 드러내었다.[18] 2000년대 들어 김탁환과 신경숙, 김연수, 구효서 등의 소설에서 이러한 추리서사 기법이 두드러진다. 여기에 이들의 소설은 대체적으로 역사적인 소재를 바탕으로 하고 있는 점도 특징이다. 우리 문학사에서 대문자 역사의 붕괴는 역사소설이

17 졸고, 『1930년대 한국 추리소설 연구』, 앞의 책, 177쪽.

18 졸고, 「1950~90년대까지 추리소설의 전개 양상」, 『대중, 비속한 취미 '추리'에 빠지다』, 앞의 책, 82~83쪽.

집단적이고 보편적인 가치를 대표하는 인물을 내세워 당대의 역사적 현실을 총체적으로 형상화해야 한다는 믿음이 의심받기 시작한 것과도 관련을 맺고 있다[19]는 의견에서도 알 수 있듯이 최근 변화된 역사관이 소설 속에도 깊숙이 침투하였음은 명백하다.

"최근 등장한 소설은 현실과 환상 사이의 긴장 자체가 없어지고 있다"[20]는 지적은 아마도 이들 소설들에서 보이는 역사적 내용들이 허구적 요소가 강해져 있는데 따른 것이라 할 것이다. 기존의 역사소설이 보여주는 리얼리즘적 요소들보다 주인공들의 삶이나 등장인물의 내면에 주목하고, 거기에 기존의 역사를 새롭게 바라본다는 점도 공통된 면모라 할 만하다.

김별아의 『미실』(문이당, 2005), 『논개』(1, 2, 문이당, 2007), 『백범』(이룸, 2008)과 황석영의 『심청』(문학동네, 2003), 『바리데기』(창비, 2007), 신경숙의 『리진』(1, 2, 문학동네, 2007), 김탁환의 『파리의 조선 궁녀 리심』(상중하, 민음사, 2006) 등과 같이 인물을 중심으로 한 역사소설들이 쏟아지듯 발간되었다. 김별아는 그 중 여성 서사를 중심으로 다루고 있다. 역사의 주인공이 아니었고 타자였던 여성을 주체적이고 능동적으로 그리면서 그 이름과 행위를 새삼스럽게 호출한다. 황석영의 『심청』도 비슷하다. 소설 속 인물인 심청을 역사 속으로 불러내 한반도라는 공간을 넘어 동아시아의 역사와 함께 험난하고 지난한 역경을 그린다. 개화기라는 세계사의 조류 속에도

19 박진, 「역사 서술의 문학성과 역사소설의 새로운 경향」, 〈국어국문학〉 141, 2005, 93~94쪽.

20 최혜실, 「탈냉전 이후의 문화변동과 한국 문학의 과제」, 한국현대문학회/국제비교한국학회 학술발표, 2007, 182쪽.

수난과 수탈만이 아니라 꿋꿋하게 역경을 헤쳐 나가는 여성으로 심청을 그리면서 '효'의 상징이었던 이미지를 파기한다. 이후 『바리데기』는 '바리데기 신화'의 모티브를 차용하여 탈북인 '바리'의 삶을 조명한다. 김탁환과 신경숙은 조선시대 궁녀가 프랑스 외교관의 아내가 되어 파리로 건너간 특별한 여성에 주목한다. 김탁환은 '리심'으로 불리는 그녀를 통해 현재 우리의 욕망을 투영시킨다. 리심이 명성황후를 도와 무너진 나라를 돕기 위해 귀국한다는 설정이 역사적 사실과는 배치되지만 작가의 의지가 어디에 있는지 뚜렷하게 보여주는 부분이라 할 것이다. 신경숙은 '리진'이라는 여성의 삶과 생각에 집중한다. 그 속에서 역사는 배경일 뿐이고 "중요한 것은 역사의 유적들로 가득 찬 시뮬라크르의 공간인 파리"[21]라는 언급처럼 1900년대 파리라는 공간이 마치 가상현실처럼 독자들의 눈앞에 처연하게 펼쳐진다는데 있다. 아름다운 여성의 기구한 삶에서 역사라는 시공간은 무화되버리고 만다.

김훈의 『칼의 노래』(생각의 나무, 2001), 『현의 노래』(생각의 나무, 2005), 『남한산성』(학고재, 2007) 및 김영하의 『검은 꽃』(문학동네, 2003), 김경욱의 『천년의 왕국』(문학과 지성사, 2007) 등도 새로운 시각에서 써진 역사소설들이다. 드라마 〈이순신〉의 원작이기도 한 김훈의 소설들은 특히 허무주의적인 색채와 간결하고 단단한 문체로 주목받았다. "역사의 옷을 빌려 작가가 생각하는 세상의 이치와 자리를 되새기는 자의식적 소설"[22] 혹은 작가의 개성적인 문장이 돋보였다는 것은 "작가의 소설이 객관적 사실의 전달

21 최혜실, 「탈냉전 이후의 문화변동과 한국 문학의 과제」, 앞의 글, 183쪽.
22 김영찬, 「김훈 소설이 묻는 것과 묻지 않는 것」, 〈창작과 비평〉 35, 2007.9, 390쪽.

에 의지하기보다는 작가적 사상이나 문제의식을 중점을 두고 있다는 것을 방증"[23]한다는 평가들은 그의 소설이 어떠한지를 잘 보여준다 하겠다. 『칼의 노래』에서는 시대의 영웅으로서의 이순신이 아니라 현실을 부정하고 자신의 자리를 어쩔 수 없이 받아들이지만 마음으로 인정할 수 없는 한 인간으로서의 고뇌만이 또렷하게 살아난다. 그 속에서 임진왜란이라는 역사적 사건은 그저 배경으로 저만치 물러날 뿐이다. 이후 『현의 노래』나 『남한산성』 역시 그러한 작가의 냉소적 기조를 그대로 가져간다. 이지민의 『모던 보이: 망하거나 죽지 않고 살 수 있겠니』나 구효서의 『랩소디 인 베를린』(2000, 문학동네) 역시 역사에 대한 새로운 접근과 더불어 추리서사를 도입하여 긴장감을 높이고 있다.

김영하는 또 다른 방식으로 포스트모던 한 역사 인식을 보여준다. 민족과 국가라는 관념을 중요시하는 내셔널 히스토리의 문제 설정 대신 개인들의 근대적 주체로의 탄생 과정을 문제로 삼아, 강고한 내셔널 히스토리를 해체하였다는 데 의의가 있다는[24] 『검은 꽃』은 그야말로 국가에 대한 탈각화 된 인식을 보여준다. 구한말 멕시코로 이민을 갔던 이민자들의 삶은 간난신고의 삶을 보여주는 와중에도 국가로부터 배신과 버림받았음 혹은 잊힌 상태를 차갑게 보여주며 그들이 주어진 삶을 어찌 살아가는가에 작가의 시선이 머문다. 그럼에도 공동체와 민족 국가에 대한 희망을 버리지 못했음이 은연중 내비치고 있는 점은 여전히 의미심장하

23 김윤정, 「김훈의 역사소설에 나타난 역사 변용의 원리 연구」, 〈한국문학이론과 비평〉 75, 2017.6, 183쪽.

24 장성규, 「재현 너머의 흔적을 복원시키는 소설의 욕망」, 〈실천문학〉 86, 2007.5, 203, 208쪽 참조.

다. 결이 다르지만 김연수의 소설들도 이 경계에서 머뭇거린다.

2000년대 역사에 대한 신역사주의적이고 포스트모더니즘적인 접근을 그 누구보다 뚜렷하게 보여준 것이 김연수의 소설이다. 절대적 진리에 대한 거부와 이분법적 구분의 폐지, 소외된 주변문화에 대한 재조명 등 푸코와 질 들뢰즈 등의 포스트모더니즘의 영향에 듬뿍 세례 받은 작품들이 1990년대 후반 이후에 쏟아져 나왔다. 그 중 삶도 하나의 우연이자 허구일 수 있고 써진 역사 역시 충분히 그럴 수 있다는 것을 전제로 김연수는 작품을 풀어간다. 「뿌넝숴」와 「거짓된 마음의 역사」와 같은 단편에서부터 『굳빠이 이상』(2001, 문학동네), 『밤은 노래한다』(2008, 문학과 지성사)와 같은 장편에까지 그러한 작가의 시각은 치밀하게 직조된다. 그리고 여러 연구자들의 지적과 같이 김연수의 많은 작품에는 추리서사가 꽤나 포진해 있다. 『굳빠이 이상』은 이상의 삶과 죽기 전 남긴 '데드마스크'를 둘러싼 진위 여부를 여러 인물들의 시각을 통해 이야기한다. 그러면서 이상의 삶이 가진 의미와 그것을 뒤쫓는 자들의 삶이 어떤 의미가 있는지를 묻는다. 그 안에서 어떤 것이 '진본'이고 '가짜'인지가 엇갈린다. 쓰여진 역사에 대한 불신을 강하게 드러내고 있는 이 작품은 이후 김연수의 작품에서 되풀이되는 주제이기도 하다. 믿는 것이 역사가 되는 것이라는 소설 속 말과 같이 몸으로 겪고 새겨진 것이 진정한 역사임을 역설한다. 그럼에도 우리 앞에는 남겨지고 글로 써진 것만을 역사로 인정할 수밖에 없는 이율배반이 존재한다. 따라서 우리는 이러한 허무하고 도대체 알 수 없는 상황에서 무엇을 해야 하는가를 묻지 않을 수 없다. 작가는 바로 그것이 거짓이고 유령놀이라 해도, 말로 다 표현하지 못하고 나무가 되어 증언할 수도 없으니까 역사라는 그 공간과 시간에서 최선을 다해 나아가야 하는 것이 우리의 운명임을 이야기한다. 그 허방과 빈틈을 상상하고 메꾸는 것이 바로 문학이고 소설이라고 말하는 셈이다. "역사의 허위성에 대한 뿌리 깊은 좌절감"[25]을 보여주었다는 말처럼 그의 작품은 진실과 허위, 필연과 우연 사이의 빈틈의 심연을 보여주지만 그것으로 끝은 아니라는데 의미가 있다.

이 중 가장 주목할 작품은 『밤은 노래한다』이다. 견지하고 있던 역사관이 이 작품에서 응축되어 드러나고 있기 때문이다. 1930년 만주를 배경으로 주인공 김해연은 이정희라는 여성을 만나면서 운명의 소용돌이에 휩싸인다. 이 소설은 '민생단 사건'을 기반으로 삼는다. 1930년대 전반 간도(동만주)의 중국 공산당이 건립한 유격근거지 내에서 당 조직과 유격대, 혁명적 군중의 절대 다수를 점하는 조선인들을 일제의 간첩으로 몰아서 대대적으로 처형한 민생단 사건은 일부 자료에 의하면 2,000여명의 조선인 항일혁명가가 목숨을 잃었고, 우리 민족해방운동 최대 해외근거지였던 간도지역의 운동역량은 혹심한 타격을 입었을 뿐 아니라 조선민족과 중국민족의 공동전선도 파탄의 위기에 빠트릴 정도의 파급력이 컸던 일이었다.[26] 만주 철도국에 근무하는 김해연은 독립이나 투쟁과는 전혀 상관없는 삶을 살아가지만 이정희를 만나 사랑을 하면서 본인의 의지와는 상관없이 역사의 한복판으로 내동댕이쳐진다. 이정희의 죽음으로 그녀가 만주의 혁명단 일원이었다는 것을 알게 되고 실의에 빠진 김해연은 여옥을 만나면서 그 수렁에서 벗어나는 듯 했지만 토벌대의 습격

25 박진, 「역사 서술의 문학성과 역사소설의 새로운 경향」, 앞의 글, 99~100쪽.

26 한홍구, 「民生團 事件의 비교사적 연구」, 〈韓國文化〉, 2000, 193~194쪽 정리.

으로 그는 조선 독립군이 된다. 그리고 그 안에서 도저히 이해할 수 없는 광기의 시간을 마주한다. 대의를 위해 목숨을 버리겠다는 각오로 뛰어든 투쟁의 전선에서 조선 투쟁단은 일본군도 적군도 아닌 자신들의 집단에 의해 민생단, 즉 간첩으로 지목받고 죽임을 당한다. 거대 조직 사이에서 이러지도 못하고 저러지도 못하는 개인들의 아픔과 절망이 이 민생단 사건을 통해 생생히 전달된다. 여기서 중요한 것은 민생단이냐 아니냐 하는 것이 아니라 누구를 민생단으로 믿느냐 아니냐인 것이다. 터무니없고 광기에 사로잡힌 그야말로 '마녀사냥'에 가까운 이 믿음으로 너무도 많은 사람들의 생과 사가 갈린다. "인간의 성격이나 운명이 타고나는 것이라는 결정론에 의존하고 있지 않다는 것을 말해 주며 동시에 환경과 선택에 따라 끊임없이 변화하는 우연적 생성론에 의존하고 있다는 것을 말해 준다"[27]는 주장과 같이 이 소설은 운명과 우연, 혹은 필연에 관해 계속해서 무엇이 옳은 것이고 가야 할 길인가를 질문하게 한다. 그러나 그 속에 진정한 답을 찾기란 쉽지 않다. 작가는 김해연이라는 주인공으로 하여금 계속해서 운명과 막다른 골목에 이르게 하여 이 질문을 이어나간다. 이 답을 찾아가는 길은 탐색의 서사이다. 역사책이나 지도에는 확실하게 정해진 길이 원인과 결과에 따라 그려 있지만 그것을 가지고도 인간은 헤매고 우연과 합리나 논리로는 설명될 수 없는 길에 빠져든다. 보편적이고 항구적인 역사란 무엇인가를 의심하는 작가의 저 묵직한 질문이 여러 작품들을 가로지른다.

김연수는 이 탐색의 길에서 이정희 편지의 진실과 이상의 데드마스크

27 김치수, 「우연과 필연—김연수의 두 장편소설을 읽고」, 〈본질과 현상〉, 2009 겨울, 214쪽.

의 진위, 오감도 16호는 과연 이상의 손에 의해 만들어진 것인지 등에 관해 추적한다. 물론 답은 명확하지 않다. 그것을 받아들이고 해석하는 자의 손에 달려 있다. 그렇다고 김연수가 의문부호로만 소설을 남겨놓지 않는다. 그럼에도 불구하고 확실한 것은 아무 것도 없는 현실일망정 그것을 그것대로 인정하고 그 역사를 살아가는 사람들은 사람들대로 온몸을 던져 운명 혹은 우연을 받아들이고 나아가야 하는 것일 터이다. 그것은 김해연이 민생단을 빠져나오고 이 모든 사건의 주범인 박길룡을 죽이고 시간이 흐른 후 이정희 편지의 비밀을 쥐고 있는 최칠성을 찾아가는 것으로 증명된다. 더불어 기자인 김연이 데드마스크의 진실을 찾아 헤매는 것은 바로 무엇이 역사의 진실인지를 되묻는 행위이다. 중요한 것은 그 역사를 지나온 자의 기억이며 몸에 새겨진 각인임을 작품 속 주인공들은 아프게 깨닫는다. 그렇다면 써진 역사는 무위나 허위일 뿐인 것인가 하는 의문이 남는다. 작가는 기록으로 남은 역사는 역사로 바라보되 그 시절을 사는 우리들은 남겨지건 남겨지지 않건 치열하게 그 시절을 살고 그리고 그렇게 역사 속으로 사라진다해도 어쩔 수 없음을 토로한다. 이러한 심연은 우리 인간이 필연적으로 겪을 수 밖에 없는 존재의 한계이기 때문에 받아들이고 수용해야 하는 것이다. 김연수 소설은 김영하나 김훈이 보여주는 방식과는 또 다르게 역사가 지닌 무의미성을 새삼 깨닫게 하면서도 허무로 빠져들지 않고 인간의 행위와 기억, 몸에 남은 각인을 바라봐야 한다는 것으로 현실을 직시한다.

이렇듯 2000년대 많은 소설은 역사와 추리라는 고리 속에서 익숙지 않은 길을 찾기도 하고 시대 의식을 재현하였음을 두루 살펴보았다. 그렇다면 이러한 자장 속에서 과연 역사추리소설은 어떤 식으로 나아갔는지 전체적인 작품들과 작가들을 훑어보는 것으로 한발 더 깊숙이 넣어볼까 한다.

3. 역사추리소설 작품 및 작가군 정리

아래 표는 우선 1990년대 이후부터 나온 팩션 및 역사추리소설의 작품들을 연도별로 정리해보았다. 일반적인 역사소설은 제외하였고 팩션적 요소가 강한 작품과 추리서사가 도입된 작품, 그리고 역사추리소설 들을 묶어보았다. 물론 이 정리들은 이후 보완, 수정되어야 함은 당연하다.

작가	작품	출판사	출판연도	배경
이인화	영원한 제국	세계사	1993	정조
오세영	베니스의 개성상인 1, 2, 3	장원	1993	17세기/현재
이상우	북악에서 부는 바람 1, 2	두산잡지BU	1994	조선 초기
이상우	정조대왕 미스터리, 왜 그의 혁명은 실패했는가 -화홍문가는길	동방미디어	1999/ 1998	정조
김진명	황태자비 납치사건 1, 2	해냄	2001	현재
김탁환	방각본 살인사건 1, 2	황금가지	2003	정조
하용준	고구려 유기 1, 2	더프로젝트 커뮤니케이션	2004	현재
김종록	장영실은 하늘을 보았다	알에치코리아	2005	세종
김탁환	부여현감 귀신 체포기 1, 2	이가서	2005	조선시대
김탁환	열녀문의 비밀 1, 2	민음사	2005	정조
김상현	정약용 살인사건	알에치코리아	2006	정조
오세영	원행	예담	2006	정조

김재희	훈민정음 암살사건	랜덤하우스 코리아	2006	세종
정명섭	적패	랜덤하우스 코리아	2006	삼국시대
이정명	뿌리깊은 나무 1, 2	밀리언하우스	2006	세종
임종욱	소정묘 파일 1, 2	달궁	2006	중국춘추 시대/현재
김재희	백제결사단 1, 2	랜덤하우스 코리아	2007	현재
김탁환	열하광인 1, 2	민음사	2007	정조
김재희	색, 샤라쿠	레드박스	2008	정조
이주호	왕의 밀실 1, 2	서울문화사	2008	광해군
이상우	대왕 세종	집사재	2008	세종
허수정	왕의 밀사 1, 2	밀리언하우스	2008	효종
오세영	구텐베르크의 조선 1, 2, 3	예담	2008	세종 이후 유럽
백금남	샤라쿠 김홍도의 비밀	한강수	2008	정조
김다은	훈민정음의 비밀	생각의 나무	2008	세종
조완선	외규장각 도서의 비밀 1, 2	휴먼앤북스	2008	고종/현재
조강타	명성왕후 살해사건 재수사 1, 2	북인사이드	2009	고종
한동진	경성탐정록	학산문화사	2009	일제시대
허수정	제국의 역습	밀리언하우스	2009	광해군
김탁환	노서아 가비	살림	2009	고종
이주호	사도세자 암살 미스터리 3일 1, 2	예담	2010	영조
김상현	이완용을 쏴라 – 1925년 경성 그들의 슬픈 저격사건	우원북스	2010	일제시대
박은우	달과 그림자 – 1596년 이순신 암살사건	우원북스	2010	선조
김용심	임금의 나라 백성의 나라	보리	2010	중국 북송
김다은	모반의 연애편지	생각의 나무	2010	세조

허수정	망령들의 귀환	우원북스	2010	인조
강영수	조선 명탐정 정약용	문이당	2011	정조
조완선	천년을 훔치다	엘렉시스	2011	현재
이수광	조선 명탐정 정약용 1, 2	산호와 진주	2011	정조
임종욱	이상은 왜? 1, 2	자음과 모음	2011	일제시대
한동진	피의 굴레 －경성탐정록 두 번째 이야기	북홀릭	2011	일제시대
김재희	경성탐정이상	시공사	2012	일제시대
류서재	석파란	황금펜클럽	2012	고종
이우혁	쾌자풍 1, 2, 3	해냄	2012	성종
박은우	명량	고즈넉	2012	선조
윤해환	홈즈가 보낸 편지	노블마인	2012	일제시대
이상우	김종서는 누가 죽였나	청어람	2012	세종
이수광	대왕 김춘추	영상출판 미디어	2012	삼국시대
이정명	별을 스치는 바람 1, 2	은행나무	2012	일제시대
이주호	광해, 왕이 된 남자	걷는 나무	2012	광해군
김다은	금지된 정원	곰	2013	일제시대
조중연	탐라의 사생활	삶이 보이는 창	2013	조선 후기/ 현재
김재성	경성좀비탐정록	홈즈	2015	일제시대
김탁환	목격자들	민음사	2015	정조
오세영	대왕의 보검 1, 2	나남	2015	삼국시대
제성욱	총군－왕, 총을 쏘다	고즈넉	2015	효종
임종욱	불멸의 대다라	문	2015	삼국시대/ 현재
조완선	걸작의 탄생	나무 옆 의자	2015	광해군/정조
김재희	경성탐정이상 2	시공사	2016	일제시대
임종욱	죽는 자는 누구인가: 유배탐정 김만중과 열 개의 사건	어문학사	2016	숙종

정명섭	조선변호사 왕실소송사건	은행나무	2016	영조
김재희	경성탐정이상 3	시공사	2017	일제시대
정명섭	별세계 사건부	시공사	2017	일제시대
정명섭	체탐인 – 조선스파이	새파란상상	2018	태종
김재희	유랑탐정 정약용	위즈덤하우스	2018	정조
김재희	경성탐정이상 4	시공사	2019	일제시대
김진명	직지 1, 2	쌤앤파커스	2019	현재
박영규	밀찰살인 – 정조대왕 암살사건 비망록	교유서가	2019	정조
정명섭	유품정리사	한겨레출판사	2019	정조
김재희	경성탐정이상 5	시공사	2020	일제시대
김이삭	한성부, 달 밝은 밤에	고즈넉이엔티	2021	태종

위에 언급한 많은 작가들 중 IV장에서는 역사추리소설을 대표하는 작가라 여겨지는 김탁환, 이정명, 오세영, 김다은 등의 작품을 중심으로 보다 자세히 분석할 것이기에 여기서는 나머지 작가들을 간략히 훑어보도록 하겠다. 두 편 이상의 작품을 발표한 작가들로는 김재희, 이상우, 정명섭, 이수광, 이주호 등이 눈에 띈다. 이들은 추리소설 작가로 데뷔를 했거나 역사소설을 주로 썼던 작가들이다. 기성문단에서 주목받는 작가들보다는 추리소설로 등단하거나 신인인 경우도 많다. 2000년대 역사추리소설의 특징은 V장에서 면밀히 분석하겠지만 작품들은 주로 조선시대를 배경으로 하고 있다. 〈조선왕조실록〉에 대한 열람이 자유롭고 미시사와 일상사에 대한 연구들이 이 시대에 쏠려있는 것과도 연관이 깊다 할 것이다. 또한 귀와 눈에 친숙한 시절이라는 점과 지금 현재의 삶을 이루는데 직접적 영향이 상당하다는 점도 이유가 될 터이다. 작품에서 다루

어진 시절은 세종과 정조 시절이 많고 그 다음으로는 광해군 시절도 눈에 띈다. 고종과 일제 시대나 선조 시절도 작품의 시간적 배경으로 종종 등장한다. 이 시대들은 파란만장한 사회문화적 변화를 품고 있는 시절이라는 점에서 비슷하다. 격동기가 지니는 많은 변화와 욕망들은 그 재료가 풍부할뿐더러 다양한 사건과 사고들을 중심으로 이야기를 풀어나가기에 용이하다는 장점이 있다.

이주호의 『왕의 밀실』과 같은 작품은 광해군에 대한 남다른 시각을 전개하고 있다는 점에서 새롭다. 조선시대 폐위된 왕은 단 두 명으로 연산군과 광해군이다. 당연히 이들에 대한 역사적 평가는 부정적일 수밖에 없다. 하지만 최근의 역사학계와 미디어를 통해 전개되는 광해군에 대한 해석이 여타 다른 왕에 비해 상당히 다른 양상으로 변해가고 있어 흥미롭다. 광해군의 삶 자체가 꽤 드라마틱하고 여러 가지 다양한 해석이 가능하다는 점에서도 그렇다. 광해군은 1592년 임진왜란이 발생하였을 때 국난에 대비한다는 명분으로 피난지 평양에서 세자에 책봉되었다. 선조와 함께 의주로 피난을 가다가 영변(寧邊)에서 갈라졌다. 선조는 의주로 향하고 광해군은 권섭국사(權攝國事)의 직위를 맡아 분조(分朝)의 책임자로 평안도 지역으로 출발하였다. 임진왜란 기간 중에 평안도 · 강원도 · 황해도 등지를 돌면서 민심을 수습하고 왜군에 대항하기 위한 군사를 모집하는 등 적극적인 분조활동을 전개하였다. 서울을 수복한 후 무군사(撫軍司)의 업무를 담당하여 수도 방위에도 힘을 기울였다. 1597년 정유재란이 일어났을 때는 전라 · 경상도로 내려가 군사들을 독려하고 군량과 병기 조달은 물론 백성들의 안위를 돌보는 등 임진왜란 기간 동안 국가 안위를 위해 노력하였다. 전쟁이 끝난 후 선조가 영창대군을 세자로 책봉하고자 하였으나 뜻을 이루지 못하고 죽자 임진왜란 동안 많은 공을 세운 광해군이 대북파의 지지를 받아 1608년 왕위에 올랐다.[28] 왕위에 오르기 위해서도 여러 가지 험난한 일이 있었을 뿐더러 전쟁을 몸소 겪고 또 왕위에 올라서도 결국 영창대군의 문제로 폐위되는 등 쉽지 않은 시간들을 견뎠다고 할 수 있다. 더불어 광해군이 보여준 자주적이면서도 중립적인 외교정책은 현재의 외교문제에 대한 하나의 대안으로 보여 더욱 주목받고 있는 형국이다. 이러한 때 이주호는 『왕의 밀실』을 통해 광해군의 숨겨진 면을 마음껏 펼쳐 보일 뿐 아니라 허균을 사건해결자로 정하는 당돌한 설정으로 흥미를 끈다. 허균은 이후 이주호의 『광해, 왕이 된 남자』에서도 큰 비밀을 쥐고 정국을 흔드는 역할을 맡으며 존재감을 과시한다. 조선시대의 이단아(異端兒)라 할 수 있는 허균은 우리에게는 『홍길동전』이라는 최초의 한글소설 창작자로 널리 알려져 있지만 그는 광해군 시절 어엿한 황해도 도사까지 지낸 유학자이자 쟁쟁한 사대부 집안 출신이었다. "글쓰는 재주가 매우 뛰어나 수천 마디의 말을 붓만 들면 써 내려 갔다. 그러나 허위적인 책을 만들기 좋아하여 산수나 도참설과 도교나 불교의 신기한 행적으로부터 모든 것을 거짓으로 지어냈다"(광해군일기)는 당대의 평가에서 보듯이 상당히 자유분방하고 평민이나 서자, 기생들과도 깊은 교류를 나누는 파격을 감행한 인물이다. 생애 자체가 이야기 거리를 듬뿍 담고 있다 해도 과언이 아니다. 이렇듯 개성 있는 허균이 탐정과 같은 역할을 한다는 것은 꽤 흥미로울뿐더러 지금 시대가 원하는 인물이 어떠한지도 역으로 보여준다 할 것이다.

28 광해군 관련 내용은 두산백과 광해군 편을 참조하였다.(http://terms.naver/entry.nhn)

비슷한 시대가 겹치다 보니 소설의 소재와 설정이 유사한 경우도 간혹 있다. 김재희의 『색, 샤라쿠』는 이정명의 작품 『바람의 화원』과 나오는 주요 인물이 같다는 점에서 놀랍다. 뒤에 이정명의 작품은 자세하게 논의하겠지만, 두 작품 모두 조선시대 가장 널리 알려진 김홍도와 신윤복을 주인공으로 내세워 이야기를 풀어간다. 내용은 판이하게 다르지만 두 인물이 모두 사건의 중심에서 탐정과 같은 역할을 한다는 설정은 매우 유사하다. 김재희의 작품은 김홍도가 일본 사회를 엿보기 위해 간자(間者)를 육성하는데 그의 제자 신윤복이 '샤라쿠'로 위장해 일본 에도에서 활약한다는 줄거리이다. 샤라쿠는 실존 인물로 1794년부터 이듬해까지 약 10개월 동안의 짧은 기간에 140여점의 우키요에를 그리다 사라진 인물이다. 본명은 물론 출생지, 이력 등이 불분명하고 신윤복의 활동 시기와 겹친다는 점을 착안해 이와 같은 설정을 하였다고 하겠다. 실제로 한일고대사학자 이영희 교수는 『또 한사람의 샤라쿠』[29]에서 신윤복이 아닌 김홍도가 샤라쿠라고 주장하기도 하였다. 다른 작품인 백금남의 『샤라쿠』는 김홍도가 샤라쿠라는 가정 하에 전개된 소설이다. 이러한 내용들은 모두 우리 조선의 문화가 그 어느 나라보다 훌륭했고 뛰어났음에 방점이 찍혀 있다는 점에서 민족주의적이면서 확장된 제국주의의 시각까지 엿보이고 있어 주목을 요한다.

여기에 개화기로 접어드는 혼란스러운 고종 시절 역시 많은 이야기들이 펼쳐지기에 적합한 시절이라 하겠다. 김탁환의 『노서아가비』는 고종 독살음모론을 바탕으로 상상력을 가미, 고종의 커피를 끓여주면서 러시

29 이 책은 하출서방신(河出書房新) 출판사에서 일본어로 1998년 출간되었다.

아와 조선의 이중 스파이를 했던 여성 바리스타 '타냐'를 주인공 삼아 혼란스러운 구한말의 정국을 음모와 배신, 정치적 스캔들 속으로 이끈다. 고종에 대한 연민어린 시선과 그럼에도 한나라를 지켜내지 못한 패주로서의 모습이 진한 커피의 잔향처럼 남아 있는 작품이다. 조완선의 『외규장각 도서의 비밀』이나 조강타의 『명성왕후 살해사건 재수사』는 현재와 과거를 넘나들며 고종시대에 벌어졌던 사건의 비밀을 파헤치고 있다.

고대사인 삼국시대를 배경으로 삼은 소설들은 대다수가 고구려에 초점을 맞추고 있어 역사추리소설의 지향점이 어디인지를 가늠하게 해 주는 증좌이기도 하다. 하용준의 『고구려유기』나 정명섭의 『적패』 같은 작품이 그렇다. 고구려의 역사를 통해 넓은 만주 벌판을 호령했던 기상과 웅혼을 불러내려는, 당시 민족주의 사관을 중심으로 들끓었던 고대사 영토를 대한민국의 역사 속에 받아들이고 싶어하는 독자의 욕망과 맞닿아 있다는 것을 작품으로 구현한 셈이다.

2010년대로 넘어서면 시리즈물이 등장한다는 점이 흥미롭다. 허수정의 『왕의 밀사』에서 등장한 역관 박명준은 이후 『제국의 역습』에서도 탐정으로 나오면서 일본 도요토미 히데요시의 암살을 추적한다. 이 작품은 이후 『요시와라 유녀와 비밀의 히데요시』로 개정되고 '조선탐정 박명준 시리즈'로 3편까지 나온다. 한동준의 『경성탐정록』과 김재희의 『경성탐정이상』도 시리즈물로 계속 나오고 있다.

이렇듯 많은 작품들이 각자의 매력과 특징을 뽐내는데 VI장과 V장을 통해 보다 본격적으로 탐색하게 될 터이다.

Ⅳ.

주요 작가 및 작품 분석

I, II, III장의 작업들은 바로 이 IV, V장을 보다 자세히 이해하기위해 펼친 밑 작업이라 할 것이다. 이제 2000년대 역사추리소설의 핵심이라 할 주요 작가와 작품을 면밀히 들여다볼 시간이다. 사실 2000년대 모든 작가들의 작품을 살펴보는 것은 현실적으로 불가능할뿐더러 그다지 생산적이지도 않다. 많은 작가와 작품들이 있지만 역사추리소설이라는 장르의 특징을 잘 뽐내고 있을 뿐 아니라 나름의 개성을 지녔다고 판단되는 김탁환, 이정명, 오세영, 김다은 네 작가의 작품을 보다 치밀하게 분석해 보려 한다. 더불어 대중들과 호흡을 중시하는 장르문학의 특성상 많은 독자들의 선택을 받은 작품들이라는 점에서도 주목할 만하다. 김탁환, 이정명, 오세영의 작품들은 영화나 드라마로 만들어져 더욱 주목을 받기도 하였다. 김탁환의 작품은 2000년대 역사추리소설의 전형성을 맞춤하게 잘 보여준 백탑파 시리즈를 중심으로 살펴볼 것이다. 이정명의 작품은 드라마로 만들어진 두 편을 중심으로 원작과 드라마를 비교 분석하며 그 내용을 짚어본다. 오세영은 역사추리소설뿐 아니라 팩션의 경향

을 담고 있는 작품 위주로 분석한다. 서간체 역사추리소설이라는 매우 독특하고도 파격적인 작품을 선보인 김다은의 작품들은 감춰졌던 '타자'들의 목소리가 어떤 의미를 지니는지에 초점을 맞추어 접근할 것이다.

1. 김탁환 — 역사추리소설의 방향성 제시

1.1 이야기꾼 김탁환

김탁환은 1994년 계간 문예지 〈상상〉에 평론「동아시아 소설의 힘」을 발표하며 평론가로 등단했고, 96년『열두 마리 고래의 사랑이야기』를 출간하며 소설가로 활동을 시작했다. 그는 역사적 사실을 기반으로 한 작품에 주력했는데『나, 황진이』(푸른 역사, 2002),『불멸의 이순신』(1~8, 황금가지, 2004),『리심』(상, 중, 하, 민음사, 2006) 등이 대표적이고 그중『불멸의 이순신』과『나, 황진이』는 KBS드라마로 방영되기도 하였다.[1] 이어 본격적인 역사추리소설이자 백탑파 시리즈라 불리는『방각본 살인사건』,『열녀문의 비밀』,『열하광인』을 발표하였다.[2] 이 시리즈는 앞서 살펴본 바대로 〈조선명탐정: 각시투구꽃의 비밀〉(2011)로 각색되어 영화로 만들어지기

---

1 〈불멸의 이순신〉은 김명민, 최재성 주연으로 104부작이라는 상당히 큰 기획으로 방영되었다.(KBS1TV, 2004.9.4~2005.8.28)『나, 황진이』는 〈황진이〉란 제목의 퓨전 사극이란 명칭하에 하지원이 황진이로 분해 화제를 모으기도 했다(KBS2TV, 2006.10.11~12.28).

2 각 작품은『방각본 살인사건』(상, 하, 2003, 황금가지, 이하『방각본』),『열녀문의 비밀』(상, 하, 2007, 민음사, 이하『열녀문』),『열하광인』(상, 하, 2007, 민음사)을 텍스트로 삼아 분석하였다. 이후 작품 인용시 제목, 권수, 쪽수를 표시한다.

도 하였다. 역사적 사실에 상상력을 듬뿍 넣은 내용에 추리서사를 가미한 『노서아 가비』(2009, 살림), 『조선 마술사』(2015, 웹소설, 이원태 그림) 등을 연달아 발표, 이 둘도 모두 영화화가 되었다. 그 외에도 김탁환은 다양한 작업들을 통해 소설의 영역을 넓히는데 힘을 쏟고 있다. 고영진은 이미지에 주목한 특징과 크로스 콘텐츠의 기획서사에 초점을 맞춰 김탁환의 소설을 분석한다. 삽화, 사진 등과 적극적으로 협업하고 영화제작과 동시적으로 작품을 써나가는 등 이야기의 재미와 즐거움에 핵심을 놓고 접근하는 유연성, 그리고 대중성을 그의 특징으로 뽑는다.[3] 일찍이 작가 김탁환은 소설의 재미를 강조한 바 있다. 물론 "'재미'가 '감동'과 분리되어 따로 놀 때, 그것이 아무리 큰 즐거움을 준다고 해도 공허함을 지울 수 없을 것이다. 그 '재미'를 찾아 모으고 정리하는 것도 필요한 작업이지만, 그 재미가 과연 어떤 감동을 낳을 수 있는가 까지 함께 고려하는 신중함이 필요하다"[4]고 덧붙였다. 재미와 감동이라는, 대중을 끌어 모으는 가장 중요한 요소가 그의 작품에 얼마나 충실하게 재현되었는지는 보다 심도 깊은 논의가 있어야겠지만, 독자들의 열렬한 반응과 영화, 드라마로의 전환 등을 미루어 짐작컨대 그것을 일정 부분 확보한 것은 틀림없어 보인다.

김탁환의 백탑파 시리즈는 정조 시절을 배경으로 삼고 있을 뿐 아니라 정조가 소설 내에서 벌어지는 사건의 핵심을 쥐고 있어 이채롭다. 2003년 『방각본』을 시작으로 선을 보인 이 시리즈는 이후 쏟아진 역사

3 고영진, 「이미지 소통과 소설—김탁환 賣說之論」, 〈한국문학이론과 비평〉 제69집, 2015, 14쪽.

4 김탁환, 「디지털시대 전통기록과 스토리텔링 연구」, 〈국학연구〉 제21집, 2008, 296쪽.

추리소설의 전형을 선보였다는 점에서도 주목을 요한다. 90년대 활발하게 이루어진 조선시대 일상, 풍속 등을 중심으로 한 미시사 연구의 축적과 독자에게 친숙하면서 흥미를 끌 수 있고, 메시지가 분명한 서술[5]을 보여준 대중 역사서들을 바탕으로 치밀한 고증을 소설 속에 구축하였다. 또한 기존의 역사소설이 아닌 '추리소설'의 형식으로 역사추리소설이란 장르를 대중들에게 널리 알리는데 일조하였다. 따라서 우리나라 역사추리소설에 상당한 인지도와 완성도를 보여준 백탑파 시리즈 『방각본』, 『열녀문』, 『열하광인』을 2000년대 대표적인 역사추리소설의 첫 장에 놓는 것은 당연하다. 백탑파(白塔派)란 백탑[6]을 중심으로 이웃했던 박지원을 비롯, 박제가, 이덕무 등 18세기 북학파 혹은 실학자들의 우정과 사상을 나누었던 모임을 이른다. 이 시리즈는 주인공인 이명방과 김진을 제외하고는 정조, 박지원, 박제가, 홍대용, 김홍도, 이덕무, 이옥, 백동수 등의 실존인물들이 등장한다.

1절은 김탁환의 세 소설에 대한 분석을 통해 이 소설들이 2000년대 역사추리소설의 어떤 지점을 선점했는가를 살펴보고 그 특징을 잡아내는 것을 목적으로 한다. 세 작품을 묶어 들여다본 연구는 거의 없고, 각 작품에 대한 간단한 평론이나 영화화에 따른 비교 분석 정도가 있다.[7] 우선

5 송상헌, 「이야기체 역사책의 서술 실태와 방향」, 앞의 글, 39~40쪽 정리.

6 현재 종로 2가 탑골공원에 있는 원각사지 10층 석탑을 일컫는다. 조선시대 사람들은 이 탑이 하얗다 하여 백탑이라 칭하였다. 백탑파는 주로 탑골을 중심으로 이웃해 살았다고 한다.

7 이종애, 「역사추리소설의 장르적 성격과 영화화 전략: 소설 『열녀문의 비밀』과 영화 〈조선명탐정〉을 중심으로」, 앞의 글; 고영진, 「이미지 소통과 소설—김탁환 賣說之論」, 앞의 글.

1.2~1.3은 작품 속 인물들을 중심으로 소설을 분석하고 역사와 추리소설의 결합에 대한 부분을 면밀히 검토할 것이다. 이어 정조 시대에 대한 작가의 시각과 작품 속에 구현된 정조와 주요 인물들과의 관계 변화를 통해 과연 그 시대가 가지는 의미와 그것이 이후 역사추리소설에 어떠한 영향을 끼쳤는지 까지 파악한다.

1.2 실천하는 지식인이자 탐정 그리고 진취적 여성의 등장

시리즈의 주인공은 화자 이명방과 탐정으로 등장하는 김진이다. 둘은 허구적 인물이다. 소설을 이끌어가는 화자이자 주인공은 이씨 왕가의 종친인 의금부도사 이명방이다. 강직하고 솔직한 인물로 표창을 매우 잘 다루는 무인(武人)이기도 하다. 그의 가장 큰 특징은 설치(說痴)라는 별칭답게 당대의 소설을 탐독할 뿐 아니라 세 소설을 쓰고 있는 사람이기도 하다. 김진이 전형적인 두뇌형 탐정의 역할을 맡고 있다면 이명방은 사건의 보조자이자 실천적인 무술과 행동을 실행한다. 물론 이명방은 왓슨처럼 단순히 화자이거나 보조자에 머물지 않는다. 그는 보다 능동적이며 백탑파와의 관계에 적극적이고 소설 전체를 독자의 수준에서 함께 웃고 울고 몸으로 부딪치는 주인공이다. 심지어 『열하광인』의 경우, 범인으로 몰려 도망다니고 의금부 도사임에도 의금부에 잡혀 갖은 고문을 당하기까지 한다.

이명방의 여인들 역시 흥미롭다. 이명방은 여성들과의 평등하고 대등한 만남을 가진다. 살인자들의 동생이나 기녀, 장거리에서 붓을 파는 서녀까지, 종친이라는 이명방의 신분을 생각하면 그 당시로는 어울리지 않을 여인들이다. 그럼에도 이명방과 여인들과의 관계는 파격적일 정도로 대등하다. 청운몽의 동생을 제외하고 기녀인 계목향과 나중에 결혼까지 한 명은주는 자신들의 감정을 거리낌 없이 표출하고 사랑을 구하는데 적극적이다. 상황에 따라서는 이명방을 이용하는 듯 한 모습까지 연출한다. 『열녀문』의 김아영을 통해 시대를 앞서간 여인을 그려나간 작가의 행보와도 잘 맞아떨어진다. 기존의 추리소설이 여성을 주로 악녀나 범인, 탐정을 유혹하는 인물로 그린 점에서 탈피한 것도 그렇다.

김진이 실제 인물에 기초하였음은 작품 속에도 밝혀져 있지만,[8] '탐정' 김진의 원형이 1887년 탄생한 셜록 홈즈에서 자유롭지 못하다는 사실을 눈치 채는 것은 어려운 일이 아니다. 김진은 단호하고 치밀한 성격에 몸태가 날래고 재빠르다. 다방면에 놀라운 지식을 가지고 있으며, 사건에 골몰할 때는 무섭게 집중하는 것 뿐 아니라, 사건의 흐름에 관하여 몇 수를 미리 살피는 초능력적 면모를 갖추고 있다.[9]

> 나는 마지막 질문을 던졌다.
>
> "아주 관찰력이 뛰어나군요. 그런데 어찌하여 은향이 별 고통없이 죽었다고 단언하는 것이오?"

---

8 박제가의 수필 「백화보서(百花譜序)」는 말 그대로 김군이 쓴 「백화보(百花譜)」의 서문에 해당된다. 여기서 김군의 정확한 정체는 밝혀져 있지 않고 다만 그의 독특한 면모가 글 속에 잘 녹아있다. "김 군은 늘 화원으로 날래게 달려가서 꽃을 주시한 채 하루 종일 눈 한 번 꿈쩍하지 않는다. (중략) 김 군은 만물을 스승으로 삼는다. 김 군의 기예는 천고의 누구와 비교해도 훌륭하다. 『백화보』를 그린 김 군은 '꽃의 역사'에 공헌한 공신 중 하나로 기록될 것이며, '향기의 나라'에서 제사를 올리는 위인 중 하나가 될 것이다. 벽이 이룬 공훈은 참으로 거짓이 아니다!"(『방각본』, 앞의 책, 16~17쪽). 실존 인물 김군을 모델로 하였기에 김진은 화광(花狂)이란 호를 지닌 꽃에 미친 인물로 설정된다. 이렇게 꽃을 관찰하고 벽(癖)이 있는 인물로 탐정을 설정한 점에서 작가의 재치가 돋보인다.

9 고영진, 「이미지 소통과 소설—김탁환 賣設之論」, 앞의 글, 19~20쪽.

김진이 역시 가볍게 받아넘겼다.

"아, 그거요, 간단합니다. 의외로 현장이 참 깨끗하더군요. 희생자의 손톱도 멀쩡하고. 맨 정신으로 목이 졸렸다면 뭔가 저항을 했을 것 아닙니까? 그 흔적을 찾아보기 힘들었습니다. 이건 무엇을 뜻합니까? 저항 할 수 없는 그 어떤 힘을 범인이 지녔다고 추정할 수 있지 않을까요? 그때 은향의 입 냄새를 맡아 보았습니다. 썩은 지네와 굼벵이를 섞어 놓은 것 같은, 비릿하면서도 텁텁하고 짠 냄새가 확 올라오더군요. 암혼단(暗魂丹)이었습니다. 혼이 나가게 하는 약이죠.(생략)"

김진의 실력을 인정할 수밖에 없었다.(『방각본』 상, 119쪽)

미스터리 추리소설에서 탐정이 하게 마련인 관찰과 증거 수집에 따른 추리를 김진은 위의 인용문과 같이 펼친다. 이런 김진에게 커다란 사회적 장벽이 존재한다. 바로 서자라는 점이다. 따라서 기존의 탐정이 보여주는 완벽한 무결점의 모습보다는 신분적 제약으로 인해 생길 수밖에 없는 분노가 그의 전모에 녹아 있다. 김진의 고뇌와 아픔이 소설 속에 뚜렷하게 각인되어 있진 않지만 그럼에도 변별적이고 개성적인 탐정의 면모가 그려지기에는 충분하다. 한편으로 서자이기 때문에 벼슬길에 오르지 못하고 꽃이나 책에 미쳐있고 그를 통해 생계를 유지하는 김진의 모습은 흔히 이익과는 관련 없는 딜레당트하고 식견 있는 애호가이거나 경찰 제도의 틀 밖에서 활동하고 자신의 지적인 능력들을 이유로 우월하다고 느끼는[10] 탐정의 특징을 더 돋보이게 하는 장치이기도 하다.

10 Yves Reuter, 『추리소설』, 앞의 책, 93쪽 정리.

두 주인공을 위시하여 실존 인물이었던 백탑파와 정조, 그 외 당대의 여러 인물들이 각기 포진해있다. 세 소설은 이들을 중심으로 범죄 추리소설의 형식을 보여준다. 범죄 추리소설은 수수께끼나 단서와 같은 지적 유희를 앞세우고 전형적인 탐정이 등장해 '사건 조사의 의뢰－범죄와 단서들의 발견－심문과 토론, 고백－사건 공표와 폭로' 등의 과정을 보여주는 미스터리 추리소설에 비해 훨씬 더 유연하다. 탐정이나 범인에 대한 감동과 그들과의 동일시를 중요시하고, 격렬한 신체적 움직임을 동반한 모험, 폭력, 그리고 범인과 탐정 등과 같은 인물들과 세계가 흥미를 유발한다.[11] 우리나라의 많은 추리소설이 범죄 추리소설의 양상을 띠는데 김탁환의 이 소설들도 크게 비껴가지 않는다. 그러면서 역사 속에 흩어진 단서들을 바탕으로 진실을 찾아가는 역사추리소설의 특징도 놓치지 않는다. 여기에 인간적인 고뇌를 지닌 채 시대의 모순에 고민하는 김진의 모습은 사건 해결에 치중하고 정치나 사회 현실에 별반 주의를 기울이지 않던 여타 탐정의 모습과는 상이하다. 김진은 2000년대 많은 역사추리소설에서 시대를 고민하는 현대적 지식인의 모습을 선취한다. 백탑파 시리즈 이후 역사추리소설 속 탐정들은 역사 속의 사건을 통해 현재의 모순을 돌아보게 하는 역할을 주로 맡는다는 점에서 더욱 그렇다. 한편으로 소설 속에는 실존 인물과 허구적 인물의 창조적 결합이 돋보인다. 김진이 이덕무, 박제가, 이옥 등과 더불어 실학을 논하고 규장각 서리로 암암리에 활동하는 것과 이명방을 도와 백동수가 맹활약하는 모습 등이 자연스레 연출된다. 실존 인물이 친숙함과 더불어 역사적 사실을

11 Yves Reuter, 『추리소설』, 위의 책, 15쪽.

깨우쳐 준다면 허구적 인물은 실존 인물들 사이의 관계를 맺어주며 동시에 이것이 허구임을 상기시켜주는 역할을 맡는다. 한편으로 허구적 인물이 지닌 새로움과 낯섦은 독자에게 기존의 역사와는 다른 무언가를 제공하리라는 기대감을 키운다.

『방각본』은 연쇄살인범 청운몽의 참수에서부터 시작된다. 당대 제일의 매설가(賣設家)인 청운몽은 자신의 소설 내용과 같은 방법으로 아녀자들을 살해, 그 죄로 참형을 당하는데 그를 잡고 인솔하는 게 바로 주인공 이명방이다. 청운몽의 참수 날 이명방은 백탑파를 만나게 되고 그들이 청운몽을 두둔하는 것을 보고 화를 내지만 차차 그들의 진심과 학식을 알게 되면서 친교를 맺는다. 그 와중에 다시 살인사건이 일어나고 범인이 청운몽이 아닐 수 있다는 사실에 충격을 받고 김진의 도움으로 진짜 범인을 찾게 된다.

『열녀문』은 보다 현재적 의미에서의 질문을 던진다. 김진, 이명방과 더불어 이덕무가 탐색의 서사를 벌이고 김아영을 둘러싼 공납 비리 등의 범죄 서사가 펼쳐진다. 추리소설에서 범죄의 서사는 탐색의 서사보다 앞선다. 김진은 인물들 간의 진술이 미묘하게 어긋나는 것을 세심하게 포착하여 그 이유를 탐색하고 궁리하며 김아영의 진실에 접근한다. 이렇게 단서들을 모아 김아영 죽음의 원인과 사실을 밝혀내며 추리소설의 가장 하이라이트인 폭로의 시간까지 그 모든 것을 이끌어나간다. "탐정이 정보를 습득하는 과정이 고스란히 서사화 됨으로써 독자들 또한 역사에 대한 지식을 자연스럽게 습득"[12]할 수 있다는 역사추리소설의 장점을 잘

12 김영성, 「한국 역사추리소설에 투사된 대중의 서사적 욕망」, 앞의 글, 229~230쪽.

살린 것이다. 『방각본』이 "추리의 기발함보다는 당시의 사회적 상황과 사상의 충돌을 꼼꼼하게 들여다볼 수 있다는 데에"[13] 그 의미가 있다는 지적처럼 김진의 추리가 다소 성근 면이 있었다면 『열녀문』은 한층 탄탄하고 면밀한 추리과정을 선보인 셈이다. 더불어 열녀의 의미가 과연 무엇인가에 대한 진지한 질문도 이어진다. 열녀 후보에 오른 '김아영'의 죽음과 삶의 행적을 좇으며 그녀의 실체 및 지방 아전과 상인과의 유착 관계까지 밝혀진다. 김아영은 실제로 죽지 않은 채 그 당시로는 상당히 파격적인 실험을 행한다. 천재적인 여성 인물로 그려지는 김아영은 많은 책을 읽어 상당한 지식을 쌓을 뿐 아니라 농기계를 직접 만들어 진일보한 농사를 실험하고, 천주교도로 활동한다. 죽은 남편을 따라 열녀가 되는 것이 아니라 신분에 구애받지 않은 사랑도 감행한다. 실학파로 분류되는 백탑파 들은 청의 문물을 받아들일 것과 조선에서도 자본의 원활한 유통과 자유로운 사상, 실용적인 학문을 주장하였다. 하지만 이들의 주장은 학문으로 그친 경우가 다반사다. 어찌보면 탁상공론일 수 있는 백탑파 들의 주장이 한 여성을 통해 실현되는 꿈과 같은 현실이 소설 속에 그려진다. 이명방의 여인들이 조선시대에 보기 드문 여성상이었다면 아영은 그에 더해 시대의 모순을 정면으로 타개, 자기 삶을 스스로 개척한다. 과도한 이론과 체면으로 무장된 학자나 정치 집단에 부드럽지만 서슴없이 결행하는 현대적 리더십과 여성상을 묘사하고 있다는 점에서 지금 독자들의 희구와 욕망을 소설 속에 구현하고 있다는 것을 확인할 수

13 최민용, 「사회상의 투영물, 역사추리소설—김탁환, 『방각본 살인사건』(상, 하, 2007, 민음사)」, 〈플랫폼〉, 2008, 30쪽.

있다.

『열하광인』은 박지원의 「열하일기」를 읽는 모임이 공격받고 무너지는 모습에 초점을 맞춘다. 위의 두 소설들과 마찬가지로 “인물은 음모와 비리에 가담하는 세력과 이를 밝히고자 하는 세력 간의 갈등이 주축이 된다.”[14] 문체반정을 통해 「열하일기」는 금서가 되지만 오히려 더 많은 사람들이 그 책을 열망하는 역설적인 상황이 돼버린다. 이명방이 속해있는 「열하일기」를 읽는 모임인 ‘열하광인’들은 그러나 하나둘씩 제거되거나 모함을 받게 되고 이명방 또한 심각한 위기에 처한다. 김진의 뛰어난 계략으로 이 얽힌 사건들은 말끔히 해결된다. 추리소설에서의 추리는 작가와 독자 간의 암묵적인 페어플레이가 필요하다. 전혀 예상하지 못했던 어려운 단서들 및 범인이 변장이나 신분을 속이는 것, 쌍둥이였다는 식은 피하는 것이 마땅하다. 그럼에도 김진이 이명방을 의금옥에서 빼내기 위해 동분서주했던 과정이나 추리들이 모두 생략된 채 마지막 폭로만이 부각되다 보니 추리소설로의 맛이 줄어들고 대신 문체반정이나 왕권강화로 치닫는 정조에 대한 안타까움이 더 진하게 배어나온다.

II장에서 살펴본 바대로 1990년대는 추리소설 작가들이 대거 등장하며 활기를 띤다. 그 와중에 『다빈치 코드』나 『단테클럽』과 같은 서구의 팩션 열풍이 가세하였고, 드라마나 영화도 추리서사가 급증하였다. 이러한 때 김탁환은 기존의 여러 흐름들을 적절하게 혼융, 백탑파 시리즈를 선보였다. 성(性)적인 코드를 앞세우거나 짜맞추기식 추리소설과 세계관과 역사의식의 빈곤으로 지적 받았던 90년대 역사소설의 문제점들 역시 극

14 이종애, 「역사추리소설의 장르적 성격과 영화화 전략」, 앞의 글, 329쪽.

복하고 있다. 1930년대 김내성 이후로 우리나라 추리소설은 범죄 추리소설의 양상을 띠었는데 세 소설 역시 탐정이나 해결자가 직접 사건과 연관되어 추리하고 발로 뛰는 모습을 묘파해냈다. 또한 시대의 모순을 고뇌하고 타개하기 위한 현대적 탐정, 즉 실천하는 지식인의 형상으로 승패를 가르며 역사추리소설이 단순히 과거의 소재를 기둥삼아 장르소설화 한 것이 아니라 역사를 통해 현재를 치열하게 고민하고 있다는 것을 작가는 보여주려 한 것이다. 당차고 진취적인 여성의 등장은 그러한 의미를 더한다. 신분제도나 권력의 알력, 열녀라는 제도의 문제 등 당대의 첨예한 모순과 결부시켰다는 점도 탁월한 성과이다.

1.3은 소설의 중요한 배경이자 핵심 등장인물인 정조와의 관계를 통해 시대적 긴장을 보다 깊이 있게 살펴보려 한다.

1.3 정조, 소설, 백탑파 간의 팽팽한 긴장감

세 작품은 모두 정조 시대를 배경으로 삼는다. 정조라는 한 임금의 개인적인 매력과 더불어 18세기의 달라진 국제정세나 국내외의 생기있는 움직임도 만만치 않다. 특히 신분제도가 흔들리고, 상하층의 간격이 좁아지는 양상을 보이며 서울을 중심으로 한 경화사족(京華士族)[15]의 학풍이나 문화적 기류 역시 그 이전에는 볼 수 없었던 방향으로 흐른다. 백탑파

15 서울과 경기 지역에 기반을 두고 여러 대에 걸쳐 벼슬을 하고 부를 쌓을 뿐 아니라 학문적 다양성도 두드러졌던 영정조 시대의 양반들의 무리를 경화사족이라 지칭한다. 이들은 정조 시대 지식인의 주류로 등극하였고 다양한 직책을 통해 국정을 운영하는데 영향력을 미치기도 하였다.

는 경화사족을 대표하는 집단으로 소설 속에는 박지원, 이덕무, 박제가, 유득공 등이 등장한다. 시대를 풍미한 김홍도의 그림이나 백동수의 조선 무예를 작품 속 주요 장면마다 할애하여 조선 문화의 자긍심을 드러내기도 한다. 한편으로 백탑파들이 청나라 문화를 누구보다 먼저 수용하였음은 편자희(마술쇼)를 선보이거나 지구가 둥글다고 주장하며 청나라 유리창(琉璃廠)을 통해 많은 서책을 접하고 있다는 발언 등으로 표출된다.

> "원경이 무엇입니까?"
>
> "멀리 있는 사물을 가까이 보는 특별한 안경이라네."
>
> 멀리 있는 사물을 가까이 본다? 어떻게 그럴 수 있단 말인가? 묻고 싶은 것이 점점 많아졌다.
>
> "천장에 뚫린 구멍은 또 무엇입니까?"
>
> 박제가가 내 엄지를 따라 고개를 들었다.
>
> "해와 별을 자세히 보기 위한 것일세."
>
> "해와 별을 자세히 본다고요?"
>
> "그렇다네. 원경을 통하면 눈에는 거의 보이지도 않는 별을 또렷하게 살필 수 있지. 양이들이 만든 천문도가 정밀한 것도 원경 덕분일세. 아, 여기 원경을 세우는 틀이 있군."(『방각본』 상, 178~179쪽)

위의 인용문은 천체망원경을 두고 이명방과 박제가가 나눈 대화이다. 집에 천체망원경을 들여놓았다는 상상력은 다소 과하다는 인상을 주지만, 북학파로도 지칭되는 이들이 청나라 문물뿐 아니라 서구 문명까지 나서서 받아들였다는 것을 압축적으로 보여주는 내용이다. 이렇듯 정조

시대는 근대를 향해 끓어오르는 용광로와 같은 시절이었다.

이와 더불어 세 작품을 관통하는 있는 것은 문자 생활의 변화와 소설의 엄청난 보급이다. 이는 문자 생활이 한글로 확대됨에 따라 상층에만 귀속되었던 정보가 책을 통해 하층에까지 확대되는 양상의 하나로 볼 수 있다. 두 가지 방향에서 주목해 볼 수 있는데, 천주교 문학의 출현과 소설의 성장이 연관된다.[16] 그 당시 청을 통해 상당히 많은 양의 책이 수입되었고 조선에도 매설가로 이름을 날리는 자들이 꽤 생겨났다. 이명방의 호가 설치(說痴)라는 데서 알 수 있듯이 주인공부터 소설에 미친 마니아이다. 『방각본』의 경우 살인자로 의심되는 사람이 명망 있는 매설가였다는 설정부터가 예사롭지 않다. 세 작품에는 청나라 소설과 널리 읽혔던 조선의 소설들 역시 거론된다. 당시 소설은 흥미 있는 이야기 거리만이 아닌 피지배층의 욕망과 다양한 희로애락의 감정을 담아내고 표출할 수 있는 하나의 창구였다는 데 의미가 남다르다. 더불어 여성들의 각성도 소설과 연동된다. 세책가(貰冊家)는 여성을 고객으로 해서 영업하고, 긴 소설을 확보해야 이익을 많이 올릴 수 있었다. 세책을 할 수 있는 돈이 있고, 가사 노동을 해야 할 시간에 독서를 하는 여유도 누리는 부유한 사대부 또는 시민 부녀자들이 고정고객[17]이었다는 지적은 눈여겨볼 부분이다. 작품 속 주요 여성들이 소설과 밀접한 관련이 있고, 그를 통해 다른 세상으로 내딛기도 한다. 작품 속에 계속해서 언급되는 소설이 가진 파급력은 작가의 소설에 대한 믿음이자 쓰는 이유이기도 해 눈길을 끈다. 소설이 단

16 이종애, 「역사추리소설의 장르적 성격과 영화화 전략」, 앞의 글, 330쪽.

17 조동일, 『한국문학통사 3』, 지식산업사, 2005, 199쪽(이종애, 위의 글, 331쪽 재인용).

순히 재미있는 이야기가 아니라 사람의 생각을, 더 나아가 세상을 흔들 수도 있음을 작가는 여러 사건을 통해 당당히 외친다.

흥미로운 것은 정조가 소설과 연관하여 일어나는 살인사건에 깊숙이 닿아 있다는 점이다. 『방각본』 살인 사건의 배후는 정조의 혁신적인 정치개혁에 반기를 들어 소설을 읽고 쓰는 사람을 처단하는 것으로 드러냈고, 『열녀문』은 '열녀'라는 정조의 유교적 이상이 얼마나 모순이었는지로 부각된다. 즉 사건의 시작이 정조로부터 일어났음을 암시한다. 『열하광인』은 정조가 직접적으로 사건에 개입하여 소설의 무용함을 주장한다. 그러면서 우리가 알고 있었던 정조의 개혁적인 측면뿐 아니라 왕권을 강화하고 유교적 신념을 강조했던 이율배반적인 실체가 수면 위로 떠오른다. 단순하게 사건을 해결하는 것에서 그치는 것이 아니라 역사적 사실에 하나씩 접근해가면서 미처 깨닫지 못했던 숨겨진 진실과 직면하게 되는 것이다. 그렇다면 정조는 왜 그토록 소설을 배척하고 유교에 집착했는가?

박지원으로 대표되는 백탑파나 경화사족들은 조선의 전통문화와 문화자존의식을 존중하면서도 외래의 신문화를 수용하여 국제문화조류로부터 유리된 채 낙후되어가던 조선 문화의 혁신을 도모하고 역동적 변화를 추구하려 하였다. 국왕으로서 정조는 측근 지식인들의 이러한 급진성을 우려하고 이런 점이 정치적 공격의 빌미가 되자 북학에 지나치게 경도한 부화(浮華)한 문풍을 문체반정(文體反正)으로 견책하고 서교(西敎) 신앙에 대하여도 상당한 처벌을 내려 막고자 하였다.[18] 물론 여기에는 자족적, 도

18 유봉학, 「정조시대 사상적 갈등과 문화의 추이」, 〈태동고전연구〉, 한림대학교 태동고전

락적 성격이 강한 소품과 소설의 성행과 더불어 심미적, 예술적 취향을 추구하며 소비적으로 흘러가는 경화문화를 사회적 책임감을 바탕으로 실용과 실질을 추구하는 방향으로 유도하고자 한 정조의 의도와 무관하지 않았다.[19] 이런 여러 복잡한 정세 하에 정조의 개혁적 치세도 차차 그 기세가 달라졌고 백탑파 등에 대한 믿음과 신뢰 또한 서서히 무너져 내렸음은 역사가 증명한다. 널리 퍼진 방각본 소설과 「열하일기」 및 패관소품과 같은 글들로 인해 풍습의 어지러움을 정조는 우려했지만 세 소설 속 모습은 조금씩 그 결이 다르다. 『방각본』에서 정조의 반응은 우려되지만 경계하고 염려하는 수준이었다면 『열녀문』에서는 어느 정도 수용하는 듯 보이다가 『열하광인』에서는 돌연 없애라는 지시를 내린다. 이는 정조가 백탑파에게 보이고 있는 반응과 거의 흡사하다. 그저 이름 있는 선비들의 모임이었던 백탑파에게 기꺼이 관심을 보이고 『열녀문』에서는 성균관에 기용, 현감이나 규장각 서리로 그들을 등용하며 오른팔로 쓰고 있다는 인상을 풍기지만 『열하광인』에 이르러서는 그러한 관계가 깨졌음을 보여준다.

"(생략) 이제 백탑 서생의 꿈은 사라졌어. 새로운 나라 조선을 세우겠다는 희고 큰 꿈은 무너졌으이. 전하께서는 다람쥐처럼 토끼처럼 곰처럼 우리에게 재주를 넘도록 명하셨던 게야. 재주야 원숭이도 제법이고 뱀도 가능하니 꼭 백탑 서생일 필요는 없지." (중략) "나는 군왕이 오로지 군왕의 편이라고 했으이. 백탑 서

연구소, 2005, 13~14쪽.

19 강혜선, 「정조의 문체반정과 京華文化」, 〈한국실학연구〉 23집, 2012, 116쪽.

생의 편이 아니듯 저들의 편도 아닐 테지. 하나 과연 의금부 관원들과 또 정체를 알 수 없는 무예가 뛰어난 장정들이 도성을 우르르 몰려다니는 짓이 어심의 묵인 없이 가능할까.(이하 생략)"(『열하광인』 하, 248~249쪽)

그 모든 일에 어심이 드리웠음을, 백탑파와의 행복한 밀월이 끝났음을 토로하는 김진의 절망을 위의 인용문은 잘 표출하고 있다. 세 소설 내내 정조와 백탑파, 방각본 소설 및 패관소품을 중심으로 삼각형을 이루면서, 때론 가까워졌다가 때론 길항하며 그 긴장감을 팽팽히 유지한다. 어느 쪽에 무게 중심이 쏠리느냐에 따라 조금씩 색채를 달리하지만 이 역동적인 입체감은 쭉 이어진다.

역사소설은 정해져 있는 역사를 전제로 삼기 때문에 결과적으로 나타난 사실을 부인하기란 어렵다. 정조의 개혁에 대한 의지가 무뎌지고 그나마 그의 사후에는 조선의 패망이라는 질곡의 역사로 흐르고 마는 사실 앞에 번뇌하는 작가의 마음이 읽힌다. 그러면서도 이 소설들과 패관소품을 통해 새로운 세상으로 나아가려는 열망이 주인공 이명방을 통해 오롯이 살아난다. 살펴본 바대로 세 편의 작품은 글과 소설에 대한 작가의 의지를 끈질기게 견인한다. 정조의 개혁 정치와 백탑파의 경세는 역사적으로는 실패한 듯 보인다. 그러나 박지원의 「열하일기」가 역사에 길이 남아 도도한 면모를 이어갔듯이 정조가 그토록 없애고 싶어했던 패관잡기, 그중에도 가장 진저리 쳤던 방각본 소설이, 그것을 없애기 위해 동분서주하기도 했던 의금부 관원 이명방에 의해 써진 소설이 지금 우리 앞에 펼쳐져 있는 셈이다. 정치적 생명력의 쇠퇴는 어쩔 수 없지만 당대의 현실을 반영하고 뒤돌아보며 기록하는 것이 어쩌면 정치보다 중요할 수 있다는 것을 우직하게 드러냈다 하겠다.

1.4 이상적인 정치의 장, 그 이율배반에 관해

김탁환의 백탑파 시리즈는 2000년대 등장한 수많은 역사추리소설의 전범을 보여주는 작품이라 할 수 있다. 앞서 살펴본 바대로 세 작품은 정조 시대를 배경으로 한 역사소설이자 추리소설이다. 역사추리소설에서 사건들은 대부분의 추리소설이 그렇듯 살인사건으로 시작되고 연이어 다른 살인이 발생한다. 추리소설의 사건들이 복수나 개인적인 원한 위주로 이루어진다면 역사추리소설은 보다 정치적이고 역사적인 비밀을 담고 있는 범죄가 주를 이룬다. 세 소설들 속의 사건들도 겉보기에는 여타 추리소설과 별반 다르지 않아 보이지만 실상을 파헤치면 거대한 정치적 음모가 또아리를 틀고 있다. 살인을 저지르는 범죄자는 정치적 음모를 꾸민 배후세력에 의해 조종되거나 희생되고 만다. 『방각본』의 청운병은 동생 청운몽에 대한 질시와 미움을 담아 연쇄 살인을 저지르지만 은밀한 내막은 방각본 소설이 지닌 파급력과 정조의 개혁에 반(反)한 반대세력에 의한 것이었음이 폭로된다. 이는 정조 초기 불안했던 국내 정치 상황과 개혁에 대한 저항이 만만치 않았음을 투영한다.[20] 『열녀문』 역시, 당시로는 용납하기 힘든 여성을 응징하는 동시에 지방 양반 세력의 이익과 명예를 지키기 위한 몸부림이 여러 인물들을 죽음으로 몰아넣는다. 공고

---

20 즉위 1년인 1777년에 벌어진 정유역변(丁酉逆變), 즉 정조 암살 미수사건과 같은 일들을 통해 즉위 초반에는 정치적으로 불안했음을 알 수 있다.

해 보이기만 했던 가부장적이고 유교적인 신분 체계가 눈에 띠지 않게 금이 가고 그에 따른 기득권층의 본능적인 불안과 공포가 살인사건을 불러왔음을 작가는 에둘러 보여준다. 가장 정치적으로 첨예한 대립은 『열하광인』에서 표출된다. 실제로 이루어졌던 정조의 '문체반정'은 앞서 언급한대로 경화사족과 북학파들에 대한 견제를 배경으로 한다. 하지만 정조가 문체반정을 통해 적극적으로 그들을 내친 것이 아님은 박지원이나 이덕무의 반성문을 요구한 것 외에는 별다른 조치가 없었음에서 알 수 있다. 『열하광인』에서도 『열하일기』를 탐독하는 회원들이 차례로 죽임을 당하거나 주인공이 역경을 겪는 배후에 정조가 있음을 곳곳에 암시하고 있는 것은 위의 역사적 사실을 반영한 결과이다. 결국 정조는 백탑파나 신흥 개혁 세력들을 책임지는 자리에 앉히면서도 일견 늘 감시하고 내칠 수 있음을 암암리에 경고했다고 해석할 수 있다. 소설에 미쳐있고 『열하일기』를 통해 새로운 세상에 눈떠가는 이명방에게 소설을 불태우고, 『열하일기』를 탐독하는 이들을 잡아들이라고 재촉하는, 그야말로 욕망과 충성을 저울질하는 데서 정조의 견제는 정점을 찍는다. 이처럼 정조와 백탑파와의 관계는 우호적으로만 그려진 것이 아니라 상당한 우여곡절을 담고 있다. 사대부의 나라답게 신하는 신하로서의 역할과 시대를 고민하는 지식인의 모습을 띠고 왕은 왕대로 권력유지 및 백성을 위한다는 것과 정치란 무엇인가에 대한 치열한 고민을 통해 쌍방향적인 정치적 역동성을 살려낸다. 단순히 정치적 권력 투쟁을 넘어 시대를 고민하는 지식인과 그 어느 때보다 백성을 위하고 보살폈던 군주와의 관계를 통해 보다 나은 세상을 고민하는 이상적인 정치의 장을 세 소설은 배경으로 깔고 있었던 것이다.

이는 진보적인 정치를 지향했던 386세대 작가의 가치관을 투영하고 있는 동시에 2000년대 독자들의 열망을 동시에 충족시켜준다. 2000년대 접어들어 대한민국은 외환위기를 상당 부분 극복하고 세계적인 경기라 할 월드컵을 치룬 후 OECD국가 대열에 동참하는 등 그 어느 때보다 경제적으로 앞선 모습을 보인다. 또한 90년대 후반부터 일기 시작한 한류 열풍으로 자국에 이미지가 높아가던 시절이었다. 87년 이후로 자리잡기 시작한 민주 정부도 그러한 분위기에 한몫한다. 이러한 비등해진 국민의식은 시대를 대변할 지도자에 대한 열망으로 이어졌다. 그러면서 지나간 역사의 영광스럽고 빛나던 시절을 소환하였고 그 중의 하나가 정조이다. 정조가 지닌 강력하고도 현명한 리더십과 백성을 위하는 모습은 더할 나위 없을뿐더러 직접 신하들이나 백성들과 소통하려는 모습을 통해 현재적 지도자의 이상까지 덧씌운다. 정조 이후 몰락의 일로에 섰던 역사를 돌아보았을 때 마지막 불꽃처럼 타올랐던 이상적인 시절이 주는 매력을 세 소설은 정조와 백탑파 간의 만남과 진진한 사건들로 독자 앞에 굽이굽이 풀어놓은 것이다. 그럼에도 작가는 끊임없이 정조의 개혁에 의심의 눈길을 보내고 공맹지도(孔孟之道)의 이상을 추구하는 모습에 회의로 일관한다. 이는 아마도 이상화된 정조의 모습 속에 '독재자'나 시대를 역행하는 이율배반이 역설적으로 투영되고 있음을 작가가 인지하였기 때문이라 추정된다. 결국 이상적인 정치란, 실현 불가능하지만 중요한 것은 끊임없는 긴장과 투쟁 속에 더 나은 모습을 추구해야 하는 것이 지금 우리가 가져야 할 자세이지 않은가를 작가는 새삼 상기시키고 있는 것이다.

이처럼 백탑파 시리즈는 허구적인 사건을 통해 역사의 진실이나 그 시절의 모순을 파헤친다. 1994년 발표하여 역사추리소설의 한 장을 열었던 이인화의 『영원한 제국』이 "수수께끼 해결에 대한 쾌감이나 권선징악의 실천을 위한 정의감"[21]이 부족하고 벌어진 사건에 대해 명쾌한 해결을 내지 못하고 흐지부지 끝을 낸데 비해 김탁환은 보다 야무진 형식을 갖춘 역사추리소설로 거뜬히 그 한계를 넘는다. 또한 정조 시대에 대한 다각적인 연구를 바탕으로 단순히 시대를 고증하는 것을 넘어 상당히 변화무쌍한 시대였음을 그려낸다. 정치적으로 안정기에 접어든 조선 후기의 모습과 다양한 사상의 제기 등으로 백가쟁명(百家爭鳴)을 이룬 일군의 지식인층과 청나라 문물에 대한 개방적이고 우호적인 수용 등이 세편의 작품에서 풍요롭게 넘쳐난다. 물론 김탁환의 작품이 정조 시대가 지닌 모순과 문제들을 성찰하였지만 과거의 영광을 재현하면서 민족주의적이고 자족적인 성향을 드러냈다는 혐의가 없다 하진 못할 것이다. 이어진 많은 역사추리소설이 세종과 정조 시절과 같이 빛나던 과거를 독자 앞에 너나없이 펼쳐놓은 것도 같은 맥락이라 하겠다. 그럼에도 역사에 대한 새로운 시각과 접근은, 추리소설이란 형식으로 갈무리하여 나름의 소설적 물꼬를 텄다는 것은 그 의미가 상당하다. 장르소설이 좀처럼 자리잡지 못하는 한국 문학의 현실에서 역사추리소설이란 장르를 정착시키고 한걸음 나아가게 했다는 점에서 더욱 그렇다.

세 작품으로 백탑파 시리즈는 완결되었다고 하겠으나 2014년 김진과 이명방을 앞세운 네 번째 시리즈에 해당되는 『목격자들』이 출간되었다. 이 작품은 기존 백탑파가 가진 역사추리소설의 범주를 그대로 유지하고 있으나 작가의 의도나 그 내용은 2014년 4월 16일 일어났던 세월호 사건

21 정규웅, 『추리소설의 세계』, 앞의 책, 29쪽.

을 모티브로 하고 있는 점에서 기존의 작품과 결을 달리한다고 하겠다.

2. 오세영 — 팩션으로 키운 민족적 자긍심

2.1 팩션의 선두주자

우리 문학과 여러 영상 콘텐츠에 '팩션'은 이제 상당히 자연스럽고 널리 퍼진 '대세'라 할 만하다. 2절에서 살펴볼 오세영 역시 역사추리소설인 『원행』(2006)을 쓰기도 했지만 그의 주된 작업은 역사소설로서의 팩션을 지향한다. 역사적 사실을 바탕으로 하고 있지만 보다 너른 상상력을 발휘하고 한반도라는 테두리를 벗어나 유럽으로 그 시선을 확장한다. 이는 1990년대 시작된 세계화의 흐름과도 맞물리고 이제 우리의 역사가 세계사의 한 부분을 차지할 정도의 위상이 되었음을 은밀히 드러내는 일이기도 해 주목을 요한다. 작품이 발표될 당시 민족주의적 정서를 강조하는 시대적 분위기도 빼놓을 수 없다.

사학과를 졸업한 오세영은 팩션이라는 용어조차 낯설었던 90년대 초반 『베니스의 개성상인』[22]으로 일약 화제를 모았고, 그 이전과는 다른 역사소설로 주목을 받았다. 『베니스의 개성상인』은 우리나라 초기 팩션의 특징을 선명하게 보여주는 점에서도 의미가 있다. 15년이라는 간극을 두고 발표된 『구텐베르크의 조선』[23]은 보다 풍성해진 팩션의 흐름 속에

22 오세영, 『베니스의 개성상인』 1, 2, 3, 장원, 1993. 이후 인용시 권과 쪽수만 밝힌다.

그 변화상을 잘 담아내며 정제된 내용과 형식을 보여준다는 점에서 또한 주목을 요한다. 즉 우리나라 팩션의 초기 형태 및 정점에 이른 내용과 형식을 한 작가의 작품에서 살펴 볼 수 있다는 점에서 두 작품을 분석 대상으로 삼았다. 더불어 두 작품은 유럽과 조선 시대의 격동기를 연결시킨 공통점을 보여주고 있다는 점에서도 특기할 만하다. 따라서 이 절에서는 두 작품을 통해 팩션의 형식적이며 내용적인 특색을 알아보고 작가가 팩션의 형식을 취한 이유와 그럼으로써 어떠한 작가 의식을 드러내려 하였는지에 착목할 것이다. 시대적 욕망에 대한 고찰도 이루어진다. 또한 두 작품 사이의 시간적 차이가 작품에 어떻게 투영되었는지도 여러 사회문화적 환경을 살펴보며 분석해보려 한다.

2.2 '무역'으로 연결된 베니스와 개성

『베니스의 개성상인』은 작가 오세영이 밝혔듯이 루벤스의 그림 〈한복을 입은 남자〉를 보고 상상의 나래를 펼친 작품이다.[24] 종교 위주의 중세

---

23 오세영, 『구텐베르크의 조선』 1, 2, 3, 예담, 2008.(이하 『구텐베르크』) 이 책은 총 3권으로 이루어져 있으며 1권은 금속활자의 길, 2권은 꽃 피는 인쇄술, 3권은 르네상스의 조선인이라는 부제가 각기 달려있다. 이후 인용시 권과 쪽수만 밝힌다.

24 오세영은 '작가의 말'에서 "400년 전의 서양화가가 조선옷을 입고 있는 한국 사람을 모델로 그림을 그리다니! 그 당시 유럽에 조선 사람이 어떻게 존재할 수 있었을까"라는 의문을 시발점으로 작품을 구상하였다고 하였다. 곽차섭의 연구에 따르면 1980년대 이후 여러 연구와 우리나라 신문 등을 통해 루벤스의 그림에 그려진 남자가 유럽에 건너 간 최초의 한국인으로 알려진 '안토니오 코레아'일 가능성이 높다고 언급하였다. 그렇지만 이탈리아 남부 오지의 알비 마을에 알비 코레아 씨들의 선조가 바로 그 안토니오 코레아일 가능성에 관해서는 상당히 유보적인 시각을 보인다(곽차섭, 『조선 청년 안토니오 코레아, 루벤스를 만나다』, 푸른 역사, 2004).

시대에서 도시국가나 제국으로 새롭게 판이 짜지던 유럽의 17세기 초엽과 임진왜란이라는, 조선뿐 아니라 동아시아의 판도가 요동치던 때가 연결되며 이야기는 전개된다.

소설은 1980년대 후반, 무역상사에 다니는 유명훈의 이야기와 400년 전 베니스[25]로 건너간 안토니오 꼬레아, 유승업의 이야기가 교차한다. 유승업은 임진왜란으로 인해 부모를 잃고 일본에 포로로 잡혀간 뒤 귀국만을 기다리다 우연한 기회로 중국으로 건너간다. 포로 생활을 하는 와중에도 어린 나이의 유승업은 기지를 발휘, 사람들의 눈에 띠어 일본 상인의 일을 돕게 되면서 상인으로 필요한 지식과 처세술을 익힌다. 이는 어려서부터 개성상인이었던 아버지 밑에서의 가르침과 연관되며 소설 내내 유지되는 유승업의 상인 기질의 밑바탕을 채운다. 개성상인의 덕목인 신의와 올바른 처신, 단호한 결정력 등을 유승업은 평생에 걸쳐 상기하며 어려운 일이 닥칠 때마다 되새긴다. 유승업이 가게 되는 곳이 도시 국가이자 상업과 무역업이 매우 발달한 베니스인 것은 작가의 의도가 무엇인지를 가늠케 한다. 조선 시대의 개성상인과 무역의 꽃을 피웠던 유럽의 강자 베니스 상인과의 비교를 통해 당시 조선이 폐쇄적이지만은 않은 극동 아시아의 무역 강국이었다는 속내를 내비친 셈이다. 무엇보다 주인공이 유럽으로 가게 된 계기인 임진왜란은 명군(明軍)과 그 속에 포함된 동남아인, 포르투칼 용병의 참전을 통해 국제전의 양상을 띠었고, 이 전쟁 이후 명은 청(淸)으로의 왕조 교체가 이루어지고 일본에도 에도 막부가 성립

25 작품 속 지역이나 제목은 '베니스'로 통칭된다. 현재는 베네치아로 표기되기 때문에 인용된 다른 책이나 논문에서는 '베네치아'로 표기하고 작품 속 인용에는 베니스로 표기할 것임을 밝혀둔다.

되는 등 동아시아 국제 관계에 변곡점이 될 정도의 전쟁이었다는 점은[26] 시사하는 바가 크다. 더불어 개성상인의 핏줄임을 누차 강조하며 1980년대의 유명훈으로 이어져 소설은 보이지 않은 접점을 향해 나아간다.

고국을 가기 위해 애쓰지만 여러 사건에 휘말려 베니스에 다다른 유승업은 이름도 안토니오 꼬레아로 고친 후 본격적으로 베니스 무역의 역사 속으로 뛰어든다. 그 당시 조선은 유럽에 거의 알려진 것이 없는 나라였다. 마르티니가 『새 중국 전도』를 통해 중국과 한국, 일본을 소개한 1655년은 이 소설의 배경인 임진왜란이 끝나고 50년 후인 효종 때이다. "한국에는 금과 은이 풍부하고 사람들은 바닷가에서 진주를 채집한다는 생각은 어쩌면 마르코 폴로(Marco Polo)의 ≪동방견문록≫의 영향을 받았을 것"[27]이라는 짐작과 같이 '카울리'라는 고려의 중국식 발음으로 딱 한 번 언급한 마르티니의 책에서처럼 막연한 풍문과 소문으로 그려진 것이 전부일 정도로 유럽인에게 조선은 미지의 국가였다. 유승업이 베니스에 당도하여 무역상사에 들어갔을 때 주변인들이 그를 신기해하고 궁금해 했던 반응은 그 당시 유럽인들의 대체적인 반응이었다고 짐작해도 무방하다.

이탈리아반도 동안에 위치한 도시국가 베네치아는 비잔틴 제국의 상권을 잠식해가며 콘스탄티노플을 경유한 동방 무역로를 장악함으로써 동방무역에서 절대적 강자로 떠오르게 됐다.[28] 베네치아의 해상 네트워크는 당시 최고 수준의 수송 인프라였고 이를 이용해 상품뿐만 아니라

26 조영헌, 「明朝后期月港開港與壬辰倭亂」, 〈史叢〉 90, 2017, 85쪽.

27 이지은, 『왜곡된 한국 외로운 한국』, 책세상, 2008, 43쪽.

28 주강현, 『등대의 세계사』, 서해문집, 2018, 71쪽.

소식과 정보를 전달할 수 있었다.[29] 이러한 베네치아도 15세기 들어 제노바나 피렌체, 터키 제국 멀리는 서유럽 국가의 견제를 받게 되면서 서서히 입지가 줄어들게 되는데 그 와중에 유승업이 속해 있던 '델 로치 상사'가 있었다.

- 나폴리에게는 당장의 코미션 일, 이만 두카트가 중요한 것이 아닙니다.
- 그게 무슨 소리야?
- 각하. 코미션을 추가해서 응찰하면 결코 아카데미아 델 치멘토를 이길 수 없습니다. 코미션 없이 응찰해 주십시오. 그대신…

안토니오는 이번 입찰이 나폴리 왕국으로서는 교황청에 진출할 수 있는 교두보를 마련할 수 있는 좋은 기회임을 역설했다. 따뜻한 남쪽지방답게 예술적 재능이 뛰어난 나폴리였지만 중요한 경제거래는 전부 상업이 발달한 북부의 베니스, 밀라노, 제노바, 피렌체 등이 독점하고 있어서 남부 촌놈 나폴리는 감히 끼어들 엄두도 못 내고 있는 것이 가슴 아픈 현실이었다. 안토니오는 나폴리왕국이 어떻게 해서든 중앙무대인 로마교황청으로 진출하려면 당장의, 일이만 두카트가 중요한 것이 아님을 역설하였던 것이었다.(1권, 358쪽)

유승업은 나폴리 왕국의 로렌제티 총재에게 승부수를 띄운 후 그를 설득한다. 로렌제티 총재에게 무엇이 중요한지를 일깨우며 로마교황청의 입찰을 따내는 유승업의 위와 같은 태도는 대담할뿐더러 상대방의 숨겨진 열등감이나 두려움을 극복할 수 있는 대안을 제시하여 신용을 얻는

29 남종국, 「중세 말 베네치아의 해상 네트워크」, 〈서양중세사연구〉 제21호, 2008, 179쪽.

다. 이렇게 쌓인 믿음으로 로렌제티를 입찰에 이르게 하고, 그의 도움으로 유승업은 위기에 처한 델 로치 상사도 구해낸다. "날카로운 판단력과 과감한 결단력을 지닌 사카이의 상인 도시오, 폭풍이 불어와도 끄떡 없을 것만 같던 신안상인 담신민, 그리고 거래에서 가장 중요한 것은 상대방의 마음을 사로잡는 것이라고 가르쳐 주시던 아버지"(1권, 362쪽)의 가르침을 신조로 삼았음이 극명하게 표출된 대목이다. 신중함과 승부사 기질을 동시에 지닌 유승업은 개성상인의 면모일뿐더러 조선인의 월등함을 드러내는 인물이다. 한 고비를 넘어 다시 한 고비를 넘어야 하는 상인의 세계에서 이제 마지막 3권은 델 로치 상사도 변해가는 베네치아 무역 네트워크에 발맞춰 단순한 무역뿐 아니라 정보와 소식에서 앞서가기 위해 고군분투하는 모습이 그려진다. 당시 유럽은 신교연합과 구교 동맹으로 나뉘어져 30년 전쟁(1618~1648)을 치루고 있었고 그 가운데 많은 무역상사들은 어디에 줄을 서느냐에 따라 상사의 흥망이 나뉠 지경이었다. 16세기 초부터 시작된 베네치아의 경제적 구조변화는 그때까지의 해운 교역업 일변도의 구조로부터 수공업과 농업을 포함시킨 다각화의 경향이 강해졌다는 시오노 나나미의 발언[30]에서 보이듯 베네치아의 상황도 큰 변화 속에 놓여있었고 유승업은 신의와 탁월한 안목, 앞날을 내다보는 판단으로 부지배인의 자리에까지 오르게 된다. 결국 프랑스 정부로부터 갈레선 건조를 의뢰받으면서 그의 과업을 칭하는 의미로 상사의 이름마저 꼬레아 캄파넬라로 명명되기에 이른다. 물론 그 사이에는 여러 번의 실

30 시오노 나나미, 정도영 역, 『바다의 도시 이야기: 베네치아공화국 1천년의 메시지』 하, 한길사, 2008, 390쪽.

패와 좌절이 있었지만, 그것을 이겨내는 유승업이야말로 입지전적인 인물의 전형이다.

한편 현재의 유명훈은 세계화의 물결 속에 자신의 입지를 다지기 위해 땀흘리고 있는 상황이다. '정명물산'의 부장으로 미국과의 덤핑 무역 등으로 어려움을 겪지만 그를 잘 해결하고 시장 개척을 위해 유럽으로 뛰어든다. 그 속에서 비싼 수업료를 치르며 유럽의 벽이 높다는 것을 체험하지만 끝내 포기하지 않고 도전한다. 유명훈은 감각적인 상황 판단과 신의를 바탕으로 400년 전 유승업이 그러했던 것처럼 위기를 해결한다. 이렇듯 현재와 과거의 연결고리는 바로 '상인'으로서의 자질이다. 거칠고 이기기 어려운 상인의 세계를 헤쳐 나가는 두 주인공의 모습에서 역경을 딛고 입지를 다지는 한국인의 모습이 선명하게 부각된다. 이 두 주인공의 접점은 바로 현재 베니스에 남아있는 꼬레아 델 로치에서 이루어진다. 소설은 초반부터 유명훈과 유승업이 개성상인의 후예임을 누누이 언급하며 둘의 관계에 대한 복선을 흩뿌려 놓았었다.[31] 독자들은 따라서 그들이 지닌 여러 유사점을 통해 작가의 의도를 추정할 수 있다. 그러면서도 과연 어떠한 접점을 통해 그들이 연결될 것인가 하는 궁금증을 안고 소설을 읽어 나가게 된다. 추리서사는 적절하게 숨겨지고 흩어진 정보들을 통해 독자들의 궁금증을 유발하며 이것들을 후에 논리적이며 정

31 실제로 해방 후 우리나라 언론과 연구들은 안토니오와 알비 코레아 씨들 사이의 관계를 "사실인 양 보도해 왔고" "학계마저 이러한 신화화 과정에 무관심하거나 오히려 신문 보도를 여과 없이 수용"(곽차섭, 『조선 청년 안토니오 코레아, 루벤스를 만나다』, 앞의 책, 117쪽)하는 모습을 보였지만 사실 이는 그 가능성이 지극히 낮은, 공상에 가까운 일이라 할 것이다. 그럼에도 80년대 후반 이루어진 저널리즘의 보도들은 이러한 상상력을 자극했음은 분명하고 오세영은 이를 팩션의 형태로 만들었다고 할 것이다.

합적으로 꿰어 맞추면서 독자들의 놀람과 새로운 깨달음을 이끌어내며 쾌감을 일으킨다. '꼬레아 델 로치' 상사가 바로 그 복선들의 총합인 셈이다. 결국 이탈리아 자동차를 제작, 판매하기로 결정하였으나 회사 방침의 변경으로 위기를 맡게 되지만 유명훈은 자동차 랠리를 통해 이 난국을 타개한다.

그렇다면 조선의 개성상인이 어떠한 존재였는지가 궁금하다. 개성은 고려조 이래로 나름대로의 상업적 전통이 유지되고 있었고 이는 조선에도 이어졌다. 전성기에 10만 호에 이른다던 소비인구를 거느리고, 부세를 비롯한 각종 국가적 물류의 집산처이기도 하였다. 더불어 조선 초 개성 주변 지역의 선비들을 등용하지 않으려했던 정책에 의해 반조선왕조적인 공감 속에 개성상인만의 상업경영이 정착되었다. 개성상인들은 삼포(三浦)에서 일본상인으로부터 무역한 왜은(倭銀)을 이용하여 견직물로 대표되는 중국산 사치품을 구입하고, 이를 다시 국내와 일본상인에게 처분하는 중개무역을 통해 막대한 상리(商利)를 축적함과 동시에 16세기 말 임란을 전후해 인삼무역까지 주도하였다. 이들은 신용(信用)과 단결(團結)을 특징으로 한 상업조직을 형성하여 갔고, 도성상인인 경상에 필적하는 자본을 집적할 수 있었다.[32] 거기에 더해 그들은 수백 년 동안 시행착오를 거치면서 수준 높고 독특한 상업 시스템, 즉 지방출상, 차인(差人)제도, 시변, 송도사개치 부법 등을 발전시키기도 하였다.[33] 중개무역의 메카였던 베네치아처럼 조선의 개성상인들도 조직력과 신의로, 상업을 천시했던

32 박평식, 「조선전기 개성상인의 상업활동」, 〈조선시대사학보〉 제30집, 2004, 92~94쪽 참조 요약.

33 양정필, 「개성상인과 정치권력」, 〈역사와 철학〉 제58집, 2015, 108쪽 정리.

조선시대였음에도 그 족적을 뚜렷하게 남긴 것이다. 비록 조선시대에는 중국과 일본을 연결하고 국내의 상권을 장악하는 수준에 머물렀지만 소설은 이를 1980년대로 끌어와 대한민국은 예전 개성상인의 신뢰와 조직력에 더해 베네치아의 해상무역국과 같은 무역 강국의 면모까지 지닐 수 있음을 넌지시 내비친다.

이는 당시 유행하던 기업가들의 자서전이나 기업소설 등과도 연동되어 이채롭다. 90년대 초반은 대한민국의 경제가 유독 부흥하였고 적극적으로 세계 시장을 뚫기 위해 힘쓰던 시절이다. 험난했던 현대사의 파고를 극복하고 세계로 발돋움했다는 자부심 역시 팽배하던 때이기도 하다. 젊은이들이 존경하는 인물로 정주영이나 김우중과 같은 재벌 총수들이 꼽혔다는 것이 그러한 분위기를 잘 전달한다. 폭발적인 인기를 끌었던 정주영의 『시련은 있어도 실패는 없다』(1991, 제삼기획)나 김우중의 『세계는 넓고 할 일은 많다』(1992, 김영사)는 당시 국민들의 관심사뿐 아니라 국가적 지향점이 어디인지를 단적으로 보여주는 예라 할 것이다. 물론 그것이 얼마나 거품이었는지는 대우재단의 파산과 김우중의 도피, 이어진 외환위기사태가 증명한다. 어찌되었든 90년대 초반은 군사독재 시절에서 벗어나 문화와 다양성에 관심이 쏠리기 시작하던 때이고, 세계 여행이나 외국의 문물에 한껏 고양되어 우리 역시 선진국의 대열에 낄 수 있다는 자신감이 넘쳐 나던 시절이었다.

개성상인의 핏줄을 이어받은 유승업과 유명훈은 각각 17세기와 1980년대 후반에 그 활약상을 펼쳐 보인다. 특히 작가는 17세기 베니스가 처한 현실에 대한 주도면밀한 정세 파악과 상인으로서의 그 특색이 유감없이 발휘되었던 역사적 사실을 소설의 배경으로 튼튼하게 심어 놓았다.

그렇지만 다소 지루하게 전개되는 유럽 역사에 대한 장황한 서술, 주인공의 시련과 역경이 소설의 중반까지 제대로 표출되지 못하고 있는 점 등은 문제점으로 꼽힌다. 또한 유승업을 둘러싼 상황들이 여러 사람의 도움과 우연에 의해 이루어진 경우가 많다보니 주인공의 적극적인 해결이나 결심이 없어 주인공에게 몰입하기 어려운 경우도 종종 발생한다. 베네치아가 벌이는 제노바나 피렌체, 서유럽간의 무역전쟁 등 주인공이 해결할 수 없는 상황들이 중간 중간 이어지는 것도 그렇다. 그러다보니 팩션이 보여주는 사실과 허구 사이에서 돋보여야 할 유승업의 과업들이 격랑의 역사 속에 억지로 끼어 넣는다는 느낌이 역력하다. 서구의 팩션이 감춰진 진실을 파헤쳐 독자들에게 색다른 시각에서 역사를 볼 수 있다는 깨달음을 주는데 주력하였다면 이 소설은 개성상인의 후예가 베네치아로 건너가 성공을 하고 그것이 현재의 성공과 이어진다는, 어쩌면 기업가들의 성공신화에 가깝다는 한계를 지닌다.

일련의 한계에도 불구하고 『베니스의 개성상인』은 제목에서부터 역사적 상상력의 산물임이 드러난다. 작가는 유럽과 극동아시아라는 공간과 과거와 현재라는 시간을 교차시키면서 기존의 역사 위에 작가만의 대담한 상상력을 펼치며 우리 팩션의 가능성을 한껏 발산하였다. 이후 이 작품은 90년대를 넘어 2000년대 팩션 열풍에 도화선 구실을 했음은 분명하다.

2.3 구텐베르크와 르네상스 대 장영실과 세종

2005년 5월, 우연히 '서울디지털포럼 2005' 중계방송을 시청하던 나는 심장이

멋는 줄 알았다. 포럼에 참석한 앨 고어 전(前) 미국 부통령이 "서양에서는 구텐베르크가 인쇄술을 발명한 것으로 알고 있지만 이는 당시 교황 사절단이 한국을 방문한 뒤 얻어온 기술"이라는 정말 놀라운 소식을 전했기 때문이다. 그는 스위스의 인쇄박물관에서 알게 된 사실이라며 "구텐베르크가 인쇄술을 발명할 때 교황의 사절단과 이야기했는데 그 사절단은 한국을 방문하고 여러 가지 인쇄기술 기록을 가져온 구텐베르크의 친구였다"고까지 했다.(1권, 7쪽)

『구텐베르크』의 작가의 말에 등장하는 발언이다. 교황사절단이 조선을 방문했다는 앨 고어의 말을 곧이곧대로 믿을 수는 없지만,[34] 장영실이 구텐베르크보다 이른 1434년 주자소(鑄字所) 기술자들과 함께 금속활자인 갑인자(甲寅字)를 만든 것은 역사가 증명하는 사실이다. 갑인자는 조선시대 갑인년인 1434년 주자소에서 만든 구리활자를 의미하는데 태종 계미년에 만든 계미자를 세종 갑인년에 개량한 것이고, 세종은 금속제련 전문가인 장영실, 이천, 이순지를 투입해 금속활자 제작 업무를 맡겼었다.[35] 실제 장영실은 측우기나 천체관측기만이 아니라 세종의 명으로 주자소에 소속되어 갑인자를 만드는데 일조했다. 구텐베르크는 1455년 금속활자를 만들어 성서인쇄에 들어간다. "구텐베르크의 금속 활자는 단순

34 최근의 연구들 중 하나는 구텐베르크의 인쇄술이 고려 시대의 금속활자 주조법에서 그 기원을 찾을 수 있다는 것도 있다. 김성수, 마승락 등은 「금속활자의 발명과 전래에 관한 동 · 서양 비교 연구」(〈書誌學硏究〉 제60집, 2014.12)라는 논문에서 영국 존 홉스 교수의 인쇄술의 기원을 16세기 중국과 14세기 초의 한국에서 찾을 수 있다는 의견을 인용하고 더 나아가 한국의 금속활자인쇄술은 서양의 구텐베르크보다 244년이 앞섰음을 내세운다. 김성수등의 주장에 대해 그 진위 여부를 떠나 우리의 인쇄술에 대한 자부심은 점차 강화되고 있다는 것을 확인할 수 있다.

35 조선사역사연구소, 『(조선최고의 과학자) 장영실』, Alto Book, 2016, 186쪽.

히 성서를 찍어냈다는 의미를 넘어 종교개혁과 르네상스 및 과학혁명의 원동력이 되었으며, 서양문명의 특징을 근본적으로 변화 · 개혁시켰다"[36]는, 인류 문화의 큰 족적이다. 이러한 역사적 사실을 근간으로 오세영은 2008년 『구텐베르크』를 펴냈다.

『구텐베르크』는 앞서 살펴본 『베니스의 개성상인』에서 더 나아간 상상력을 보여 줄 뿐 아니라 실존 인물과 허구적 인물을 엮어 보다 촘촘하게 내용을 채워나간다. 작가가 선택한 인물은 장영실이다. 그는 세종 치세 하에 가장 독보적인 기술자이자 장인이다. 그렇다면 세종은 또 어떠한가. 여전히 대한민국 국민들이 가장 존경하는 인물 1위를 차지하며 500년이 넘는 세월을 뛰어넘어 현대인의 삶에 큰 영향력을 행사한다. 우리의 역사 속에 가장 현명하고 위대한, 또한 훈민정음이라는 세계 유래사에 없는 업적을 만들어낸 그에 대한 자긍심은 다른 왕 혹은 지도자와 비교하기 어려울 지경이다. 세종이 키운 가장 훌륭하고 다방면의 면모를 지닌 장영실의 후계자로 등장하는 주인공 석주원은 허구적 인물이다. 그러나 세종－장영실－석주원－구텐베르크로 이어지며 형성되는 그 연결고리에 대한 상상력은 짜릿할 수밖에 없다. 우리도 세계 문화에 크게 기여하였다는 민족적인 자긍심을 드높이기에 충분하다.

더불어 앞선 소설의 지루함과 독자들의 긴장감을 떨어뜨리는 내용을 과감하게 털어버리고 각 장마다 장소와 상황을 바꿔가며 당면한 문제를 해결하는 식으로, 빠르게 전개시킨 것도 달라진 점이다. 1권은 교황청의

36 존 M 홉슨(John M.Hobson), 정경옥 역, 『서구문명은 동양에서 시작되었다』, 에코리브르, 2005, 239쪽(김성수 · 마승락, 「금속활자의 발명과 전래에 관한 동 · 서양 비교 연구」, 위의 논문, 39쪽 재인용).

성서 작업을 따내기 위한 우여곡절을, 2권은 피렌체와 상권을 둘러싼 암투를 3권은 새로운 도전을 각각 보여준다. 구성을 도식화시켜보면 '주인공을 둘러싼 상황의 변화와 위험 – 피할 수 없는 도전의 상황 – 과감하고 결단력 있는 태도와 판단으로 그것을 타파 – 해결'하는 과정이 되풀이된다. 이는 추리소설의 '문제 상황 발생 – 단서 추적 – 해결의 실마리 – 범인을 찾음, 수수께끼를 풀고 사건 해결' 등과 유사하다는 점은 눈여겨 볼 대목이다.

소설은 야금장이 석주원이 세종의 명을 받아 중국에 있는 장영실을 만나러 가는 것에서 시작된다. 조선과 중국, 중앙아시아의 사마르칸트와 유럽까지 종횡무진 넘나들며 세계를 하나로 묶어내는 작가의 솜씨는 이번 작품에도 유감없이 발휘된다. 세종의 밀지를 받고 장영실과 명나라로 건너가 새 활자를 주조한 석주원은 사마르칸트에서 교황 사절단을 만나고, 곡절 끝에 독일 마인츠로 가 구텐베르크의 인쇄소 일을 맡아 금속활자를 주조한다. 이 과정에서 훈민정음 창제와 반포에 얽힌 세종과 사대부들간의 갈등, 르네상스와 종교개혁 등 15세기 세계사의 굵직한 사건들이 녹아있다. 또한 실존했던 인물들이 여럿 등장해 팩션으로의 흥미를 더한다. 가장 눈에 띄는 인물은 당연히 구텐베르크이다.[37] 비록 사업적으로는 실패하였지만 독일 최초로 사업 자금을 투자받은 사업가로서 인류 문화사에 커다란 공헌을 한 인물이다.[38] 1권은 독일로 넘어 간 석주원이

37 구텐베르크의 생애와 업적에 관해서는 대부분 베일에 가려져 있고 패드릭스(patrix 아비자)와 매트릭스(matrix 어미자)를 이용한 활자주조기와 인쇄기조차 그의 작품이란 것이 입증되지 않았다. 따라서 그에 대한 연구는 상당히 많은 부분이 추정으로 해석되어 지고 있는 현실이라고 한다(황정아, 「유럽의 금속활자 인쇄술—구텐베르크의 발명」, 『인문과학』 97, 2013, 346쪽 정리).

구텐베르크를 만나 그를 도와 성서를 찍어내는 과정을 드라마틱하게 그려낸다. 천신만고 끝에 독일에 다다른 석주원은 구텐베르크를 찾아가지만 그는 동방에서 온 석주원을 신뢰하지 않는다. 그러던 중 교황청의 성서 인쇄에 대한 계약이 체결되는 과정에서 구텐베르크의 경쟁자이자 깊은 악연을 지닌 빔펠링 회장의 반격으로 순탄해 보였던 계약이 연기되는 위기가 닥친다. 구텐베르크는 석주원을 인쇄공방의 부주자장으로 임명하는 파격을 단행하며 이 위기를 헤쳐 나가려 고심한다.

> 석주원은 마음을 가라앉히고서 해탄을 들고 고로로 향했다. 이레네의 믿음이, 스승 장영실의 염원이, 그리고 구텐베르크의 소원과 쿠자누스 신부의 꿈이 모두 여기에 담겨 있다.
> '명심하거라. 향동을 만들려면 우선 양질의 홍동을 고르고, 홍동 여섯 근마다 아연 네 근을 넣고 가열해서 녹인 후에 완전히 냉각돼 굳었을 때 꺼내야 제대로 된 향동을 얻을 수 있다.'(1권 314쪽)

석주원은 스승 장영실의 가르침을 되새기며 향동 활자를 만들어 위기

38 신종락, 「한국에서 서양으로서의 인쇄문화 전파—구텐베르크의 금속활자」, 『독일어문학』 53권, 2011, 207쪽. 구텐베르크는 성서를 빠른 시간에 인쇄해서 저렴한 가격에 보급하면 큰 수익을 얻을 수 있으리라 생각하여 1450년 8월 자본가 푸스트에게 800굴덴을 투자받아 사업을 시작하였다. 하지만 계획했던 것과 달리 투자비용이 빨리 회수되지 않자 푸스트는 직접 성서 인쇄 작업에 나섰고, 구텐베르크의 동업자 페터 쇠퍼와 인쇄사업을 하면서 구텐베르크에게 융자한 돈에 대해 투자비용 대신 인쇄 도구, 활자, 재료, 인쇄기 일체를 몰수했다(신종락, 「한국에서 서양으로서의 인쇄문화 전파—구텐베르크의 금속활자」, 앞의 논문, 206~207쪽 정리). 1권은 이러한 역사적 사실을 바탕으로 구텐베르크의 상황을 그리고 있다.

에 빠진 구텐베르크를 구하고 마침내 성서 인쇄 계약을 체결한다. 금속활자 인쇄의 걸작이라 할 42행 성서를 만들기 위해서는 "① 글자체 고안 ② 패트릭스 ③ 매트릭스 ④ 활자주조기를 이용한 활자의 제작 ⑤ 식자(조판) ⑥ 인쇄기의 제조 ⑦ 종이 ⑧ 잉크 ⑨ 교정 ⑩ 인쇄 ⑪ 제본 ⑫ 이니셜과 채색" 등의 절차가 필요한데 구텐베르크는 이를 위해 "여러 기술과 다양한 기예분야에서 전문성을 받아들이고 그것을 새롭게 독창적으로 재생산하는 기술로 발전시킬 수 있는 능력을 필요로 했을 것"[39]이란 추측처럼 석주원도 기술과 능력으로 막대한 역할을 했으리란 상상이 가능한 것이다. 이는 조선의 기술이 곧 세계 최초라 불리는 인쇄술에 큰 영향을 끼쳤다는 상상력의 발로이자 우리 문화에 대한 깊은 자긍심과 이름이 알려지지 않았지만 우리만의 인쇄술이 서양보다 더 오래전에 자리 잡고 있었다는 작가의 안타까움이 베어나오는 지점이다. 소설 초반에 등장한 장영실은 석주원이라는 존재가 세종과 연결되어 있다는 고리 역할뿐 아니라 금속활자와의 관계까지 이어주는 중요 인물로 등장한다. 소설은 왕의 가마를 부실하게 제작했다는 불경죄로 쫓겨난 장영실이 은밀하게 세종의 밀지를 받아 완벽한 금속활자를 만들 재료인 해탄을 구하기 위해 중국으로 간 것으로 설정한다. 이는 장영실이 '경상도 찰방별감'이라는 벼슬을 내려 받고 창원, 울산, 영해, 청송, 의성 등지에서 금속 채굴작업과 기타 제련작업을 지휘하기도 하였다는 사실과 세종 3년인 1421년 세종의 지원으로 중국으로 유학을 갔던 일[40] 등의 엄연한 역사적 사

39 황정아, 「유럽의 금속활자 인쇄술—구텐베르크의 발명」, 앞의 논문, 366쪽.

40 조선사역사연구소, 『장영실』, 앞의 책, 114, 188쪽 참조.

실에서 출발한다. 중국 유학 경험과 채굴작업을 몸소 진행했다는 것과 정확한 사인이나 사망연도가 밝혀지지 않은 장영실의 행보가 겹쳐 만들어진 작가의 소망어린 내용이라 할 만하다.

2권은 독일 마인츠에 자리 잡은 석주원이 함께 온 이레네와 결혼을 하고 주자기의 재료를 구하기 위해 멀리 콘스탄티노플로 향하며 사건은 진행된다. 마침 오스만터키제국과의 전쟁에 휩쓸려 위험에 처하지만 그곳에서 만난 콘스탄티노플 애국자의 도움으로 원하던 재료를 구하는데 성공한다. 석주원의 이러한 도전은 당시 세계사의 격변을 함께 했음을 역동적으로 보여주는 장치이기도 하다. 가져온 재료로 다시 어려움에 빠진 구텐베르크 인쇄소의 재기를 돕고 그 와중에 피렌체 공국의 인쇄업을 따내기 위한 경쟁에 돌입한다. 2권과 3권에 걸쳐 등장하는, 르네상스를 꽃피운 유럽 최고의 메세나인 메디치 가문은 기본적으로 이재에 밝은 장사꾼 집안이었으며, 세계의 돈을 거머쥔 채 학문과 예술을 후원하고 항구도 계획적으로 만들어냈다.[41] 피렌체 공국의 인쇄 사업은 구텐베르크 인쇄소의 사활이 걸린 문제이자 르네상스기 번영과도 연동되기 때문에 그 가운데서 활약하는 석주원의 움직임은 당연히 눈부시다 하지 않을 수 없다. 메디치 가문의 사생아를 우연히 알게 되어 그의 탈출을 도와준 석주원은 그 인연으로 인쇄 사업을 따낸다.

마지막 3권은 유명한 실존 인물들이 더 많이 등장한다. 잠깐이긴 하지만 어린 레오나르도 다빈치가 나와 석주원의 자동인쇄기를 만드는 데 도움을 주고, '코시모 데 메디치'와 얽히고설킨 인연으로 교황청의 성서 인

41 크리스토퍼 히버트, 한은경 역, 『메디치 스토리』, 생각의 나무, 2010, 167쪽.

쇄를 맡기도 한다.

"여기 막대가 달린 둥근 원반의 톱니가 새장처럼 생긴 누름판의 톱니와 맞물려 있는 게 보이지요? 이렇게 막대를 돌리면 원반과 누름판이 동시에 작동하면서 밑에 깔아놓은 종이에 인쇄가 찍히게 됩니다. 그리고 여기 누름판의 톱니가 종이이동대와 수직도르래로 연결되어 있는 게 보이지요? 그러니까 둥근 원반의 막대를 돌리면 누름판 위의 종이에 인쇄가 되고, 인쇄된 종이는 이렇게 경사진 고정대를 통해서 자동으로 바닥에 떨어지면서 그 다음 인쇄지가 수직도르래를 타고 저절로 누름판 위에 펼쳐지지요. 그리고 동시에 잉크도 자동으로 묻게 설계되어 있습니다."(3권 59~60쪽)(이하 중략)

다 빈치 소년은 어느새 석주원을 스승 대하듯 하고 있었다. 이곳에서도 사람들은 활자주조기를 구텐베르크가 만든 것으로 알고 있었다. 그런데 다 빈치 소년은 서슴없이 활자주조기를 석주원이 만든 것이라고 말하고 있다. 소년은 전부터 활자주조기에도 관심이 있었던 모양이다.

"사실 활자주조기를 만든 사람은 내가 아니라 조선에 계신 나의 스승님이시다."(3권 65쪽)

이는 '르네상스의 조선인'이라는 부제에서 잘 보여주듯이 석주원이란 인물이 어떻게 르네상스라는 문화와 맞닿아 있는지를, 르네상스기의 가장 대표적인 인물인 레오나르도 다빈치와의 만남을 통해 극명하게 그려낸다. 활자를 찍을 때 도르래를 이용하는 원리를 설명하는 위 인용문은 다빈치의 천재적이었던 면모를 여실히 부각시킨다. 이런 다빈치가 석주원을 스승으로 모시고, 석주원은 장영실을 스승으로 모심으로써 우리 문화가 유럽의 르네상스에 어떠한 영향을 끼쳤는지를 발랄한 상상력으로 연출해 낸 것이다. 결국 석주원은 구텐베르크의 인쇄술 발전에 지대한 영향을 끼쳤고 이후 르네상스 문화를 이끌었던 메디치 가문과 레오나르도 다빈치와의 관계를 통해 조선 초기 자주적이고 새로운 문물을 만들기 위해 힘썼던 세종을 상기시킨다. 동시에 석주원 역시 유럽에서 그 위치를 탄탄히 세우며 '르네상스인'으로 거듭남을 보여준다.

이 소설은 『베니스의 개성상인』에 비해 실존인물과 허구적 인물과의 관련성이 긴밀해지면서 팩션으로의 역사성과 흥미를 강조하고 있다. 더불어 2000년대 들어 "역사의 대중적 소비가 때로는 단순한 소설 탐독을 넘어 전문 역사지식의 조사와 탐구로 이어"[42]지는 최근 독자들의 요구를, 앞의 소설과 같이 유럽 및 조선의 역사를 흥미롭게 제공하여 충실히 담아낸다. 당대의 경제, 문화, 정치, 예술을 흥미롭게 다루고 있지만 『베니스의 개성상인』이 유럽의 역사를 지루하게 서술하였던 반면, 『구텐베르크』는 주인공들의 행보가 미시사 적이고 개인적인 차원으로 그려진다. 역사가 후경으로 빠지면서 석주원이라는 인물의 생생함이 돋보일뿐더러 여러 실존인물들과의 관계도 보다 뚜렷해지면서 허구이지만 그 실재성이 살아나는 효과가 발생한다. 사건들이 빠르게 진행되고 해결 역시 긴박하게 이루어지면서 박진감을 높이고 있는 점도 다르다. 이는 2000년대 역사소설이 "대중의 관심이 국가나 민족에서 개인으로 옮겨가는 시점에 봇물처럼 터져 나왔다"[43]는 맥락과도 닿아 있다. 『구텐베르크』는 2000년

42 최성철, 「역사이론의 앵글에 잡힌 역사소설」, 〈한국사 시민강좌〉, 2007, 264~265쪽.
43 한기호, 『베스트셀러 30년』, 앞의 책, 126쪽.

대 팩션이 구사할 수 있는 여러 가지 면모를 잘 살리면서 세련된 모습으로 다듬어졌음이 확인된다.

2.4 세계사의 흐름에 조선을 외치다

오세영의 팩션들은 기존의 역사소설에 대한 도전을 의미한다. 루카치적 의미에서의 재현과 객관적 묘사로서의 역사소설에 진작부터 서구의 많은 역사가들은 반기를 들었고, 그 중의 대표적인 이들이 신역사가들로 불리는 콜링우드(R.G.Collingwood)나 그린 블레트 등이다. 특히 "현실의 두 차원에서 진실의 판단은 주어진 자료(사실)에 있는 것이 아니라 오히려 역사가의 상상적인 구축의 망에 있다는 콜링우드의 지적은, 역사지식의 주관성과 역사기술의 서사상에 대한 새로운 문제를 던지면서 역사와 허구의 경계를 없애는 데 결정적인 역할을 하게"[44]된다고 하였는데 이는 우리 역사학계의 지각변동과도 긴밀하다. 신역사주의에 따른 보다 폭넓고 확장된 역사관은 대중역사서나 역사소설에 많은 영향을 끼쳤고 그 중의 하나로 팩션이 우리 문학과 드라마, 영화계의 중요한 키워드로 자리매김하기까지 이른다.

앞서 살펴본 바대로 두 작품은 격동의 유럽과 조선시대를 연결시켜 당대 독자들의 욕망을 입체화시켰다는 점에서 의미심장하다. 역사 신드롬이라 할 정도로 역사 이야기에 관심을 일으킨 대중의 욕망이란 그렇다면 무엇인지 되새겨 볼 필요가 있다. 1990년대는 우리의 굴곡진 현대사

44 공임순, 『우리 역사소설은 이론과 논쟁이 필요하다』, 앞의 책, 18쪽.

가 정치, 문화적으로 안정된 시기이다. 1987년 민주화 항쟁을 통해 정치적으로 군사독재정권이 물러나고 경제적으로 윤택해지면서 여가와 취미생활이 부상, 문화산업이 자리잡아가던 시절이었다. 냉전의 시대 역시 마감되던 때이기도 했다. 1986년 아시안게임과 1988년 올림픽과 같은 국제 대회를 치르고 90년대 이후로 호황이었던 경제 상황은 과거의 가난과 분단의 아픔을 딛고 세계로 나아갈 수 있다는 자신감의 발판이 되었다. 더구나 90년대 이후 세계화나 글로벌화를 부르짖는 자본의 압박과 광풍이 거세질수록 그에 대응하여 민족주의 담론 역시 강해지는 흐름도 무시할 수 없다. "민족주의는 한국이 근대사회로 전환하는 소란스러운 시기에 반식민주의와 근대화 세력으로서 많은 기여를 했고 그것은 여전히 많은 한국인에게 영감과 자존심의 원천이 되고 있다"[45]는 언급과도 일맥상통한다. 이제 당당히 경제대국을 앞둔 상황에서 우리 사회에 대한 자부심이 점차로 커져갔고 이를 역사를 통해 확인하고 싶어 하는 심리가 팽배해졌다. 자랑스러운 과거 이야기를 통해 '지금'의 영광을 뒷받침하고 싶은 심리가 새로운 형태의 역사 이야기로 출현한 것이다. 아울러 팩션이 주는 인문학적 교양도 두 작품은 여실히 보여준다. 해박한 유럽 중세사를 바탕으로 14세기 베네치아를 둘러싼 무역상들의 도전 및 르네상스기를 이끌었던 피렌체 가문과 구텐베르크, 레오나르도 다빈치 등의 실존인물들의 천재성과 활약은 책 읽기의 즐거움과 지적 유희까지 채워준다. 개성상인들의 상법과 조직 구성 및 활자 주조에 관한 꼼꼼한 고증과 촘촘한 정보들도 맞춤하게 배치되어 있어 그 균형감각을 살린 점도 돋보인

45 신기욱, 『한국 민족주의의 계보와 정치』, 창비, 2009, 39쪽.

다. 특히 90년대 들어 외국 팩션들이나 드라마 등이 연출했던 인포테인먼트적 요소를 적극적으로 수용했음을 보여준 증좌라 하겠다.

『베니스의 개성상인』에서는 유럽 무역의 강자였던 베네치아 상인들과 청과 일본을 중개하던 개성상인을 연결시켜 우리가 폐쇄적이지만은 않았음을 상기시킨다. 그에 더해 1980년대로 온 현재의 주인공을 통해서는, 대한민국은 세계로 나아갈 수 있을 정도의 경제대국의 초석을 다지고 있음을 강조한다. 이 소설이 '안토니오 코레아'라는, 알려진 것이 거의 없는 실존 인물로 과거와 현재의 영광을 알리려 했다면 『구텐베르크』는 널리 알려진 실존 인물을 등장시켜 그 가능성을 보다 확장시킨다. 『구텐베르크』는 『베니스의 개성상인』보다 더 강고한 민족주의가 똬리를 틀고 있다. 이는 1990년대 중반과 2000대 후반이라는 15년의 간극에 따른 작가나 대중들의 욕망의 차이를 반증한다 하겠다. 구텐베르크의 금속활자가 지식의 전파와 유통에 일대 혁명을 일으켜 서양의 근대를 견인했던 것에 반해 조선의 금속활자는 독서인구 증가, 지식의 해방, 지식의 값싼 공급과는 상관성이 희박하다. 또한 단순하게 인쇄술의 발달만이 아니라 "르네상스와 맞물려 고전의 번역과 출판사업이 전개되었고, 대학들이 생겨나면서 서적의 수요와 창출이 폭발적으로 일어나게"[46] 되면서 종교개혁과 시민, 과학 혁명의 견인차 역할을 했던 것을 고려한다면 더욱 그렇다. 이는 구텐베르크의 금속활자가 민간에서 제작되어 그 기술이 유럽 전역으로 전파되었던 데 반해 조선의 금속활자는 오로지 국가의 소유물이었다는 데 큰 차이가 있는 것이다.[47] 그렇기 때문에 우리는 세계 최초

46 황정아, 「유럽의 금속활자 인쇄술—구텐베르크의 발명」, 앞의 논문, 378쪽.

라는 말에 매달리고 의미를 부여하려는 것인지도 모른다. 작가 오세영은 이러한 한계점을 어쩌면 알고 있었을 것이다. 엘 고어의 말에 영향을 받았다 하지만 우리의 금속활자가 지니고 있는 태생적 한계를 그는 상상력의 일환으로 메꿔 나가려 한 것이다. 세종의 시대가 "조선의 르네상스 시대라 해도 부족함이 없을 것 같다며 최고의 권력자이자 후원자인 세종 자신이 일의 효율을 높이기 위해 각 분야의 전문가를 확보하여, 정치, 군사, 과학, 음악 분야 등 당대 최고의 인재들을 선택하여 실무를 맡겼다"[48]는 주장들은 이러한 작가의 생각들을 뒷받침하는 내용들이라 할 것이다. "팩션은 근대 역사학에 의해 상실된 '꿈꾸는 역사'를 되찾아옴으로써 현실의 역사가 설정한 경계를 넘어서 역사적 상상력을 무한대로 확장시켰다."[49]는 말처럼 그렇다면 우리 민족의 우수한 숨결이 역사적으로 밝혀진 것은 없지만 가능성을 생각해 볼 수 있는 것 아니냐는 발로인 셈이다.

이렇듯 두 소설은 민족주의적 의식의 팽배와 민족적 자긍심을 계속해서 불러일으키며 우리 과거에 대한 재해석을 요구한다. 식민사관을 털어버림과 동시에 현재의 시대의식과 대중들의 욕망은 오세영의 팩션과 같은 형태를 호출하기에 이른 것이다. 그럼에도 두 주인공이 다시 조선으로 돌아오지 않고 유럽에서 생을 마쳤다는 것은 그들이 유럽의 일원이 되었다는 것을 의미하지만 이들의 개인사가 곧 '우리민족의 대표'로 표상된다는 점은 짚어볼 대목이다. "한국에서의 종족성은 민족과 민족 정체성의 주된 표식"이며 "아주 동질적인 종족, 원(原)민족, 또는 역사적 민

47 강명관, 『조선시대 책과 지식의 역사』, 천년의 상상, 2014, 18, 20쪽 참조.
48 이한, 『世宗, 나는 조선이다』, 청아출판사, 2008, 96~97쪽 정리.
49 김기봉, 『역사들이 속삭인다』, 앞의 책, 113쪽.

족을 수세기 동안 유지"[50]하였다는 특징은 민족이나 종족에 대한 동일시를 중요시하는 것으로 드러난다. 따라서 비록 몸은 유럽에 있지만 그들의 기원은 조선이며, 한민족이라는 의식을 강하게 함축한다. 식민지와 분단, 전쟁이라는 민족 존립 자체의 위기 속에서 이런 의식은 더욱 강고해졌고 그것이 아직까지 뿌리 깊게 남아 있는 셈이다. 최근의 세계화나 다문화, 이민족과의 결합이 활발해지고 있는 추세에 역행하고 있다고 까지 말할 수 있다. 오세영의 두 작품은 우리 민족 문화의 강함과 새로운 해석을 통해 단순히 과거의 영광만을 되풀이하는 것이 아니라 미래도 개척할 수 있는 힘을 주는 긍정적 면모도 분명 있다. 동시에 총체적이고 성찰적인 역사관을 보여주기보다는 민족적 정체성과 애국심을 강조한다는 비판을 비껴가기 어려운 것도 사실이다. 여기에 더해 유럽문화가 세계인류사에서 보편적이고 절대적으로 지향해야 할 가치이자 보고로 놓고 대타 항으로 조선의 '빛나던 한 시절' 혹은 '인물'을 설정하여 우리 문화나 역사의 위상을 일깨우려는 설정 자체가 충분히 서구 지향적이다. 이는 우리 역사를 있는 그대로 인정하기보다는 절대적 우위를 선점한 유럽의 역사와 비교하여 그 당위성을 인정받고 싶어 한다는 점에서 비롯된다. 몇몇 아쉬움에도 두 작품은 한반도라는 틀 안에서 뛰놀던 상상력이 세계를 무대로 뻗어나가고 있고 그를 통해 민족적 자긍심을 한껏 일깨우고 있다는 점과 팩션으로서 우리 역사에 대한 재인식을 불러일으켰다는 점에서 그 의미를 충분히 다하였다 할 것이다.

50 신기욱, 『한국 민족주의의 계보와 정치』, 앞의 책, 41쪽.

3. 이정명 — 분방한 상상력과 깊이 있는 역사의식

이정명은 『뿌리깊은 나무』와 『바람의 화원』 두 편의 작품으로 역사추리소설의 진수를 잘 보여주었다.[51] 꼼꼼하게 진행된 사건 전개와 마무리, 과감한 상상력, 반전이 돋보이는 구성력 등으로 역사추리소설이 충분히 무르익었음을 단숨에 증명하였다. 작품에 대한 인기는 드라마 화되면서 입증되었고, 드라마 역시 소설과는 또 다른 색채를 뽐내며 나름의 인기를 구가하였다. 이정명은 잡지사와 〈경향신문〉 기자로 여러 해 일하다가 1999년 첫 장편 『천년 후에』(밝은 세상)를 발표 한 후 『해바라기』(광개토, 2001), 『마지막 소풍』(밝은 세상, 2002) 등으로 활동을 이어가다 『뿌리깊은 나무』로 주목받는 베스트셀러 작가에 올랐다. 2012년에는 윤동주를 내세운 역사추리소설 『별을 스치는 바람』(은행나무)을 발표하며 꾸준히 영역을 다졌고, 그 외에도 다양한 매력을 지닌 추리소설 『악의 추억』(밀리언하우스, 2009), 『천국의 소년』(열림원, 2013), 『선한 이웃』(은행나무, 2017)을 내놓았다. 최근에는 『밤의 양들』(은행나무, 2019)이란 작품을 통해 예수의 십자가형이 있기 전 네 번의 연쇄살인이 벌어지고 그것을 조사하는 죄 많은 주인공이 나와 예수의 삶과 구원에 대한 깊이 있는 이야기를 풀어가기도 하였다.

3절에서는 이정명의 2000년대 역사추리소설인 『뿌리깊은 나무』와 『바람의 화원』, 두 소설을 중심으로 살펴보되, 드라마와의 비교 역시 다루

51 각 작품은 『뿌리깊은 나무』(1, 2, 밀리언하우스, 2006), 『바람의 화원』(1, 2, 밀리언하우스, 2007)을 텍스트로 삼아 분석하였다. 이후 인용시 권수와 쪽수만을 밝힌다.

어질 것이다. 매체가 지닌 특징과 더불어 지향점에 따라 어떤 식으로 변주될 수 있는지도 분석한다. 두 작품에 대한 연구는 소설만을 분석한 것보다는 드라마로 방영되면서 바뀌게 되는 여러 가지를 살펴본 연구들이 우세하다. 신원선의 「팩션사극 〈뿌리깊은 나무〉의 대중화전략」(『인문연구』 64권 10호, 2012)이 대표적으로 이 드라마 자체를 퓨전 사극으로 규정하면서 그레마스의 행위소 요소를 적극적으로 도입하여 드라마가 어떻게 대중성을 확보했는지를 살핀다. 드라마만을 분석한 이종수와 이서라, 정의준의 연구와 다른 드라마와 묶어 살펴본 양근애의 분석들이 있다.[52] 작품은 발표 순서에 맞춰 『뿌리깊은 나무』를 3.1에 『바람의 화원』을 3.2에 각각 조명해보았다.

3.1 감춰진 진실과 화려한 로망

이 소설은 미스터리 추리소설의 기본 구조를 그대로 따르고 있고 상당한 정도의 고증과 역사적 사실, 정보들 역시 촘촘하게 들어차 있다. 여기에 훈민정음이 창제되기 직전, 궐내에서 집현전 학사들을 둘러싼 살인사건이 일어나면서 긴 서사가 펼쳐진다. 말단 겸사복인 채윤이 이 감당하기 힘든 사건의 수사를 맡으며 20여 년 전의 감춰진 비밀 또한 수면위로 떠오른다. 〈고군통서〉라는 비서(秘書)를 둘러싼 궐내 역모 사건은 많

52 이종수, 「역사드라마 〈뿌리깊은 나무〉의 미학적 요소 분석」, 〈미디어, 젠더&문화〉, 2012; 이서라 · 정의준, 「역사드라마의 콘텐츠 재목적화에 관한 연구: 드라마 〈뿌리깊은 나무〉의 기호학적 분석을 중심으로」, 〈방송과 커뮤니케이션〉, 2014.9; 양근애, 「역사드라마의 젠더와 정체성: 〈선덕여왕〉, 〈뿌리깊은 나무〉, 〈육룡이 나르샤〉를 중심으로」, 〈한국극예술연구〉, 2018.12.

은 젊은이들을 죽음으로 몰았지만 그 진범은 여전히 모른 채로 은폐된다. 이는 앞서 살펴보았던 이인화의 『영원한 제국』에서 금서를 쫓고 추적하는 부분이 닮아 있어 흥미롭다. 이인화 소설이 움베르토 에코의 작품의 모티브를 따라했듯이 이 작품은 이인화의 작품의 문서 찾기와 같은 형식을 취하고 있다는 점은 우리 역사추리소설의 특징이면서 한편으로 하나의 맥락을 형성한다. 이를 '문서보관서 역사물'로 지칭하며 역사적 증거를 문서 보관서에서 발굴하여 역사를 재조명하는 증거로 사용[53]하고 있다는 글에서도 그 의미를 찾아 낼 수 있다.

『뿌리깊은 나무』는 추리소설답게 사건해결의 방법론적 측면과 조사의 합리성에 비중을 두어 독자가 사건조사자인 채윤과 함께 경쟁할 수 있도록 해주는 몇 가지 핵심적인 의문들을 던져준다. 즉, 누가 학사들을 연쇄 살인하는가? 어떻게 범행이 은밀하게 자행되는가? 20년전 〈고군통서〉의 저자는 누구인가? 마방진과 학사들의 몸에 새겨진 문신의 의미는 무엇인가? 궁녀 소이의 정체는 어떠한지?와 같은 질문들이 소설 도처에 잠복해 있다. 독자와 작가, 사건 조사자와 범인 사이의 숨 막히는 승부가 펼쳐지는 미스터리 추리소설의 전형을 치밀하게 직조해내면서 서서히 그 진실에 다가선다.

음양오행에 따라 차례로 살해되는 집현전 학사들의 죽음이 궐내의 첨예한 대립구도와 얽혀있음을 채윤은 직감한다. 바로 대제학 최만리로 대변되는 보수적 권문세가들인 경학파와 세종의 적극적인 후원을 입지만

53 전수용, 「TV드라마 〈뿌리깊은 나무〉와 이정명의 원작소설: 한류 사극의 세계화 전망」, 〈문학과 영상〉, 2012 겨울, 804쪽.

경학파들과 유생들에게 배척당하는 성삼문, 정인지를 비롯한 집현전 학사들과의 관계이다. 학사들의 죽음이 음양오행과 마방진과 같은 비기(秘技)에 따라 이루어진 것임을 알지만 연이은 죽음을 채윤 홀로 막기는 요령부득이다. 이 와중에 소이라는 궁녀를 알게 되고, 그녀가 학사들의 죽음뿐 아니라 주상전하와 모종의 관계로 얽혀 있음이 드러난다. 결국 4명의 학사들이 처참하게 살해되고 채윤과 가까운 검시관 가리온이 용의자로 투옥되면서 소설은 더욱 급박하게 돌아간다. 가리온은 채윤을 대신하여 법의학적 지식을 구사하는 인물로 사체를 통해 과학적인 증거물과 단서를 찾아낸다.

이 소설은 장편추리소설이 지닌 장점을 잘 살리고 있다. 네 번의 죽음 및 한 번의 결정적 살해 음모와 집현전 학사들의 비밀스러운 모임, 훈민정음을 둘러싼 학사들의 목숨을 건 연구와 그를 막으려는 세력 간의 보이지 않은 끈질긴 암투가 소설의 앞과 뒤를 꼼꼼하게 엮어놓고 있다. 더불어 명석함과 합리, 논리로 무장된 채윤은 근대의 이성적 '탐정'이자 고뇌와 번민으로 괴로워하고 눈물 흘리는, 오롯하게 살아있는 인물이다. 따라서 채윤은 "단서 과학에 대한 아주 일반적인 의미로 이해되는 법의학 덕택에 탐정은 그 속에서 지나치게 인간적일 위험이 있는 모든 것들, 곧 편견이나 정열 따위에서 벗어"[54]난 객관적이고 사건과 상관없는 미스터리 추리소설의 조사자가 아니라 사건 속에서 인물들과 함께 고뇌하고 심지어 살해 위협까지 받으며 고군분투하는 범죄추리소설의 인물에 가깝다. 여기에 반인(泮人) 가리온은 시체를 검안하면서 여러 가지 사건에

54 Tomas Narcejac, 『추리소설의 논리』, 앞의 책, 29쪽.

대한 추리를 도와주는 중요한 보조자 역할을 하는 동시에 범인으로 오해받기도 하는 등의 우여곡절을 겪어 그 정체에 자꾸 눈길이 머문다.

> "첫째, 이 칼을 쓴 자는 양반집의 인물일 가능성이 높구나. 상어 가죽을 감은 고급스런 칼자루가 말해주고 있지."/ "그리구요?"
> "둘째, 이 자는 왼손잡이일 확률이 높다. 이 칼자루의 자루는 왼쪽 부분이 손때를 훨씬 많이 타질 않았느냐?" (중략)
> "익사자의 폐에는 물이 차 있어야 하는데 가슴이 부풀어오르지 않은 것으로 보아 이 자의 폐는 멀쩡하다. 이 자를 죽게 한 것은 목 부위의 멍 자국이야. 살인자는 피살자의 목을 졸랐어."(1권, 20~21쪽)

첫 번째 살인이 일어나고 검안 후 가리온과 채윤이 나누는 위 대화를 보면 마치 CSI수사대의 한 장면을 보는 듯하다. 이는 논증적이고 과학적인 수사나 여러 가지 화학물과 기구를 이용해 시체를 검안하는데 익숙해진 독자들을 위한 장치이다.

여기에 역사적 인물들이 보여주는 허구와 현실의 절묘한 배합은 집현전 학사들과 최만리, 가리온, 세종, 소이, 심종수 등을 각각의 인물로 숨쉬게 한다. 이는 추리소설 속의 인물들이 사건을 위해 필요한 소도구로 전락하는 단조로움과 기계적인 형상들을 역사적 개연성으로 살려내고 있다는 의미이다. 특히 20여 년 전의 사건이 주상과 관계가 있으며, 소이의 비밀스러운 정체 역시 서서히 밝혀지는 정보의 지체는 추리소설로서의 재미뿐만 아니라 이 인물들의 진실 됨이 더욱 돋보이게 하는 장치가 된다. 궁녀 소이는 용의자로 오해받기도 하면서 팜므파탈의 면모를 보인다. 소이에 대한 채윤의 애정은 이를 더욱 부추기는 촉매이다. "잘못된 해답의 구조적 필연성"[55]은 탐정과 독자를 함정에 빠트리고, 미로 속을 헤매게 한다. 이로 인해 인물들이 가진 비밀스러움과 오해들은 실제 범인을 찾는데 더욱 어려움을 겪게 하는 요소가 된다. 한편 "한글의 창제원리에 따라 소이가 말을 하게 되는데 말 못하는 사람이 한글을 통해 말을 하게 된다는 설정이야말로 한글이 지닌 민본주의적 성격"[56]을 드러냄과 동시에 그것을 기획한 세종의 위대함을 돋보이게 하기에 모자람이 없다.

채윤을 중심으로 한 관찰, 경청과 단서, 증언 수집 및 활극을 연상케 하는 모험과 위협 등의 숨가쁜 사건의 전개로 추리소설의 가장 핵심적인 장면인 범죄에 대한 폭로는 마지막까지 늦춰지면서 긴장감을 끝까지 유지한다. 미천한 신분인 겸사복이지만 진실 앞에서는 당당하게 맞서는 채윤은 직제학 심종수를 몰아붙인다. 권력과 끝없는 탐욕을 대변하는 범인에 대한 단죄는 진실은 승리한다는 작가의 목소리이자 독자의 욕망이다. 또한 현실에서 그러하지 못함을 안타까워하는 반증이다.

> 새로운 세상을 향한 젊은 학사들의 열정이 뜨거울수록 그들의 저항도 강해지고 끈질겨졌다. 불행히도 현실은 그들의 편이었다. 그들은 강하게 현실에 발을 딛고 서 있었고 개혁자들은 미래의 꿈을 좇는 몽상가일 뿐이었다.(2권, 143쪽)

몽상가들이 승리하는 세계가 바로 낭만의 세계이다. 중국에 사대하고,

---

55 Slavoj Zizek, 『삐딱하게 보기』, 앞의 책, 114쪽.

56 이경재, 「한글 창제를 다룬 남북한 역사소설 비교」, 〈어문론집〉 제67집, 2016, 249쪽.

자국의 언어와 시간, 현실에 뿌리내지 못한 채 경학만을 읊어대는 경학파인 '그들'에 대한 비난은 곧바로 현실의 정치가들과 지식인과 더불어 대중에 대한 통절한 외침이다. 또한 여전히 강대국들에게 밀려 이리저리 눈치를 살필 수밖에 없는 현재의 비참함에 대한 내침이다. 이러한 현재의 상황을 타개하기 위해 작가는 세종이라는 익숙하면서도 인간적인 면모를 지닌 영웅의 모습을 독자들에게 내민다. 추리소설 내의 영웅은 '탐정'이지만 이 소설의 또 하나의 영웅은 세종이다. 종속국을 벗어나려는 세종의 처절한 노력들은 온몸으로 자객의 칼에 대적하고 경학파(經學派)들과 언설을 벌이면서 실체감을 더해간다. 또한 사건조사자인 채윤에 의해 한때 용의자로 의심받기도 하고, 경학파들의 공격으로 왕의 자리조차 흔들린다. 힘과 권력을 맘대로 전횡하는 절대자가 아닌 의지와 노력으로 일어서는 영웅으로 거듭나는 것이다. 이는 사대주의와 모화파(慕華派)를 몰아내고 나라의 얼을 찾아야 한다고 주장하는 〈고군통서〉가 세종이 쓴 책이라는 설정에서 최고조에 이른다.

오로지 나라와 백성만을 생각하고 걱정하며 행동하는 "왕"을 가진 우리의 "역사"는 현재의 독자들에게 짜릿한 감동과 자부심을 느끼게 하기에 충분하다. 여기에 피가 튀는 칼과 죽음 사이라면 그 의미가 더욱 빛나지 않을 수 없다. 이와 같은 사건들이 과연 올바른 역사적 진실인가에 대한 질문은 여기에 합당하지 않다. 그러한 문제 자체는 미궁 속에 빠질 수밖에 없고, 이데올로기적 색채와 정치적 수사를 매개로 현재의 조국에 긍정적으로 작용하는 기억을 '다시 불러내기'하거나 삭제 혹은 망각하는 일은[57] 역사 드라마나 소설이 가진 맹점이자 작가나 독자가 암묵적으로 받아들이는 '상상'적 낭만일 터이다.

불편하지 않을 정도의 죽비소리는 지적인 유희와 교양을 원하는 독자들에게는 즐거운 일갈이다. 기꺼이 받아들일 준비가 되어 있는 이 독자들에게 세종의 훈민정음에 대한 그 깊은 뜻과 의미를 되새기며 우리의 영광스러운 과거와 재현될 미래를 떠올리는 상상의 영역들은 이 소설의 존재 이유이자 가치이다. '민족'과 '국가'는 탈근대를 살아가는 우리들에게 여전히 현재진행형으로 새로운 계몽이자 로망이다. 남성적이며 이데올로기적인 『뿌리깊은 나무』의 세계는 현실의 대척점에서 "어느 정도만 문명적이고 어느 정도만 순화됐듯이, 어느 정도만 해방적인"[58] 추리소설의 성격을 잘 드러내면서도 현실을 통찰한다.

동명의 드라마는 2011년(2011.10.5~2011.12.22) SBS에서 방영되었다. 드라마는 소설과 기본적인 얼개, 즉 세종과 보수 세력과의 대립은 그 맥을 같이하지만 세부적인 면에서 편차를 달리한다. 정치와 권력의 본질에 대해 보다 천착하는 듯한 모양새다. 소설은 실존 인물이었던 최만리로 대표되는 보수 세력을 그대로 그렸다면 드라마는 반대세력으로 허구적인 조직 '밀본'을 탄생시켰다. 개국공신 정도전의 조카 정기준을 주축으로 한 사대부들의 비밀 결사 조직은 세종의 한글 창제와 독자 노선에 반기를 든다. 흥미로운 점은 소설에서는 세종의 충직한 하인으로 나왔던 반촌의 '가리온'이 드라마에서는 반전의 인물로 등장하여 소설을 본 독자라면 전혀 다른 내용에 놀랄 수밖에 없을 정도이다. 채윤을 도와 사건을 해결했던 소설 속 가리온은 드라마에서는 보다 미스터리하고 정체를 알 수

57 김영목, 「기억과 망각 사이의 역사 드라마와 과거 구성」, 『기억과 망각』(최문규 외), 책세상, 2003, 155~156쪽 참조.

58 Ernest Mandel, 이동연 역, 『즐거운 살인』, 이후, 2001, 132쪽.

없는 인물로 나오는데 그것이 드라마의 긴장감을 더한다. 결국 가리온이 밀본의 3대 수장이었음이 드라마 후반부에 충격적으로 폭로된다. 가리온, 즉 정기준은 세종에게 직접 칼을 겨누며 그 동안 숨겨왔던 정체를 만천하게 공개한다. 그가 정도전의 조카였다는 설정은 의미심장하다. 신하의 나라를 꿈꾸었던 정도전은 조선의 개국공신이었음에도 불구하고 태조에 의해 내쳐지면서 본인의 손에 의해 기획되었던 조선에서 명예롭지 못한 죽음을 맞이할 수밖에 없었다. 정도전의 신권과 왕권의 조화로운 정치에의 꿈은 사실상 조선시대 내내 정치적 대립과 때로는 화합으로 거듭나며 이어졌지만 그가 살았던 시절에는 강력한 왕권을 움켜쥔 태종에 의해 좌절되었다. 그것이 밀본의 탄생과 연결된다는 점은 피상적 이해를 넘어 역사에 대한 전반적인 통찰이 있어야 가능하다. 더구나 이를 통해 "원작에 없는 복수극의 모티프를 도입하여 감정을 고조시켰다"[59]는 주장처럼 멜로드라마의 요소를 더욱 적극적으로 활용하였다. 이처럼 범인이 달라짐에 따라 학사들의 죽음과 살해 순서나 다잉 메시지와 살해 방법 등도 다르게 연출된다.

세종 역시 소설보다는 훨씬 역동적이며 인간적인 모습이다. 한석규가 연기했던 세종은 '우라질'이나 '제기랄'과 같은 욕이나 상소리를 마구 해대고, 신경질을 부리거나 짜증을 낸다. 또한 보수 세력과의 갈등에 고뇌하고 흔들리는 모습을 상당히 구체적으로 그려낸다. 성군이라는 정형화된 틀을 벗어나 인간적이고 친근한 모습을 연출한다. 또한 소설보다는

---

59 전수용, 「TV드라마 〈뿌리깊은 나무〉와 이정명의 원작소설: 한류 사극의 세계화 전망」, 앞의 논문, 809쪽.

보다 뚜렷하게 주인공의 자리를 차지한다. 소설이 채윤의 시점에서 바라본 세종의 모습을 그렸다면, 드라마는 세종이 매우 중요한 등장인물로 존재감을 과시한다.

겸사복 채윤은 소설 속에서는 다소 나약하고 우유부단했다면 드라마는 무술에 능하고 강단 있는 모습으로 등장한다. 이는 배역을 맡았던 장혁이 주는 이미지와도 연관된다. "문(文)과 무(武)가 판타지적으로 컨버전스된 작품"[60]이란 평가처럼 이 드라마는 채윤과 세종의 호위무사 무휼의 무협액션이 상당히 강조된다. 무휼은 소설에서는 궁내부 내시로 나오지만 드라마에서는 '조선제일검'으로 추앙받으며 세종의 가장 강직하고 믿음직스러운 신하의 모습으로 화한다. 여기에 많은 무사들이 등장해 액션신을 벌이며 밀본과의 싸움에서도 활극적 요소를 담당한다. 이는 소설이 가지고 있는 한글 창제를 둘러싼 집현전 학사들과 보수적인 학자들 간의 팽팽한 대립을 칼싸움과 추적 등 시각적으로 보여줄 거리를 제공해야 눈길을 사로잡을 수 있는 매체의 특성과도 연결된다. 더불어 조선 초기만 하더라도 오로지 유교적 사상에 빠져 나약하기만 한 모습이 아닌 학문과 무술이 함께 겸비된 시대였음을 강조함으로써 세종 시절이 가지고 있는 다각적인 면모를 상기시키는 역할을 하기도 한다.

이처럼 두 작품은 매체의 특성에 맞게 내용과 형식을 달리했음을 알 수 있다.

---

60 신원선, 「팩션사극 〈뿌리깊은 나무〉의 대중화전략」, 앞의 글, 354쪽.

3.2 다시 보는 그림과 젠더

이정명의 『바람의 화원』은 역사추리소설을 표방하면서도 남다른 접근 방법이 눈에 띈다. "우리 예술가들의 명예와 그들의 빛나는 예술 세계를 지켜주는 데 다들 무심한 것이 싫어, 한 시대를 풍미한 개성 넘치는 두 천재의 이야기를 누구나 공감할 수 있도록 써보고 싶었다"[61]는 작가의 말답게 이 작품은 우리 문화와 화가를 앞세웠다. 김홍도와 신윤복이라는 조선 최대의 화가를 불러내 그들의 그림뿐 아니라 신윤복을 둘러싼 여러 가지 비밀을 적절히 산포해 소설의 마지막까지 흥미를 유지한다. 한편으로 사도세자의 어진(御眞)을 둘러싼 정조의 명에 따라 그 진상을 파헤치려는 일련의 과정이 범죄 추리 서사를 활용하고 있으며, 역사에 대한 재해석이라는 측면에서도 신선한 충격을 준다. 이 소설의 사건 조사자이자 진실에 접근해가는 사람은 단원 김홍도(檀園 金弘道)이다. 혜원 신윤복(蕙園 申潤福)과 어진을 둘러싼 비밀을 파헤치고, 또 직접 사건 속에 뛰어들어 깊숙이 관여하기까지 하는 범죄 추리소설의 '탐정'에 가깝다. 이는 기존의 우리 추리소설의 탐정 역할을 맡았던 인물과 그 맥을 같이 하며 그 중 주요인물과 연모의 감정에 휩싸이는 점 등도 비슷하다.

김홍도는 도화원의 화가로 신윤복의 재주를 알아보고, 정조의 명을 받아 그 시대의 풍속을 서로 겨루면서 그림을 그린다. 비밀리에 진행되는 둘 사이의 작업은 실제 그림에 대한 역사적 상상력의 소산이면서 조선시

61 예스 인터뷰, 「역사소설은 위대하고 재미있는 오답이다—『바람의 화원』의 이정명」, 채널 예스, 2008.10.10.(http://ch.yes24.com//Article/view/14419.)

대 생활사에 대한 미시사적 접근이기도 하다. 정조시대의 기록문화는 그야말로 '백미(白眉)'[62]였다는 감탄 섞인 해석답게 다른 시대보다 더 치밀하고 세심하다. 더구나 "서민들의 살아 있는 생활을 담은 그림이 그에게는 백성들의 삶을 이해하는 중요한 창구였기 때문에"[63] 누구보다 풍속화를 원했다는 정조의 문화 정책을 감안한다면 당대 최고의 화원인 김홍도와 신윤복으로 하여금 풍속화를 그리게 했다는 설정은 그다지 어색하지도 않을뿐더러 그럴 법한 개연성까지 부여해준다.

책에는 김홍도와 신윤복의 그림이 번갈아 등장하고, 그림에 대한 기존의 해석과 더불어 새로운 시각을 더해 소설적 흥미를 높이는 장치로도 작용한다. 이러한 정조의 지시는 노론의 보수적 정치에 맞서려는 개혁적 성향과 결부되어 사뭇 사실처럼 여겨진다. 더불어 사도세자의 어진을 누가 그렸으며 또 어디로 사라졌는지에 대한 김홍도의 탐색은 정조의 깊은 효심과 실제로 사도세자의 아들임을 표방한 즉위식의 발언과도 동일한 맥락에서의 행위이다. 20여 년 전 친한 벗의 살인사건을 중심으로 사도세자 어진의 비밀을 찾아가던 중 김홍도는 뜻밖의 사실에 경악한다. 이 때 독자 역시 김홍도와 거의 같은 지경의 혼란에 빠진다. 소설은 김홍도에게 주어진 단서와 과거 회상 이외에 독자에게 더 이상의 정보를 주지 않는다. 따라서 독자도 김홍도와 같이 친구의 죽음에 얽힌 과거의 흩어진 조각을 맞춰가고 추리해가며 앞으로 나아간다. 이 때 그림에 감춰진 여러 의미들은 전문적이고 흥미로운 지식까지 제공한다.

---

62 한영우, 『〈반차도〉로 따라가는 정조의 화성행차』, 효형출판, 2007, 5쪽.
63 EBS 화인 제작팀, 『풍속화, 붓과 색으로 조선을 깨우다』, 지식채널, 2008, 33쪽.

"모란은 화중지왕(花中之王)이라 불리는 꽃 중의 꽃이니 부귀라 읽는다. 목련은 옥란화(玉蘭花)라 부르니 옥으로 읽고, 거기에 해당화(海棠花)의 당 자가 함께 어우러지면 부귀옥당(富貴玉堂), 즉 부귀가 귀한 댁에 들기를 바란다는 뜻이 된다. 마찬가지로 모란과 장닭을 함께 그리면 부귀공명(富貴功名)이라 읽히지.(하략)"(1권, 141쪽)

단원이 혜원에게 그림 속 사물이 품고 있는 의미를 설명하는 대목이다. 이는 최근의 팩션이 가지고 있는 인포테이먼트적 요소이기도 하다. 여기에 친구를 죽인 범인을 알았을 때와 달리 예상치 않았던 윤복의 정체까지 밝혀지는 과정은 매우 극적인 반전을 불러온다.

홍도는 억센 손길로 윤복의 중치막 고름을 잡아당겼다. 고름이 힘없이 풀어졌다. 지금껏 윤복을 옥죄던 거짓의 장막에 조그만 틈이 생기고 있었다. (중략) 단단한 광목천이 탐스럽고 정결했을 하얀 가슴 위에 단단히 동여매어져 있었다. 홍도는 무자비하게 억눌린 그 슬픈 가슴을 바로 볼 수 없어 고개를 떨구었다.(2권, 127쪽)

독자들은 기존의 역사적 사실과 상치(相馳)되는 이 설정에 강한 의구심을 품는 동시에 야릇한 쾌감을 느끼면서 윤복의 다소 수상쩍었던 행동과 파격적인 그림의 연원을 돌아보게 된다. "추리소설의 독자는 능동적으로 작가와 협력해야 하는데, 작가가 착상에서 소설에 이르는 여정을 마치면 독자가 소설에서 착상에 이르는 여정을 채우게 된다"[64]는 지적처럼 이 소설의 독자는 나름대로 사건을 재구성해보며 그 상황을 받아들인다. 이는 역사적 사실과 무관하게 인식론적 깨달음이면서 역사 속의 어쩌면 감춰져 있을지 모르는 비밀이 누설되었을 때 느끼는 묘한 떨림으로까지 연결된다. 재능 있는 여성이 늘 사장되었던 조선의 엄격한 가부장제 속에서 비록 상상이지만, 누구보다 뛰어난 화가가 알고 보니 여성이었다는 사실은 통쾌하리만치 극적이며 역사 비틀기이다. 합리적이고 '단성적인' 세계에서 타자성은 이국적이거나 비합리적인 것, '미친 것'이거나 '악한 것'으로밖에는 재현될 수 없다.[65] 작가의 말처럼 신윤복은 그림을 통해 기존의 틀을 깨고 새로움을 창조하고 앞서가는 트랜드를 연 "반항아이자 개척자"[66]이다. 더불어 여성이었을지도 모른다는 상상력은 반항아 신윤복을 질서를 교란시키는 진정한 '타자'로 자리매김한다. 동시에 한 인간으로서 보여주었던 그림에 대한 고뇌와 성(性)을 바꾼 후 겪어야 했던 윤복의 인간적 고뇌는 당대 여성 삶의 족쇄와 한스러움이 겹쳐 희생양의 이미지와 중첩된다.

신윤복에게 애틋한 감정을 느끼면서 혼란에 빠졌던 김홍도는 그가 친구 서징의 딸임을 알게 된다. 사실 신윤복의 생애는 신비에 싸여있다. "혜원에 관한 정식 기록은 몇 군데에서 발견할 수 있지만 그 길이는 한두줄 뿐"[67]이었다는 기술에도 확인되듯 뚜렷한 생몰연대조차 파악되지 않은 조선의 3대 화가 신윤복이기에 이러한 역사 비틀기가 가능했을 터이다. 극적인 자극과 흥미를 주기 위한 장치임에도 신윤복의 성정체성은 이 소설이 드라마 화 되는 데 가장 큰 역할을 하기도 한다. 『바람의 화원』

64 Tomas Narcejac, 『추리소설의 논리』, 앞의 책, 85쪽.
65 Rosemary Jackson, 서강여성문학연구회 역, 『환상성』, 문학동네, 2001, 229쪽.
66 김청환, 「신윤복을 말하다: 『바람의 화원』 이정명 작가 인터뷰」, 『주간한국』, 2008.11.
67 EBS 화인 제작팀, 『풍속화, 붓과 색으로 조선을 깨우다』, 앞의 책, 110쪽.

은 이처럼 정조 시대를 배경으로 그 시대의 풍속뿐 아니라 베일에 싸인 과거와 아버지를 잃은 슬픔을 간직한 정조와 신윤복을 통해 조선시대의 잘못된 제도와 정치를 은근히 꼬집는다. 이정명은 추리소설의 '범죄의 폭로'와 '비밀 벗기기'의 극적 효과를 적절히 활용하면서 역사적 사실을 전복시키는 과감함도 놓치지 않는다.

드라마 〈바람의 화원〉은 SBS에서 총 20회(2008.9.24~12.4)에 걸쳐 방영되었다. 이은영 극본, 장태유 감독이 연출한 이 드라마는 박신양과 문근영이라는 톱스타를 내세워 높은 시청률을 자랑하기도 하였다. 소설의 마지막을 장식하며 독자의 허를 찌르는 신윤복의 정체가 드라마에서는 이미 예고된 상태였고,[68] 또 여배우가 남장을 했기에 소설과는 달리 김홍도와 신윤복 사이의 로맨스에 초점이 맞춰져 전개되었다.[69] 또한 소설에는 신윤복이 자신의 친부인 아버지의 정체를 모른 채, 양아버지인 신한평에 의해 남장을 하게 되지만, 드라마에는 소설에는 등장하지 않았던 신한평의 친아들(신윤복의 형)이 나오면서 가족사에 얽힌 보다 비밀스러운 내용들이 전개된다. 결국 드라마는 소설 속의 커다란 두 가지 비밀 중 하나는 이미 드러난 채로, 윤복 아버지의 죽음을 둘러싼 사건에 초점이 맞춰진다. 그리고 신윤복과 김홍도뿐 아니라 기생 정향의 역할이 강화되면서 삼각관계까지 연출된다. 따라서 시청자는 이미 알고 있는 신윤복의 성

68 정윤나, 「문근영, '신윤복' 남장여자뿐 아니라 보여줄 것 많은 인물」, 〈'글로벌 종합일간지' 아시아투데이〉, 2008.8, 28쪽.

69 〈바람의 화원〉에서 신윤복이 지니고 있는 세 가지 성적 정체성을 둘러싼 내용을 가지고 소설과 드라마를 분석한 정여울의 논문은 퀴어적이고 페미니즘적 시각을 견지하고 있다(정여울, 「대중문화에 나타난 '양성성'의 이미지—소설 및 드라마 〈바람의 화원〉을 중심으로」, 〈인문학 연구〉, 조선대학교 인문학연구소, 2009.2, 7~33쪽).

(性)을 둘러싼 비밀이 아니라 언제 김홍도가 혹은 정향이 그 정체를 알게 될 것인가에 집중하게 되고, 윤복 아버지의 죽음을 둘러싼 죽음의 배후도 어느 정도 짐작한 상태에서 윤복이 그것을 알게 될 것인가로 관심이 쏠린다. 독자와 소설 속 인물이 거의 동시에 사실을 알게 되는 원작과 달리 드라마는 조각난 사건의 재구성과 비밀 맞추기 보다는 인물의 감정에 몰입하여 보게 된다. 두 명의 주인공, 김홍도와 신윤복, 더불어 아버지의 죽음을 직접 목격한 정조나 기생 정향의 감정들이 화면 안에 세심하게 포착된다. 여기에 안료를 만드는 것이라든지, 도화서 연습생 시절의 어려움, 어진 화가를 뽑기 위해 벌이는 경쟁과 암투 및 양반들의 호사 취미였던 도화계(圖畵契) 등을 곳곳에 배치하여 '본격 미술 드라마'라는 기치에 걸맞게 볼거리를 제공하였다. 호랑이를 그리기 위해 직접 산으로 간 김홍도를 1화부터 내세우며, 〈송하맹호도(松下猛虎圖)〉를 필두로 김홍도의 그림 14점과 신윤복의 그림 17점을 선보인다. 물론 정향과 윤복의 목욕 장면이나 옷을 갈아입는 클리쉐(cliche) 등 자극적인 측면이 분명 도사리고 있지만, 조선시대의 억압된 현실에 대한 전복과 활력이 숨어있고, 현재 대중들의 욕망도 투영되어 있다.

역사와 추리라는 콘텐츠는 일정 정도 유지하면서 로맨스와 여장남자를 내세운 〈바람의 화원〉은 최근의 경향도 포섭한다. 동성 간의 사랑을 다룬 영화가 속속 등장하고,[70] 드라마는 수위를 낮춰 여장남자가 등장하

70 우리나라의 동성애를 다룬 영화들은 외국의 전형적인 퀴어 씨네마(Queer Cinema)와는 약간 다르다. 퀴어 씨네마는 90년대 이후 등장, 동성애의 권익을 주장하기 위한 영화들을 지칭한다. 우리나라는 동성애의 권익이나 새로운 성정체성에 대한 고민보다는 흥행과 유행의 측면이 앞섰고, 독립영화보다는 일반 대형 기획사를 통한 영화에서 이러한 경향을 드러내고 있다. 그럼에도 이러한 영화들을 통해 동성애에 관한 일반인들의 인식은

는[71] 등 동성애라든지 또 다른 사랑의 형태에 대중문화가 예민하게 반응하고 있다. 물론 이 드라마가 동성애를 표방하고 있는 것은 아님에도 시류에 따르고 있는 것은 틀림없어 보인다. 역사적 사실의 왜곡이라는 측면에서 강한 비판이 일었던 것도 사실이지만,[72] 팩션이 가지고 있는 속성을 고려해봤을 때 정확한 사실 여부의 잣대를 가지고 소설이나 드라마를 평한다는 문제점 역시 지니고 있다. 어찌되었든 이 드라마가 원작으로서의 소설을 압도하여 사회 문화적 현상으로서의 '신윤복'이라는 기표를 과잉적으로 소비[73]하고 있다는 일정 정도 타당한 지적에도 불구하고, 이는 과잉 소비라기보다는 일시적인 관심의 쏠림 정도로 보아야 할 것이다.

이렇게 이 드라마는 최근의 여러 트렌드와 드라마의 관심도를 집약해서 보여준다. 정조 시대 꽃피운 예술과 학문의 자유로움 및 '타자'일 수밖에 없었던 여성을 남성사회로 진입시켜 가부장제를 교란시키는 불온한 상상력까지 보여준 드라마라 하겠다.

상당 부분 달라지고 있는 것도 사실이다. 대표적인 영화로는 다음과 같다. 〈왕의 남자〉(2005), 〈소년, 소년을 만나다〉(2008), 〈앤티크〉(2008), 〈쌍화점〉(2008) 등이다.

71 가장 대표적인 드라마로는 공유, 윤은혜 주연의 〈커피 프린스 1호점〉(MBC, 2007.7.2~8.27)이다. 윤은혜는 피치 못할 사정으로 공유에게 자신이 남자라고 속이고, 공유는 그녀를 남자라고 생각한 채 사랑에 빠진다.

72 김청환, 「신윤복은 여자? 김홍도의 제자?: 〈바람의 화원〉 여파 관심집중—드라마적 허구성 경계해야」, <주간한국>, 2008.11, 22~24쪽.

73 도승연, 「문화산업이 역사적 인물을 소환하는 방식에 대한 비판적 고찰」, <한민족문화연구> 제31집, 한민족문화학회, 2009, 471쪽.

3.3 충실한 장르 규칙과 진실의 이면

이정명은 두 작품 이후에도 윤동주를 주인공으로 한 『별을 스치는 바람』과 『밤의 양들』이란 역사추리소설을 내놓았다. 그의 작품에서 가장 눈에 띠는 것은 살핀 바대로 탄탄한 서사구조이다. 미스터리 추리소설의 규칙을 충실히 따르고 있어 장르 소설의 쾌감을 맞춤하여 선사한다. 지적 유희와 추리가 곳곳에 펼쳐지며 그 사이사이 엇갈린 진술들과 용의선상에 오른 인물들의 정체도 긴장감을 자아낸다. 쉽사리 실체가 드러나지 않은 채 지연된 정보들이 누적되며 혼동을 불어오기도 한다. 여기에 주인공의 적수인 범인이 뛰어난 지능범이란 사실로 진실의 행방은 더욱 요원하다. "지능적인 범죄를 저지르는 능숙한 범인은 장편 추리소설을 이끌어가는 "외적 장애물"인데, 그 장애물들의 밀도와 성질을 더 잘 헤아려 봄으로써 진정한 장편소설에 이르게 된다"[74]는 주장은 두 소설에 상당히 들어맞는다. 특히 『뿌리깊은 나무』는 추리소설 특유의 트릭과 수수께끼 풀이, 오행과 마방진을 이용한 지적 게임을 유효하게 활용하여 연쇄살인의 범죄를 이끌어간다. 여기에 체제의 비효율성이나 부패에 항의하는 고독한 범죄 추리소설 속 사건 조사자의 특징이 채윤과 김홍도를 통해 제대로 발현된다. 이들은 사건 내내 끝없이 고뇌하고 갈등한다. 탐정 역할과 더불어 사건의 한복판에 휘말리며 더 큰 비극을 자초할지도 모른다는, 그로 인해 자신의 목숨까지도 위태로울지 모른다는 위기감에 시종일관 휩싸인다. 이는 이인화의 『영원한 제국』 주인공 이인몽과 같이

74 Tomas Narcejac, 『추리소설의 논리』, 앞의 책, 47쪽.

때론 허방을 짚고 우왕좌왕하며 짙은 한숨을 내뱉는 데서 확연히 드러난다. 따라서 범죄와 범인을 폭로하고 진실을 간파했음에도 이들은 마냥 기쁘거나 안심하지 못한다. 독자도 따라서 그러한 감정에 동화되어 이 이야기의 끝이 무엇인가를 내심 걱정하며 지켜보게 된다는데 두 소설의 매력이 있다면 있다 할 것이다. 물론 두 소설은 추리소설답게 모든 범죄 사건들이 봉합되고 정리되지만 그들은 이전의 그가 아니고 진실을 아는 자로 거듭나게 된다.

여기서 흥미로운 점은 이 진실 안에 세종과 정조가 오롯이 자리잡고 있다는 것이다. 『뿌리깊은 나무』는 훈민정음 창제의 과정을 소상하게 보여줄뿐더러 세종이 직접 궁녀와 세자빈과의 교류를 통해 다듬어 나갔음을 강조한다. 이는 세종의 위대함과 더불어 훈민정음의 본령인 말하고자 하는 바가 있어도 표현할 방법이 없는 백성들을 위해 만든 언어임을 실감나게 재현하는 셈이다. 그것은 벙어리인 궁녀 소이가 말을 하게 되는 데서 가장 극적으로 표출된다. 자주적이고 독자적인 문화를 이루기 위한 세종의 노력과 진심은 〈고군통서〉라는 숨겨진 문서를 통해 확인되지만 이 문서는 중국이 그 진실을 알아서는 안 되기에 희생이 따른다. 『바람의 화원』은 『뿌리깊은 나무』에 비해 정조의 비중이 그리 크지 않다. 그렇지만 조선 후기 정치, 사회, 문화적 부흥을 일으킨 왕으로서의 면모는 살아 숨 쉰다. 두 화가를 통해 백성의 삶을 엿보는 것에서 끝나는 것이 아니라 응원하고 격려하여 예술의 시대로 이끄는 견인차 역할을 도맡는다. 그럼에도 김홍도가 찾고 있는 사라진 사도세자의 어진에 얽힌 진실 역시 정조의 정치 행로에 미친 영향은 긍정적이지 않다. 이렇게 때로는 진실을 밝히는 것이 오히려 현 상황을 악화시킬 수 있음에도 두 소설의 주인공들, 채윤과 김홍도는 충심을 버리지 않으면서도 정면으로 상황을 응시하며 나아간다. 주인공들의 이러한 행보는 단순히 범죄를 해결하고 범인을 단죄하는 탐정이 아닌 역사 속 주체적 주인공으로 일어서게 하고, 독자들에게도 어떤 길을 걸어야 하는지 촉구한다. 그러면서도 세종과 정조라는 왕을 호출하여 그 시대의 찬란함도 의당 내세운다. 그 속에서 인문학적 정보와 지식들을 적절하게 배치해 탁월한 성과를 보였음은 살펴본 바대로다. 두 작품이 역사의 허를 찌르는 설정과 상상력으로 반전과 충격을 이끌어 대중의 마음을 훔친 것은 바로 이런 이유들 때문일 터이다. 더구나 이것이 드라마라는 다른 매체를 통해 그 내용을 확장하고 더욱 널리 알렸다는 점에서도 멀티 원소스로서의 역할을 톡톡히 했음은 앞서의 분석을 통해 익히 살펴보았다. 이처럼 이정명의 두 소설은 탄탄한 서사구조와 농익은 내용으로 역사추리소설의 정점을 찍었다고 평가할 만하다.

4. 김다은 — 편지로 주고받는 억눌린 욕망의 귀환

김다은은 『당신을 닮은 나라』로 1996년 제3회 국민일보 문학상에 당선되며 등단한다. 그 후 『러브버그』(1999)라는 추리소설을 발표, 이후 『훈민정음의 비밀』을 내놓으며 역사추리소설에 발을 내민다. 다른 소설과 다르게 편지를 주고받는 형식, 즉 서간체로 전개되며 기존의 소설과는 결을 달리한다. 이후 나온 『모반의 연애편지』는 『훈민정음의 비밀』과 형식이나 추구하는 바가 거의 시리즈에 가까울 정도이다. 그 후에도 다양한 소설을 발표하고 있는 작가는 현재는 추계예술대학교 문예창작학과 교수로 재직 중이다. 4절은 김다은의 『훈민정음의 비밀』과 『모반의 연애편지』를 살펴본다. 두 작품은 서간체라는 형식뿐 아니라 조선시대라는 배경, 특히 세종과 세조 시대를 바탕으로 훈민정음의 창제 원리나 언해본과 관련해 소설을 풀어나가고 있다는 것이 공통점이다. 억눌렸던 여성의 욕망과 은밀한 내면을 섬세하게 풀어내고 있다는 점도 눈에 띈다. 두 작품의 형식적 특징과 더불어 편지를 통해 역사추리소설의 매력을 어떤 식으로 살려내고 있는지 보다 자세히 들여다보려 한다.

4.1 전복과 귀환의 양면성

2008년에 나온 『훈민정음』[75]은 팩션의 형태를 띠고 있으면서도 아주 흥미롭게 서간체 형식을 취한다. '세자빈 봉씨 살인사건'이라는 부제가 붙어 있는 만큼 문종의 두 번째 비였던 세자빈 봉씨 사건이 소설의 핵심을 차지한다.[76] 편지라는 지극히 사적인 글을 통해 궁녀들의 욕망과 훈민

75 김다은, 『훈민정음의 비밀』, 생각의 나무, 2008. 앞으로 이 작품은 『훈민정음』으로 줄여 표기할 것이며 인용은 쪽수만을 밝힌다.

76 세자빈 봉씨는 문종의 세자 시절 빈이다. 문종이 세자로 있을 때 김오문의 딸을 세자빈으로 삼았는데 이가 휘빈김씨(徽嬪金氏)이다. 휘빈은 남편에게 잘 보이고자 하는 요사한 방술을 사용하다가 폐서인이 된다. 세종은 그로 인해 종부시소윤 봉려(奉礪)의 딸인 봉씨를 세자빈으로 맞아들였다. 봉씨를 명가의 후손이라 해서 순빈(純嬪)으로 봉했는데 순빈은 문종과 금슬이 좋지 못했다. 봉씨는 궁궐의 여종 소쌍(召雙)을 사랑하여 항상 그 곁을 떠나지 못하게 하였다. 봉씨는 소쌍과 동침하고 자리를 같이 한 이후로는, 시중드는 여종을 시키지 않고 자기가 직접 이불과 베개를 거두었다고 한다. 이로 인하여 세종이 중궁과 더불어 소쌍을 불러서 그 진상을 물으니, 소쌍이 말하기를, '지난해 동짓날에 빈께서 저를 불러 내전으로 들어오게 하셨는데, 다른 여종들은 모두 지게문 밖에 있었습니

정음을 둘러싼 살인 사건이 교차되고 있는 이 소설은 여러 가지 점에서 이정명의『뿌리깊은 나무』와 닮아 있으면서도 다른 면모를 보인다. 추리소설은 사건을 중심으로 서사가 전개되는 대표적 장르이다. 그에 비해 서간체 소설은 인물들의 내면과 심리에 치중하게 마련이다. 따라서 이 소설은 형식과 내용이 상치된다고 할 수 있는데 작가는 이를 긴장감 있게 엮어 놓아 다각도로 조감한다. 개별적으로 흩어져 있는 정보들을 모아 진실을 '재구성'하는 추리소설만의 규칙이 인물들의 편지로 돋보이게 된다. 독자들은 여러 곳에 산포된 정보들을 자연스럽게 수집, 취합하면서 자신만의 서사 구조를 엮어나가게 된다. 따라서 이 소설은 미스터리 추리소설과 범죄 추리소설의 혼합적이고 중간적인 구조를 띠고 있다. 특히 궁녀들의 심리와 농밀한 내면 묘사는 "특별한 인물과 행동, 특별한 환경을 재현"[77]하면서 발생하는 광기, 편집증, 분열, 원한 등을 설득력 있게 제시하면서 범죄 추리소설이 가지는 특기를 야무지게 발휘한다.

궁녀의 편지들이 서로 엇갈린 진술과 심정을 토로하면서 서서히 세자빈 봉씨의 폐위를 둘러싼 과거와 현재 궁녀들의 삶과 욕망, 처절한 원한

다. 저에게 같이 자기를 요구하므로 저는 이를 사양했으나, 빈께서 윽박지르므로 마지못하여 옷을 한 반쯤 벗고 병풍 속에 들어갔더니, 빈께서 저의 나머지 옷을 다 빼앗고 강제로 들어와 눕게 하여, 남자의 교합하는 형상과 같이 서로 희롱하였습니다.' 하였다. 이에 빈을 불러서 이 사실을 물으니, '소쌍이 단지와 더불어 항상 사랑하고 좋아하여, 밤에만 같이 잘 뿐 아니라 낮에도 목을 맞대고 혓바닥을 빨았습니다. 이것은 곧 저희들의 하는 짓이오며 저는 처음부터 동숙한 일이 없었습니다.' 하였다. 이 때문에 봉씨 역시 폐출 되었다. 폐빈 봉씨가 친정집에 이르자 폐빈봉씨의 아비 봉려가 딸을 목 졸라 죽이고 딸의 시신을 수습한 후 자결하였다. 세종 18년 10월의 일이다. 이 내용은 한국역대인물종합정보시스템(http://people.aks.ac.kr)의 세자빈 봉씨 내용을 정리한 것이다. 소설은 이 내용을 기본 바탕으로 삼았다.

77 Tzvetan Todorov,『산문의 시학』, 앞의 책, 54쪽.

들이 배어나온다. 이와 동시에 전개되는 선비들의 편지는 세종이 훈민정음을 널리 백성들에게 알리려는 방안을 가진 '훈민복음'을 내리면서부터 벌어지는 처참한 연쇄살인사건과 연관된다. 즉 소설은 정치와 관련된 거대서사와 궁녀들을 둘러싼 미시서사가 동시적으로 진행되는 독특한 구조를 연출한다. 훈민정음의 제자해 순서에 따라 죽음을 당하는 여러 선비들 및 궐내 사람들의 연쇄 살인을 밝히기 위해 박사 이향규가 나서게 된다. 그렇지만 이 소설에서는 이향규의 '조사와 탐색' 부분이 그다지 중요하게 다뤄지지 않는다. 치밀한 계획 살인을 자행하면서 피해자들 옆에 '훈민복음' 필사체를 놓아두는 지능적 범인의 범죄 행각 자체가 낱낱이 파헤쳐 지지 못한 채 이향규의 누명으로 사건은 마무리된다. 사건 조사자에 의한 극적인 조사와 탐색보다는 서간체 소설이라는 특장을 발휘, 은밀한 고백과 폭로에 초점이 맞춰진다.

궐에서 평생을 보내야 하는 궁녀들의 삶이 편지라는 사적 영역의 글을 통해 고스란히 살아나며 감춰진 비밀들도 서서히 윤곽을 드러낸다. "궁녀(宮女)란 말 그대로 궁궐 안에서 살거나 근무하는 여자들"로 지금으로 따지자면 여성 공무원 정도에 해당된다. 이들은 그 동안 역사 속에서 거의 존재감이 드러나지 않은 채 그림자와 같은 존재로 그려졌지만, 드라마 〈대장금〉 이후 그 역할이 새롭게 조명 받았고 하는 일 역시 궁궐의 대소사를 모두 챙긴다고 해도 과언이 아닐 정도의 꽤 큰 조직에 속한다고 할 수 있다.[78] 10년 전 세자빈 봉씨를 주축으로 한 궁녀들의 동성애

78 궁녀는 여관으로 그 조직은 근본적으로 왕과 왕실 사람들의 생활을 보조하는 차원에서 형성된 것이기에 그 취지에 맞게 구성되었다. 모두 일곱 부서로 이뤄졌으며, 각 부서는 철저한 기능과 역할에 충실하도록 짜여 있다. 일곱 부서는 지밀(至密), 침방(針房), 수방

모임인 '자선당 봉선화 모임'은 충격적이면서도 꽤 도발적이다. 감추어진 것을 폭로하고, 그렇게 함으로써 낯익은 것을 낯선 것으로 교란시켜 변형함으로써[79] 전복을 꾀하는 궁녀들의 도발은 유교적 압제에 억압당한 여성들의 에로티시즘과 동성애라는 파격적인 행위들로 표출된다. 그녀들은 궁궐이라는 억압적 체계에 온몸으로 대항하면서 자신들만의 '소도(蘇塗)'를 자선당 내에 구축한다. 이곳에서 그녀들은 카니발과 같이 밤을 새워 사랑을 나누고 노래를 부르고 술을 먹고, 〈열녀전〉을 찢으면서 궁궐의 권위, 더 나아가 남성과 왕의 이데올로기에 반기를 든다.

> 그런데 자선당 안에 들어오면 그동안 가슴 아팠던 일들을 하나씩 풀어놓을 수도 있었으니, 나인들에게는 궐에 와서 처음이자 마지막 잔칫집 같은 분위기였지. 술에 취한 궁녀들이 나지막한 목소리로 사랑의 노래를 부르기 시작했고, 감동으로 서로의 몸을 쓰다듬었지. 하나 둘 옷을 벗기 시작하면 수십 명이 눈물과 감동으로 서로 뒤엉켜 밤을 보냈지. 단순히 정욕으로 뒤엉킨 것은 아니었고, 서로 안지 않으면 시려서 견딜 수 없는 궐내 생활에 대한 고통 때문이기도 했네. 그 고통과 환희의 순간이 오래갈 수 없다는 것도 내심 알고 있었기에 서로 더 간절하게 사랑했네.(245~246쪽)

10년 전의 비밀을 공유하고 있는 부제조상궁이 동궁 엄상궁에게 보낸 편지에 쓰인 내용이다. 이들의 위반은 세자빈 봉씨의 폐위라는 처참한

(繡房), 세수간(洗手間), 생과방(生果房), 소주방(燒廚房), 세답방(洗踏房) 등이다(박영규, 『환관과 궁녀』, 김영사, 2004, 251쪽).

79 Rosemary Jasckon, 『환상성』, 앞의 책, 88쪽.

결과를 낳는다. 이때 자선당에서 죽은 여영을 조사하면서 궁녀들의 가슴 속에 깊숙이 묻어두었던 이 위반의 흔적이 세상에 공개되는 일촉즉발의 순간에 궁녀들과 내명부 여인들의 합심으로 감쪽같이 은폐된다. 물론 이 흔적은 "흔적을 남긴 것이 아무리 멀리 떨어져 있더라도 가까이 있는 것의 현상"[80]이라는 통찰과 같이 궁녀들의 육체와 정신으로 스며들며 체화된다. 이는 범인이 명명백백히 드러나고 권선징악의 구도가 뚜렷한 추리소설의 구도에서 탈피, 보수적 이데올로기에 균열을 내는 결론에 해당된다. 남성 이데올로기의 피해자이면서 동시에 세자빈 봉씨 사건의 공범자였던 궁녀들은 일시적 봉합으로 위기를 모면하지만 그녀들의 욕망은 새롭게 귀환하고 되풀이 될 것임이 암시된다.

궐내의 동성애라는 코드를 과감하게 내세우며 여인들의 한풀이와 사랑을 대담하게 표출해내면서 이 소설은 단순한 역사의 사건을 언급하는 것에서 한발 더 나아가 감추어진 여인들의 삶에까지 조명을 비춘다. 물론 이들의 사랑이 어쩔 수 없는 극한적 상황에 대한 대응이었음을 함축하지만 감정의 미묘한 변화들과 놀라움, 충격을 잘 살리고 있다.

궁녀의 죽음이라는 씨줄이 해결되고 선비들의 연쇄살인이라는 날줄은 이향규의 누명과 죽음으로 봉합된다. 이 마지막 부분의 봉합은 추리소설의 가장 흥미진진한 부분이 사실상 말끔하게 처리되지 못한 셈이다. 즉 추리소설이 가지고 있는 두 개의 스토리, 범죄의 스토리와 조사의 스토리[81] 중 조사의 스토리가 정밀하게 밝혀지지 못했다는 것이다. 어떤 식으

80 Walter Benjamin, 조형준 역, 『아케이드 프로젝트』 2, 새물결, 2005, 1025쪽.

81 Tzvetan Todorov, 『산문의 시학』, 앞의 책, 50쪽.

로 그렇게 치밀한 범행이 짧은 시간 안에 완벽하게 처리되고, 완성되었는지가 논리적이고 정합성 있게 설명되지 못한 채 범인의 일기 정도로 축소된다. 10여명의 선비들이 죽어간 연쇄살인이 단순하게 밀가루 속의 하얀 석고를 먹었기 때문이었다는 얼버무림은 이제까지의 급박한 사건 전개와는 한참 동떨어진 해결책이다. 물론 이 소설이 이성과 합리로 설명될 수 없는 감정과 미묘한 반응들을 우선시 하고 있고, 또 진실이 만천하에 드러나는 것만이 정당할까에 대한 의구심이 진하게 배어있는 것은 사실이다. '자선당 봉선화 모임'이 만약 세상에 폭로되었다면 궁궐의 내명부는 칼과 피비린내를 피하지 못했을 것이고, 여성들만의 전복적 카니발은 그 의미가 크게 훼손되었을 것은 자명하다. 그렇지만 이 부분과는 별도로 선비들의 죽음은 논리적인 해결이 있어야 함은 틀림없다.

한편으로 이 모든 사건의 중심에는 늘 군주인 세종이 버티고 있다. 그는 인간적인 면모를 내뿜는다기보다는 절대자로서의 위엄을 잃지 않는다. 물론 왕이 "훈민복음이라는 이상한 주술문을 하사하시어 유능한 학사들은 물론이고 죄 없는 백성들을 차례로 죽이신다는 소문"(307쪽)이 온 나라에 돌면서 그 진심을 의심받기도 하지만 그것은 '애민'을 더욱 돋보이게 하는 후경에 불과하다. 훈민정음을 창제하는 것에서 그치는 것이 아니라 널리 백성들에게 알릴 방도인 〈훈민복음〉까지 고안해 낸 세종이 곧 계몽의 현신(現身)이다.

> "(생략)아예 손가락으로 허공에 그어도 되니 손가락체라고 불러도 좋다. 이것이 바로 백성의 삶과 생명을 이어주는 훈민정음체이다. 두드러지고 모가 난 각체이다. 이 각체에는 어린 백성들이 글을 배우기를 바라는 과인의 진심어린 노

력과 뜻이 들어 있다. 그대들이 알고 싶어하는 훈민정음체의 비밀은 바로 이것이다."

"그러므로 한자를 배워본 적이 없는 자, 붓을 들어 글자를 써본 적이 없는 자, 언문을 처음 배운 자는 훈민정음의 각체를 그대로 따라 쓰게 되어 있다. 그런데 내가 거두어들인 모든 훈민복음은 모두 모필체였다. 다시 말해 죽은 자들이 받은 훈민복음은 이미 한자에 익숙한, 이미 붓으로 서체를 익힌 모필체였다. 양반체였다. 권위의 체였다. 바로 죽음의 체였다. 죽은 자들 곁에 놓아둔 훈민복음의 필체는 한자를 배운 자의 그것이었다. 오늘 이 자리에서 훈민복음을 필사한 자들 중에서 손가락체를 쓴 자는 범인에서 제외하겠다."(321~322쪽)

자선당 모임의 비밀을 덮으며 한쪽 사건을 정리하고 동시에 관료대신과 내명부를 모두 호출하여 훈민복음을 필사하라 명하고 그것의 의미까지 밝힌다. 죽은 자들의 옆에 있었던 모필체는 '권위'와 '양반'이자 곧 죽음의 체임을, 이와 대조적으로 훈민정음체는 권위를 벗어난 백성의 체이고 생명의 체임을 확인하고 있는 것이다. 더구나 필사 자체가 범인을 걸러내는 장치였음이, 이 모든 것이 세종의 계획이었음이 선포된다. 따라서 이 소설의 사건 조자사인 이향규나 내의녀인 금자가 영웅이 아니라 군주 자신이 바로 영웅이다. 군주에 대한 전복이 한쪽에 도사리고 있지만, 그것은 궁녀들의 목숨을 건 합심에 의해 감춰지고 영웅의 모습만이 솟아오른다. 여기서 다소 이 소설의 균형점이 흐려지고 만다. "한글이 세계적으로 우수한 언어체계라고 설명하기에 필자 스스로도 충분히 납득하지 못"(17쪽)했다는 작가의 자괴감에 이어 대중들 역시 정확하게 모르고 있다는 인식이 바로 이 소설의 출발점이었다는 것은 머리말에서도 잘 드러난다. 즉 소설의 창작 동기에 처음부터 민족의 문화와 우리 언어에 대한 민족주의적 담론과 계몽의 의지가 충만하였다는 점이다.

작가의 지향점이 바로 훈민정음에 대한 올바른 인식과 그 과학적 원리에 대한 깨달음이었다 하더라도 이 소설의 가장 돋보이는 부분은 궁녀들의 아리따운 절창이자 숨겨진 울음이다. 그러다 보니 표면에 내세운 세종에 의한 계몽 프로젝트와 궁녀들의 유장하고도 절박한 목소리들이 융화되지 못한 채 서로 겉돌고 마는 결과를 초래한다. 이는 애초부터 이 소설의 특색이자 내재된 한계임에 분명하다. 서간체라는 내면의 목소리와 감정의 선들을 섬세하게 잡아내는 방식이 이성적인 논리에 따라 사건이 전개되는 추리소설과 충돌하여 빚어낸 문제라 할 것이다. 영웅 세종을 내세운 민족주의 담론의 귀환과 동시에 궁녀들의 삶과 욕망을 전폭적으로 그려낸 『훈민정음』은 앞서 언급된 다기한 사회, 문화적 변화를 과감하게 투영하고 있음을 알 수 있다.

이처럼 『훈민정음』은 서간체라는 독특한 형식을 도입, 전복적이고 환상적인 내용으로 팩션의 영역을 확장시킨 작품이다. 이 소설은 추리소설의 완성도뿐만이 아니라 상상된 '역사'적 진실에도 방점을 두고 계몽과 낭만, 이 두 가지 모두를 과감하게 독자 앞에 펼쳐놓는다. 세종이라는 기존의 영웅을 더욱 굳건히 세우고 진보와 보수가 치열하게 논쟁했던 시절을 그리고 있다는 것은 현존하는 우리들의 문화와 역사에 대한 되새김질이자 유토피아에 대한 갈망의 표출이다. 동시에 부박(浮薄)한 현실 정치와 여전히 위태로운 외교적 상황에 대한 경종과 숨겨진 목소리를 밖으로 끌어내 균열을 가하는 일탈이기도 하다.

한편 현실에는 찾을 수 없는 위안과 유토피아를 꿈꾸게 하는 대중문학의 성격을 감안한다면 이 소설에서 보여주는 판타지적 세계는 현실에 대한 하나의 대응으로 읽힐 수 있다. "현재의 사회구조를 비판하는 그리고 문학적 기술의 성취에서 미리 나타난 대안적 사회형태의 구축에 대한 시금석을 제공"[82]한다는 대중문학에 대한 긍정적 평가에 동의한다면 세종 시대를 매개로 한 진취적이면서도 새로운 기운의 출현은 짙어가는 경제위기와 세계적 공황 속에서도 여전히 문학이 존재할 수 있는 이유를 제공하리라 여긴다. 더구나 최근 불고 있는 팩션의 열풍 속에서 추리소설이라는 형식을 도입함으로써 그 감춰진 진실과 '우리'만의 비밀을 전수받는다는 체험의 내밀한 공유는 이 역사추리소설을 쉽게 지나칠 수 없게 하는 큰 매력이기도 하다. 하지만 최근 급격하게 보수화되고 있는 역사 해석에 따른 여러 문제점들을 고려해본다면 이 소설이 현실과 진지한 정면 대결을 하고 있는가에 대해서는 대답을 선뜻 내놓기가 망설여진다. 역사가는 연대기에 내재해 있는 이야기를 '발견'하는 데 반해, 소설가는 그 이야기를 연대기 밖에서 '발명'한다는[83] 구별과 같이 이 소설도 허구의 이야기를 '발명'하였지만, 그것이 '역사'로 깊숙이 몸을 담갔을 때에는 상상을 통한 새로운 역사의 '발견'으로도 봐야 할 측면이 분명 존재한다. 특히 역사추리소설에서 호출되는 과거의 '사건'들은 관변적 혹은 저항적 민족주의와는 또 다른 제3의 민족주의 담론으로 해석될 여지가 분명 존재한다. 이에 관해서는 V장을 통해 보다 치열하게 고민해보려 한다.

---

82 Christoper Pawling, 「대중소설: 이데올로기냐 유토피아냐?」, 『대중문학이란 무엇인가』, 앞의 책, 1995, 72쪽.

83 김기봉, 「팩션(faction)으로서의 역사서술」, 〈역사와 경계〉, 부산경남사학회, 2007.6, 9쪽.

4.2 다중의 '백팔'과 뒤통수치기

이후 김다은은 '훈민정음 언해본의 비밀'이라는 부제를 단 『모반의 연애편지』[84]를 발표하며 계속해서 서간체 역사추리소설을 이어간다. 이 소설 역시 편지로 인해 사건이 일어나고 해결되는 양상을 띤다.

소설은 수양대군이 단종을 폐위시키고 왕좌에 오른 지 11년이 되는 1465년, 왕의 후궁인 소용 박 씨가 수양대군의 조카인 귀성군에게 편지를 보내면서 시작된다. 그로 인해 궁전은 발칵 뒤집히고 편지를 전달했던 환관 두 명은 처형당하고 소용 박씨 역시 죽음을 맞는다. 소용 박 씨가 형장의 이슬로 사라지기 전 세상에 내놓은 "백팔"이라는 마지막 단어는 말 그대로 궐을 혼란의 도가니에 빠뜨린다. '백팔'에 대한 해석과 무성한 뒷말들이 엇갈리듯 난무한다. 실존했던 조정의 내신들, 즉 익히 알고 있는 정인지나 신숙주 및 여러 궁녀들과 환관들 간에 오고가는 편지들로 이러한 내용들이 전달된다. 앞선 작품이 궁녀들의 편지와 선비들의 편지가 교차되며 그 긴장감을 유지했듯이 『모반의 연애편지』 역시 그렇다. 앞선 소설이 궁녀들의 동성애를 내세운데 비해 이번에는 궁녀와 환관 사이의 은밀한 감정을 다루고 있는 점이 다르다. 『경국대전』에 따르면 조선시대 환관들은 내시부에 소속되어 왕궁에서 음식물 감독, 명령 전달, 궁문 수직, 청소 등의 업무를 맡았다고 한다. 중국에서 시작된 환관 제도는 조선시대에 정착되었는데 거세를 통해 이들 대부분은 뚱뚱해

---

84 작품은 『모반의 연애편지』(생각의 나무, 2010)를 텍스트로 삼았다. 이후 인용시 쪽수만을 밝힌다.

지거나 피부가 여성처럼 희고 깨끗하였고, 예민하고 말이 많아지는 특징이 나타났다고 한다.[85] 겉으로는 드러낼 수 없지만 궁에서 서로 의지할 수밖에 없는 환관과 궁녀들의 사이는 단순히 정신적인 교류뿐 아니라 살아있는 육체로서의 들끓는 욕망도 비껴갈 순 없는 것이다. 그 와중에 소용 박씨와 귀성군의 사랑이 자리한다. 소용 박씨는 수양대군 시절 사저(私邸)의 몸종이었으나 특이한 능력으로 정원(庭園)을 가꾸게 되고 그 와중에 수양대군의 조카 귀성군과 깊은 관계에까지 이르는데 마지막에 가서는 소용 박씨의 아이가 수양대군이 아닌 귀성군의 아이였다는 충격적 사실까지 밝혀진다. 이는 기존 역사 속에 스치듯 언급되었던 사실을 바탕으로,[86] 허구적 내용이지만 실제 역사의 허를 찌른다는 데 그 의미를 찾

85 박영규, 『환관과 궁녀』, 앞의 책, 50/55쪽 정리.

86 밝기 전에 내녀內女 덕중德中을 내쳐 밖에서 교형絞刑에 처하였다. 덕중은 주상의 잠저潛邸 때에 후궁에 들어와서 자식을 낳았고 즉위한 뒤에 봉하여 소용昭容으로 삼았으나, 자식이 죽었다. 승지承旨 등이 합사合辭하여 나인內人과 이준李浚의 죄를 청하고, 의정부議政府 · 육조六曹에서도 와서 아뢰기를, "환시宦寺가 이미 처형되었으나, 서신을 서로 통한 것이 어찌 오늘에 시작하였겠습니까? 그 유래가 오랠 것입니다. 또 환자 두 사람은 반드시 여러 번 서로 통하였을 것이니, 청컨대 나인과 준을 국문하여 죄를 정 하소서." 하니, 임금이 말하기를, "나인은 내가 이미 법대로 처리하였고, 귀성군의 일은 단연코 의심이 없는 것을 내가 이미 분명히 아니, 다시는 말하지 말라." 하였다. 전교하기를, "...... 또 제왕의 정치는 몸으로부터 집으로 나라로 천하에 미치는 것인데, 가법家法이 한번이라도 혹시 바른 것을 잃으면 화禍가 곧 따르는 것이다. 나인 덕중이 일찍이 환관 송중宋重을 사랑하다가 일이 발각되자 아울러 그 죄를 다스렸는데, 다시 생각하건대 죄는 나인에게 있고 송중은 상관이 없으므로 송중으로 하여금 공직供職하기를 처음과 같게 하였다. 뒤에 또 편지를 써서 환관 최호崔湖를 시켜 귀성군 이준에게 전하게 하였다. 이준이 아비 임영대군 이구와 더불어곧 내게 갖추어 아뢰었다. 내가 폭로하려 하지 않아서 곧 내치어 방자房子의 역役에 이바지하게 하였는데, 오히려 뉘우쳐 고치지 않고 지금 다시 편지를 써서 환관 김중호金仲湖를 시켜 이준에게 전하였다. 이준이 이구와 더불어 또 즉시 갖추어 아뢰었으므로 내가 친히 물으니 하나하나 승복하였다. 곧 최호와 김중호를 때려죽이고 나인도 또한 율律로 처단하였다. ......" 하였다. (『세조실록世祖實錄』 권37, 세조 11년1464 9월 5일)

을 수 있을 터이다.

소설 속에는 수양대군이 문종을 독살하는 것부터 시작하여 애초에 조카를 폐위시키고 왕위를 차지하기 위해 거침없이 움직였음을 강조한다. 기록되진 않았지만 음모론처럼 제기되던 문종 독살설을 소설 속에 고스란히 녹여 낸다. 권력의 화신과도 같은 세조는 즉위 과정에서 과감함과 잔인함을 보였을 뿐 아니라 즉위 후에도 왕권을 강화시킨다. 실제로 세조에 대한 평가는 왕위 계승의 도덕적 결함에 따른 비판과 상찬이 선명하게 나뉘는데 대체로 "정치, 경제, 국방 등 너른 분야에서 중요한 업적을 여럿 남겼다고 평가"되고 그 중에서 가장 중요한 과업은 "왕권 강화"였다고 할 수 있다.[87] 변할 수 없는 역사적 사실을 바탕으로 소설은 군데군데 덫을 놓거나 뒤통수치기와 같은 허를 찌른다.

우선 이 소설은 죽기 전 남긴 박씨의 "백팔"을 둘러싸고 그것이 자신들에게 미칠 영향에 대한 다양한 해석과 억측, 풀이과정을 선보이며 '수수께끼 풀이'라는 추리소설의 재미를 선사한다. 훈민정음 어제에서 드러난 마지막 글자에서부터 공신들의 입장이나 처한 위치에 맞춰 각종 다양한 해석들이 중구난방 법석을 떤다.

> 상당 부원군 대감, 소용 박 씨가 남긴 108자를 두고, 궐 안에서는 훈민정음 언해에 대해 구구절절 말들이 많지만, 궐 밖에서는 108자者, 즉 108명의 사람으로 해석을 하고 있다고 하는데, 들으셨나? 그 108명이라는 것이 108명의 죽음

한국학중앙연구원, 「빗나간 연정, 세조의 후궁 덕중과 귀성군」, 한국학중앙연구원 장서각 번역(http://blog.naver.com/aksblog/221167436615)

87 KBS 역사저널그날 제작팀, 『역사저널 그날』 2, 민음사, 2015, 74쪽 정리.

> 을 의미한다는 말도 들으셨나? 요즘 백성들은 왕이 몇 명을 죽였는지 세는 재미에 시간 가는 줄을 모른다고 하니, 이 일을 어쩌면 좋겠는가.(207쪽)

한명회가 정인지에게 보낸 편지에서 나온 백팔에 대한 소문이다. 이는 계유정난(癸酉靖難)에 함께 한 두 대신이 백성들의 소문에 휘둘리며 지레 겁을 먹고 있음을 여실히 보여준다. 계유정난은 1453년 10월 10일 수양대군과 그 일파가 김종서와 안평대군을 무력으로 제거한, 두 차례의 왕자의 난과 함께 조선 전기를 대표하는 정치적 변란이다.[88] 그 와중에 그것이 불교의 백팔 세력과 맞닿아 있음이 서서히 윤곽을 드러내며 후반에 가서는 '백팔장'이라는 인물이 수면 위로 떠오른다.

조선시대는 고려시대 불교의 타락에 맞서 건국 초기부터 숭유억불(崇儒抑佛) 정책을 지향했다. 그럼에도 세종이나 세조는 말기에 불교를 자연스럽게 접하고 받아들였다는 것도 익히 알려진 바이다. 따라서 소설은 이 부분을 좀 더 확대해 세조가 애초부터 불교세력과 손잡고 왕위를 찬탈했을 뿐 아니라 즉위 후에도 불교를 은밀히 퍼트리기 위해 손을 썼다는 설정을 내세운다.

> 마지막으로 밀약서에 관한 것이다. 밀약서의 내용은, 우리가 이미 아는 바, 백

88 '난국을 편안하게 만들었다'는 '정난(靖難)'이라는 표현은 사건의 주체와 목적을 뒤바꾼 왜곡이라 할 만한데 12세 단종의 즉위가 적지 않은 정치적 공백이었지만, 난국이라고 부를 정도가 아니었는데 그 시기를 난국으로 규정하고 '안정'시키려고 나선 집단은 수양대군과 그 일파였고, 그들의 목적은 왕위를 차지하는 거였다(KBS 역사저널그날 제작팀, 『역사저널 그날』 2, 앞의 책, 40쪽 정리). 따라서 계유정난의 공신들은 세조로부터 많은 신임을 받았지만 백성들의 입장은 사뭇 달랐음을 소설은 위의 인용문을 통해 드러냈다 하겠다.

> 팔장은 수양대군이 왕이 되게 돕고 수양대군이 왕이 되면 불교를 부흥시킨다는 것을 상징화 한 것이라 했다. 밀약서 원본을 누가 가지고 있느냐는 질문이 쏟아져나왔다. 밀약서 원본은 왕과 백팔장 모임이 합의한다는 뜻으로 양쪽 이름을 같이 적은 특이한 형태의 합의서라며, 백팔장 자신은 가지고 있지 않다고 했다. (중략) 바로 덕중 자네가 가지고 있다는 것이다.(392쪽)

이는 조선이라는 나라의 기틀이 유교이고 수양대군의 강력함으로 왕위를 움켜쥐었다는 역사적 사실에 상당히 동떨어진 상상력임에 틀림없다. 숨겨진 비밀결사 모임인 '백팔장'들과 결합에 의해 지탱되는 나라란 겉과 속이 다를 수밖에 없고, 또 그것은 조선이라는 나라가 가진 바탕이 그리 튼튼하지만은 않다는 역설적 의미이기도 하다. 더불어 절대적 군주인 왕임에도 여종의 마음과 몸 하나 끝까지 가져올 수 없었음은 소용 박씨를 통해 폭로된다. 여기에 더해 환관들과 궁녀들 간의 은밀한 만남과 욕망들이 뒤섞이며 엄숙하기 그지없어 보이는 궁이 혼돈과 배신, 음모와 술수가 뒤엉킨 혼돈의 공간이었음을 공개한다.

앞의 소설과 같이 이 작품 역시 훈민정음과 그 어제를 둘러싼 비밀이 소용 박씨의 편지와 더불어 폭로되며 숨 가쁘게 진행된다. 그럼에도 이 소설은 앞의 작품에 비해 다소 성근 내용 전개와 너무 많은 인물들이 주고받는 편지들로 인해 긴장감은 현격히 떨어진다. 귀성군과 박씨가 궁에 들어간 이후에도 잠실(蠶室)을 통해 깊은 관계를 계속 유지했음에도 불구하고 편지를 받자 아버지 임영대군과 함께 세조를 찾아 고했다는 사실 등은 앞뒤가 맞지 않는다. 역사적 사실을 바꿀 수 없기에 벌인 고육지책이었더라도 소설의 흐름에 맞춰 내용을 바꿨어야 함이 마땅하다. 더구나 대군 시절 수양대군은 백팔장에게 보내는 매우 중요한 문서를 귀성군을 통해 보낼 때에도 별 언질 없이 덕중에게 보내라고만 한다. 그런 연유로 귀성군이 문서를 받았어야 할 중 덕중이 아니라 소양 박씨에게 문서를 건네는 사고가 생긴다. 이 잘못된 전달이 이후 엄청난 파란을 불러오는 데 비해 그 과정은 참으로 허술하다. 또한 이 문서로 귀성군과 소양 박씨의 관계가 깊어지며 오해가 생기는 계기가 되기도 하고, 더구나 박씨가 마지막 내지른 일성이 "백팔"이라는 데에 이르면 이 부분에 대한 보다 치밀한 직조를 했어야 하는 진한 아쉬움이 남는다. 납득하기 어려운 이러한 정황들과 추리소설의 핵심인 살인사건이나 긴박한 사건이 없다보니 '백팔'의 의미를 알아내기 위한 다양한 추측만이 엎치락뒤치락하며 되풀이된다. 환관 방비리와 잠녀 고아라가 소용 박씨와 잠실의 비밀을 캐내는데 몇 가지 역할을 하지만 그다지 눈에 띄지 않을뿐더러 둘의 묘한 관계만이 두드러져 보여 탐색의 서사가 싱거워 보일 지경이다.

가장 큰 문제는 이 소설이 정확히 지향하는 바가 무엇인지이다. 훈민정음의 위대함도 아니고 그 어제의 눈부심이나 불교 서적을 간행하여 불교가 의외로 융성했다는 것을 드러내는 것도 아니다. 그렇다면 남는 것은 세조의 왕권 찬탈 욕망과 그것을 위해 불교를 이용했다는 지점인데 그것이 역사의 진실이었다거나 그로 인해 새로운 깨달음과 각성을 느끼기에는 여러 가지로 애매하다. 차라리 앞의 소설처럼 궁 안의 사람들, 환관과 궁녀들의 아픔과 애환, 욕망을 보다 적나라하게 드러냈더라면 좋았을 터인데 그 역시도 잠깐씩 언급되는 정도이다. 물론 감찰상궁, 수라간 궁녀, 잠녀 및 환관들이 궁에서 지대한 역할을 했을 뿐 아니라 나름의 정치 세력을 이루었음을 보여준 점은 역시나 빼놓을 수 없는 매력이라 하겠다.

4.3 여러 갈래의 진실, 다성의 목소리

김다은의 두 소설은 역사 속에서 제 목소리를 들려주지 못했던 구중궁궐 여인들의 삶을 편지라는 독특한 방식으로 보여주었다는 점이 가장 특기할 만하다. 서간체 소설(epistolary novel)은 1인칭 서술의 특수형태로 특히 내면의 고백이나 심경을 토로하는 성격에 걸맞다고 여겨져 왔다.[89] 지금까지도 읽히고 있는 괴테의 『젊은 베르테르의 슬픔』이나 루소의 『엘로이즈』뿐 아니라 근대문학 초기 김동인이나 염상섭에 의해 이 자기 고백적 문학 형식은 일찍부터 선호되어 왔다. 그러나 서간체는 단순히 주체가 어떻게 자신을 고백하고 표현하느냐의 문제에만 관련된 형식이 아니라 경험 자체를 바꾸어 놓는 매개이기도 하다. 1920년대 서간체 소설들이 편지를 쓴 주인공의 일방적인 전달 형식에 치중하였다면 뒤로 갈수록 서로 주고받는 형태가 늘어났다. 따라서 "편지는 발신인의 것인 동시에 수신인의 것"으로 "발신인과 수신인이 맺는 특정한 관계가 전제되지 않고는 편지라는 형식이 있을 수 없으며, 의사소통의 특정한 조건 없이는 서간체가 일반화 될 수 없다"[90]는 의견처럼 보내는 이와 받는 이의 관계는 상당히 중요하다. 그리고 이 '특정' 관계 사이의 편지를 통해 인물들의 생각이 바뀌고 경험이 달라지며 세계를 다르게 인식하기에 이른다. 독자 역시 소설 속 주고받는 편지들을 통해 달라진다. 김다은의 소설에서는 조선시대 여인들과 환관, 심지어 사대부 및 왕까지 수시로 편지를

89 이재선, 『한국단편소설연구』, 일조각, 1975, 152~153쪽 참조.

90 권보드래, 「연애편지의 세계상—1920년대 소설의 편지형식과 의사소통양상」, 〈문학사와 비평〉 9집, 2002, 8쪽.

쓰고 읽었다는 것을 알 수 있다.

> 간찰이라고 불리는 편지는 조선시대에 우리 선조들이 가장 광범위하게 향유한 문서 양식이다. 편지에는 한문편지와 한글편지가 있다. 한문편지가 주로 사대부가 남성들에 의해 향유되었다면, 한글편지는 위로는 왕으로부터 아래로는 노비계급까지 폭 넓은 계층에서 향유되었다. 한글편지의 향유에는 성별에도 제한이 없어서 남성들뿐만 아니라 여성들이 더 적극적으로 참여하였다.[91]

이처럼 조선시대 편지가 중요 의사소통이었다는 것을 작가 역시 적극적으로 수용한 것이고 더구나 여성들이 편지를 주고받았다는 대목은 이 소설이 지향하는 지점과도 맞아 떨어진다. 이는 앞 세 작가의 작품에도 오롯이 드러난 특징을 보다 예각적이면서도 민감하게 보여주었다는 점에서 그 의의가 크다 할 것이다. 늘 조명 받게 마련인 왕이나 군신들은 아니지만 그 시대를 누구보다 치열하게 살았고 또 주요하게 떠받쳤던 궁녀나 환관의 삶에 주목했다는 점이 더욱 그렇다. 오로지 왕의 여인들로 규정된 궁녀들의 평범한 욕망과 동성애를 자연스럽게 환기한 것들이나 남성이지만 남성으로서의 역할을 할 수 없었던 환관들의 비애와 갈망을 내밀하고도 천연덕스럽게 재현했다. 발맞추어 궁녀나 내시들의 역할이나 일상 등도 흥미롭게 포진해 있다.

오고 가는 편지들 속에는 어느 누구에도 털어놓지 못할 비밀과 욕망

91 이현주, 「조선시대 한글편지의 매체적 특징과 웹서비스 구현」, 〈동양고전연구〉 65집, 2016, 335쪽.

이 툭툭 무심하게 산발적으로 흩뿌려지는데 이것들이 살인사건이나 주요 문제를 해결하는데 핵심적 역할을 하고 있어 추리소설로서의 색다른 재미를 선사한다. "특정 수신자만이 읽을 것을 전제로 작성되기 때문에 발신자와 수신자가 사전에 공유하고 있는 정보를 과감히 생략하므로 개별적으로 존재할 때는 완결성 있는 정보를 제공하기 어렵다"[92]는 빈틈이 오히려 호기심을 자극하고 진실로의 접근을 지연시키는 역할까지 한다. 상당히 많은 인물들이 주고받는 편지들을 통해 하나의 사건이라도 논쟁과 논박을 통해 차이를 노출시키며 바흐친적 의미에서의 다성성도 드러낸다. 이 여러 목소리들은 고착된 결론이 아니라 열린 세계와 결말로 흘러간다. 꽉 막힌 결말을 지향하는 추리소설이라는 장르와 일견 충돌하기도 하지만 작가는 이를 적당히 눙치면서 마무리 짓는다. 이것이 두 소설의 특징이자 한계인 셈이다. 더불어 세종이 남긴 위대한 유산인 '훈민정음'을 둘러싸고 벌어지는 여러 가지 해석과 새로운 접근은 이 소설을 쓴 이유이기도 하다는 작가의 말을 떠나서라도 의미심장하다. 늘 사용하고는 있지만 그것이 가지는 소중함과 새삼 '훈민정음 어제'에 담긴 진정한 뜻이 무엇인지를 되새김하는 계기가 된다.

김다은의 두 소설은 추리소설의 장르적 특성을 깔끔하게 마무리 짓는 데는 미진했음에도 역사적 사실에 대한 새로운 해석과 다양한 목소리들을 살려냈다는 데 큰 의의가 있다. 훈민정음의 창제 원리나 과정, 그 쓰임에 대한 소중함을 되새기는 성찰의 시간도 당연히 독자가 얻어가는 몫이라 할 것이다.

---

92 권보드래, 「연애편지의 세계상—1920년대 소설의 편지형식과 의사소통양상」, 앞의 글, 351쪽.

V.

2000년대 역사추리소설의 특징 및 성향

III과 IV장을 통해 2000년대 역사추리소설이 나오게 된 배경과 더불어 주요 작가 4명의 작품을 자세하게 분석해보았다. 이를 바탕으로 V장은 이들 작품과 다른 작품들을 아우르면서 추출된 2000년대 역사추리소설만의 특징을 정리해보려 한다. 작품마다의 개성과 매력이 있기 때문에 단일한 면모를 가지고 있다고는 할 수 없지만 그럼에도 시대적 공통점과 우리 역사추리소설만의 내용, 형식적 특징은 분명히 존재한다고 생각한다. 그런 의미에서 크게 4가지 정도로 분류해보았다. 이 성향들이 명확하게 작품 속에서 나누어지는 것은 아니고 서로 긴밀하게 연결되어 있는 지점도 상당하지만 이런 분류화를 통해 보다 명료하게 그 특징을 검토할 수 있다는 점을 고려하였다. 우선 첫 번째의 특징으로는 그 어느 시대보다 많은 작품들이 조선시대, 그 중에서도 세종과 정조 시절을 다루었다는 점이다. 그 다음으로는 대부분의 작품들이 민족주의적 색채를 짙게 드러내고 있다. 이 점은 앞의 내용과 유기적으로 연결될 것이다. 더불어 역사적 사실과 인문학적 정보들을 작품 속에 흥미롭게 배치하여 흥미와 지적 쾌락을 동시에 추구한다. 인포테인먼트적 요소를 듬뿍 담고 있다고 할 수 있다. 마지막으로 기존 추리소설에서 보여주었던 탐정 상을 이어받으면서도 나름의 사건 해결자의 모습을 보여준 조선시대 탐정으로 위의 세 가지 성향을 아우르고 있다.

작품들을 통해 축출된 면모들로 2000년대 역사추리소설에 한발 더 다가가 보자.

1. 정조와 세종의 시대를 흠모

우선 많은 소설들의 시대적 배경이 조선시대에 치중해 있다. 이는 앞서 작품들 목록을 정리한 후 살펴본 바대로 조선시대가 가지는 접근의 용이성과 현재의 삶을 상당부분 규정하고 있다는 그 맥락성에 기인한다. 그 중에도 여러 작품에서 살펴보았듯이 정조와 세종시절이 두드러진다. 그렇다면 무엇이 이 시절을 지금 역사추리소설의 배경으로 호출하였는가. 우선 수적으로 가장 우세한 정조 시절을 살펴보며 이 절을 시작한다.

정조는 조선의 22대 왕으로 많은 역사서와 소설, 드라마의 그야말로 강력한 콘텐츠가 되고 있는 인물이다. 아버지 사도세자의 죽음으로부터 시작된 비극적 운명은 왕위를 얻기 위한 세손 시절의 분투와 즉위 이후에도 끊임없이 마찰을 일으키는 노론으로 대표되는 보수 세력과의 알력, 개혁군주로서의 어려움, 음모론과 독살설이 나돌고 있는 최후까지 그의 생애 자체가 충분히 드라마틱하다. 거기에 더해 "미래에 대한 통찰력 있는 지도자를 갈구"하고 "과거가 아니라 미래, 증오가 아니라 사랑을 선택함으로써 열려고 했던 그의 미래가 우리의 내일이어야 하기 때문"[1]에 정조가 호명되었다는 지적은 의미심장하다. 한편으로 영정조 시대가 근대화의 시작점으로 주목받기 시작했고 특히 정조에 대한 재평가가 이루어지기도 하였다. "서양의 근대와 만나 조선 사회가 새로운 시대로 접어드는 전환기"[2]였다는 점도 정조 시대를 조명 받게 한다. 여기에 새롭게 마련된 규장각을 중심으로 한 개혁세력과의 뒤얽힌 관계 등은 여러모로 비밀스럽고 신비롭기까지 하다.[3]

그렇다면 과연 소설 속에서 정조는 어떤 모습으로 재현되었는지가 궁금하다. 역사추리소설의 첫발인 이인화의 『영원한 제국』에서부터 정조는 그 모습을 인상 깊게 드러낸다. 김탁환의 '백탑파 시리즈' 역시 정조 시대를 배경으로 삼고 있다. 오세영의 『원행』은 정약용을 주인공으로 내세우지만 정조 또한 그 무게감이 만만치 않은 인물로 활약한다. 이정명의 『바람의 화원』도 정조가 중요 인물이다. 앞서 본 바대로 TV 드라마에도 정조는 2000년대 대중들에게 매력적인 군주 상으로 소개된다.

우선 김탁환의 소설에 등장하는 정조는 앞서 살펴 본 대로 백탑파 서생들과 상당히 긴장감어린 관계를 유지한다. 총 3부작인 시리즈는 제1부는 정조 초기, 이후 2부는 정조 중기 3부는 정조 말기가 배경으로 시간의 흐름에 따라 이어진다. 여기서 흥미로운 것은 정조가 백탑파 서생, 그 중 이덕무, 박제가 그리고 허구적 인물인 김진과 의금부 도사 이명방을 대

1 이덕일, 『정조와 철인정치의 시대』 2, 고즈윈, 2008, 11쪽.

2 장은수, 「역사소설의 새로운 존재방식을 찾아서—소설가 김탁환」, 〈문화예술〉, 2004, 81쪽.

3 졸고, 『대중, 비속한 취미 '추리'에 빠지다』, 앞의 책, 114쪽.

하는 태도의 변화이다. 처음 정조는 잘 알려졌다시피 백탑파들을 조정에 등용하며 자신의 개혁적 정치를 이끌어내기 위한 기반으로 삼았다면 뒤로 갈수록 그 밀월관계는 차차 느슨해진다. 영조와 더불어 18세기를 조선의 르네상스라 불릴 정도로 정치, 문화적인 융성의 시대로 이끈 군주가 바로 정조이다. 정조는 규장각을 중심으로 학문 부흥에 힘쓰는 한편 새로운 시대를 염원하는 학자들을 곁에 두고 과감한 문화 혁신을 전개했다. 이러한 문예부흥의 근본 동력은 오랑캐문화로 치부하던 청나라 문명을 바라보는 인식 전환에서 비롯되어, 청 문화에 스며든 서양 문명의 우수성에 새롭게 눈뜨는 계기로 작용했다. 동시에 조선의 전통문화 가치를 새로이 발견해 '진경산수(眞景山水)' 같은 국화풍(國畵風)과 '동국진체(東國眞體)'로 불린 국서풍(國書風)이 유행했다. 이것은 중인과 서울, 평민층을 자극해 문화운동의 저변을 확대했고, 귀족문화로 인식해오던 시단에도 그들이 대거 참여해 위항문학이 발달하기도 하였다.[4] 이렇듯 정조는 조선사회 밑바닥에서 꿈틀대는 거대한 변화의 흐름을 읽고 있었다. 농업생산력 발전에서 시작된 변화는 수공업과 상업으로 옮겨 가 사회 전체에 파급되었다.[5] 한편으로는 왕권을 강화하고 유교적인 신념을 굳건히 하는 쪽에도 상당 부분 힘을 기울였다. 정조 시절 가장 많은 열녀문이 세워졌다는 것은 어찌 보면 흔들리는 신분제와 서서히 무너지는 유교적 이념에 대한 역반응이었는지도 모른다. 백탑파 시리즈 속의 정조는 이러한 두 가지 서로 다른 모습을 지닌 인물로 그려진다. 때로는 정치적인 자신의

---

4 박영규, 『정조와 채제공, 그리고 정약용』, 김영사, 2019, 17쪽 정리.

5 이덕일, 『정조와 철인정치의 시대』 2, 앞의 책, 126~127쪽.

입지를 위해 냉정하고 잔인하기까지 한 속내도 엿보이는데 작가는 시리즈의 마지막을 향해 갈수록 그러한 정조의 모습을 안타까워한다.

오세영의 『원행』에서 그려진 정조는 정치적인 측면이 부각된다. 소설은 1795년 아버지 사도세자의 묘소가 있는 화산(지금의 화성시)의 현륭원(顯隆園)으로 가는 원행(園幸)이 있기 바로 전 1794년 동짓달부터 원행기간의 8일까지를 배경으로 삼고 있다. 흔히 을묘원행(乙卯園幸)으로 불리는 이 행차는 아버지 사도세자의 사갑(死甲)을 기념하고 어머니 혜경궁 홍씨의 회갑을 축하하는 의미와 더불어 수구세력을 제압하고 왕권을 확고히 하려는 의지를 천명하기 위한 행사이기도 하였다. 이 소설 속 정조는 만천명월주인옹(萬川明月主人翁), 즉 만인을 비추는 군주이길 원했지만 현실은 반대세력을 제압하지 못한 채 전전긍긍하고 심지어 원행 과정에서 칼을 맞고 쫓기는 신세이다. 늘 정적에 쌓여 있었던 만큼, 이러한 설정은 편치만은 않았던 재위시절을 상징적으로 투영한다.

> 주상은 걸핏하면 개혁을 내세우고 위민(為民)을 입에 담았는데 결국 사대부 위에 군림해서 국정을 전단하는 독재군주가 되겠다는 뜻이었다. 그것은 명백히 국기를 뒤흔드는 일이었다. 그리고 효를 내세우며 사도세자의 신원(伸寃)과 추존(追尊)을 거론하는데 그 또한 충과 어긋나는 일이었다. 선대왕은 임오년의 일을 거론하지 말라고 하교한 터이었다.(『원행』, 27쪽)

위 인용문과 같이 벽파로 상징되는 김종수와 사대부 세력들의 불만은 만만한 것이 아니었다. 승승장구하지 못하는 이 왕은 갖은 정치적 모략과 끊이지 않은 정쟁에 더해 살해 위협까지, 그야말로 천신난관을 겪는다. 그럼에도 결국은 이 모든 어려움을 떨치고 일어서는 모습은 가히 존엄, 그 자체이다.

이정명의 『바람의 화원』 속 정조는 위의 소설들에 비해 뒤로 물러나 정치적인 모습보다는 너그럽고 다감한 면이 엿보인다. 아버지 사도세자 어진(御眞)의 비밀을 파헤치기 위한 노력의 일환으로 김홍도와 신윤복에게 은밀히 지령을 내림과 동시에 백성들의 삶을 좀 더 깊숙하게 알고자 하는 마음을 내비치기도 한다.

> "화원회의에서 그토록 완강하게 반대한 것도 무리가 아니다. 하지만 천부의 재능을 가진 화원이 어찌 도화서양식만 그리겠으며, 뛰어난 기법을 가진 예인이 어찌 케케묵은 의궤에만 몰두하겠느냐?"(154쪽)
>
> "나는 그 모든 백성들의 삶을 내 눈으로 보고 싶다. 그들이 무엇을 아파하는지, 그들이 무엇 때문에 싸워야 하는지를 모르고 어찌 어진 군왕이라 하겠느냐. 하지만 군왕이란 자는 좁은 궁궐에 매인 몸, 궐 밖 출입 한 번에도 수많은 상소가 날아들고 벌침처럼 은밀한 위해가 도사리고 있지 않느냐"(『바람의 화원』, 155쪽)

위 인용문 속 정조는 예술의 자유분방함을 알고 그를 적극 지원하는 후원자의 모습이다. 그의 시대는 조선의 문화와 문물이 어느 때보다 융성하고 호기로웠다. 김홍도, 신윤복, 김정희 등은 당대 뿐 아니라 조선 시대 전체를 아우를 정도의 예술가들이기도 하다. 실학파라 일컫는 박지원, 박제가, 이덕무, 유득공 등도 학식과 실용적 지식을 뽐내던 시절이다. 이들 중 다수가 규장각 검서관 출신으로 서얼임에도 정조의 전폭적인 지원으로 활로를 잡을 수 있었고, 청나라의 앞선 문화를 적극적으로 받아들이기를 주장하기도 하였다. 다양한 사회적 조건이 맞았던 것도 있지만 정조의 예술에 대한 식견과 안목이 있었기에 가능했음을 소설 속에서 은밀히 내비치고 있는 것이다. 관습을 따르지 않는 파격적인 그림으로 주목과 비난을 한 몸에 받았던 신윤복을 정조는 내치지 않고 오히려 그 천재성을 간파한다. 이와 더불어 왕이라는 최고의 자리에 있지만 운신의 폭이 그리 넓지 않을 뿐더러 자유롭지도 않음에 고뇌하는 모습도 보여준다.

정조 외에도 많이 소환된 왕은 바로 세종이다. 그 이유는 추리소설의 기본적 성향과 맞닿아있다. 전근대적인 조선시대였지만, 그 어느 때보다 합리와 이성, 광기와 신념이 치열하게 공방을 벌이던 시대이다. 특히 세종은 중국을 근원으로 한 사대주의적 사고를 과감하게 혁신하기 위해 집현전을 설치, 능력을 우선시한 관료 등용, 실생활에 필요하면서도 우리 현실에 뿌리내릴 수 있는 농사와 의학, 천문, 산학 등을 발전시키기 위해 힘쓴 군주이다. 그야말로 "그의 업적은 정치, 경제, 문화 등 인간 생활의 거의 모든 분야를 포괄했고 수준 또한 탁월"[6]했다는 평가에 걸맞다. 세종이 조선을 다스린 32년 동안, 그의 손길은 나라의 법제에서부터 예제, 세정, 문자, 인쇄, 군사, 천문에 이르기까지 안 닿는 곳이 없었고, 과학기술이나 음악, 훈민정음뿐 아니라 법전까지[7] 기틀을 세우는 등 조선의 정체성이 마련되었다고 할 정도의 업적을 이룩하였다.

그의 계몽적 프로젝트의 대미(大尾)는 '훈민정음'이다. 이 계몽의 혜택을 새삼스럽게 다시 짚어보는 것은 위대한 과거에 대한 '기억'을 통해

---

6 KBS역사저널그날제작팀, 『역사저널 그날』(태조에서 세종까지), 민음사, 2015, 172쪽.

7 이한, 『世宗, 나는 조선이다』, 앞의 책, 273쪽.

지금을 살아가는 우리의 정체성을 되짚어 보는 행위에 해당된다. 말과 글의 설득에 의한 지배를 이상으로 삼는 세종의 모범은 이제 군사정권의 지배를 벗어나 혼란과 시행착오 속에서도 민주주의를 정착시켜 나가려는 한국인들 뿐 아니라 비슷한 상황에 처해 있는 세계의 시민들에게 자신감을 심어줄 것[8]이라는 주장은 그래서 가능하다. 김종록의 『장영실은 하늘을 보았다』, 이정명의 『뿌리깊은 나무』, 김재희의 『훈민정음 암살사건』, 김다은의 『훈민정음의 비밀』 등이 세종 시절의 문화적 찬란함을 바탕으로 한 작품들이다.

> "너의 말대로 중국 하늘과 조선 하늘은 같으면서도 다르다. 위도는 같을 수 있지만 경도는 확연히 다르다. (중략) 그런데도 황제가 내려온 달력과 역법을 같이 쓰고 있으니 이는 옳지가 못하다. 나는 어떤 일이 있어도 조선의 하늘을 한양에서 관측한 기록을 토대로 조선만의 역법을 만들어야겠다. (중략) 우리한테 맞는 역법을 써서 농사도 짓고 사업을 해야 옳다는 말이다. 백성의 편의를 생각하지 않는 왕이 어디 왕이더냐?"(『장영실은 하늘을 보았다』, 19~20쪽)

위 인용문 속 세종의 목소리는 애민의 정수라 할 만하다. 전형성을 그대로 내보인 세종의 모습은 흐뭇하지만 그다지 매력적으로 소구되기는 어려운 측면도 분명 있다. "의미론적 공백을 형성하는 고유명사가 아니라 의미가 가득 차 있는 고유명사"[9]였다는 지적과 같이 너무나도 뿌리

---

8 전수용, 「TV드라마 〈뿌리깊은 나무〉와 이정명의 원작소설: 한류 사극의 세계화 전망」, 앞의 글, 801쪽.

9 공임순, 『우리 역사소설은 이론과 논쟁이 필요하다』, 앞의 책, 78~79쪽.

깊게 박힌 성군의 이미지에 무언가 균열을 내거나 상상력을 부여하는데 따른 부담감이 작용했다고 봐야 할 터이다. 그에 비해 훈민정음 창제 과정에 대한 충분하지 못한 역사적 기술들은 "세종대왕의 일대기가 아닌 훈민정음 창제와 관련된 역사소설"[10]로 만들어지는 결과를 낳는다. 훈민정음은 당연히 세종 혼자 힘이 아닌 집현전 학사들과 더불어 완성되었는데, 그들은 대체로 신진관료들로 "체력과 시간이 남아돌고 충분한 지식"을 지녔고, 그 중 신숙주는 이름난 언어의 천재였고, 성삼문도 과거 장원 출신인데다 열정과 행동력을 가진 인물들로 눈에 띄었다.[11] 이런 학사들과 손잡고 문자를 만들어가는 과정에서 생기는 갖가지 우여곡절은 먼 옛날의 역사로서가 아니라 생생히 손에 잡히는 현실감을 부여한다. 살인사건과 오해, 비밀로 얼룩졌지만 그 속에서 오롯이 피어나는 훈민정음은 더욱 소중하게 느껴질 수밖에 없다.

최근의 드라마나 영화 등은 여기서 더 나아가 '인간'적인 모습의 세종에 좀 더 접근하고 있는 양상이다. 이정명의 『뿌리깊은 나무』는 사대주의에 맞서 고민하는 세종의 모습에 공을 들였다면 같은 제목의 드라마는 화내고 욕도 잘하는 한층 친근한 모습을 연출한다. 이는 기존의 영웅이나 지도자가 카리스마와 과감한 지도력이 필요하다고 여겼던 권위주의 시각에서 벗어나 친근하고 소통하는 지도자상에 대한 대중들의 바람이 투영된 결과라 할 것이다. 이 영웅은 우리와 같이 희로애락을 느끼고 고민하지만 결정적인 순간에는 고난을 헤치고 승리하는, 평범하지만 그 곳

10 이경재, 「한글 창제를 다룬 남북한 역사소설 비교」, 앞의 글, 239쪽.

11 이한, 『世宗, 나는 조선이다』, 위의 책, 176쪽.

에서 비범함을 발휘한다.

> 그것이 가능한 일일까? 벙어리가 말을 하고 일자무식의 무지렁이들이 모두 글을 깨치는 것이? 어쩌면 … 이 남자라면 그 불가능한 꿈을 이룰 수도 있을 거라고 소이는 생각했다. 하늘 아래 이루지 못할 일 없는 군왕이라서가 아니라 진실로 새로운 질서가 지배하는 새로운 시대를 꿈꾸는 집념 때문이었다.(175~176쪽)
>
> 주상은 지친 표정이었다. 견디기 힘든 나날들이었다. 손발처럼 아끼던 장영실, 박연이 내쳐지고 사랑하던 학사들이 밤마다 죽어 나가고 세자빈이 사가로 쫓겨났다. 거기다 무휼까지 궁을 떠났다. 이제 더 이상 잃을 것이 무엇이란 말인가? (중략) 그것은 불의한 모략 앞에 죽어간 선비들에 대한 연민이었으며 자신을 지키기 위해 목숨을 내놓은 의로운 자들을 지키지 못한 자신에 대한 분노였다.(『뿌리깊은 나무』, 234쪽)

위 인용문의 처음 부분은 벙어리인 궁녀 소이의 속마음이다. 그녀는 군주 세종을 '그'라고 지칭한다. 물론 속마음으로 한 말이지만 그녀에게 세종은 한 나라의 왕이면서도 같이 문자를 만들어 가는 동료이기에 가능한 호칭이다. 자신에게 말을 해보라고 말하는, 동지의식을 지닌 사람으로 그녀에게 인식된다. 왕의 여자라는 의미로만 그려졌던 궁녀가 소설 속에서는 왕과 함께 토론하고 문자를 만들어 가는 과정을 보여줌으로써 지도자의 모습이 어떠해야 하는지를 여실하게 보여준다. 소이가 말을 하게 된다는 것은 '어리석은 백성이 말하고자 하는 바가 있어도' 말하지 못했던 상황에 대한 상징적인 의미여서 그 의미가 더욱 남다르다. 신분이 낮고 약자라 하더라도 자신과 뜻을 같이한다면 충분히 동료가 될 수 있다는 연대의식을 보여준 세종의 모습은 두 번째 인용문에서도 고스란히 재현된다. 집현전 학사들의 죽음 앞에서도 보수 세력들과 중국의 눈치를 봐야 하는 현실에 절망하는 모습은 권력이 흔들리는 것에 고뇌하는 모습이라기보다는 인간적인 연민과 분노로 대신한다.

물론 2000년대 역사추리소설의 배경이 모두 조선시대는 아니고 세종, 정조 시절도 아니다. 그럼에도 이 시절에 초점을 맞춘 이유는 유독 이 왕들을 소환하려는 의지가 여러 작품에서 나오기 때문이다. 두 왕은 조선시대의 가장 빛나던 시절의 왕임에 틀림없다. 그럼에도 현재의 우리가 그 시절을 속속들이 아는 것은 불가능하다. 그렇다면 이 시절이 가지고 있는 다양한 정치적 변화와 흐름들은 당연히 소설적 상상을 펼치기에 충분한 토양이다. 어떠한 나름의 시대적 흐름 속에서 두 시절이 그렇게 빛날 수 있었는지 에서 우선 가장 눈길을 끄는 것은 바로 그 당사자들이다. 작품들을 분석하면서 그것을 들여다보았지만 다시 정리하고 살펴본 바대로 두 왕의 모습은 역사 속의 이미지를 어느 정도 가지고 있으면서도 우리가 미처 알지 못했던 면모들을 뽐낸다. 특히 정치적 갈등 상황에서 나라와 백성을 생각하는 면모와 인간적인 고뇌가 대부분 압도적이다. 그것이 각 소설마다 다른 모습으로 새겨지지만 '군주'의 모습보다는 '개인'의 모습을 드러내기 위해 노력한 흔적들이 짙다. 역사책 속의 근엄한 모습만이 아니라 우리네처럼 희로애락의 감정 속에 웃고 우는 평범함도 내세운다. 이는 현재의 대중이 원하는 지도자의 모습과도 겹쳐 있다. 절대적인 카리스마와 한 치의 오류도 없는 완벽함이 아니라 때론 실수도 하고 평점심도 잃는 모습에 보다 열광하는 현재 독자들의 입맛과도 맞아떨어진다. 흥미로운 것은 그럼에도 어떤 소설 속에서도 '성군'의 이미지는 흐트러지지 않는다. 그들이 보여주는 감춰진 모습, 때론 잔인하고 냉정하며 신하들을 이용하는 모습도 종국에는 모두 나라를 위한 것이었다는 내용으로 수렴된다.

더불어 두 왕의 시절이 주는 문화적이고 사상적인 풍성함도 한몫한다. 어떠한 시대건 오로지 잘난 지도자에 의해서만 윤택해질 수 없는 노릇이다. 고려가 지고 조선이 세우진 후 태종에 의해 왕조의 기반이 다져졌고 서서히 안정화되던 시절이 바로 세종 대이다. 왕의 전폭적인 지원이 있었기에 가능했지만 정치, 사회적인 기반이 착실하지 않았다면 그 많은 인재들이 나오기 힘들었음은 당연지사이다. 김종서, 황희와 같은 빼어난 정치가들과 학문의 기틀을 세우고 훈민정음 창제의 공신들인 집현전 학사들을 비롯하여 장영실, 박연 등 예술과 과학에도 일가견이 있는 인물들이 대거 포진한 시절도 흔치 않다. 그런 인물들과의 관계에 따른 숨은 이야기들도 무궁무진할 수밖에 없다. 정조 시절 역시 살펴본 바대로 북학파에 내로라하는 예인들이 빼곡하다. 정조라는 왕 자체가 지니는 찬란함도 있지만 여러 빼어난 시대의 인물들과의 교류, 갈등도 역사추리소설에서 놓칠 수 없는 소재이다. 이처럼 역사추리소설은 매력적인 두 왕의 시절을 그려내고 있다. 그렇다면 좀 더 깊숙하게 이 시절을 호출한 이유와 2000년대 역사추리소설이 보여준 가치관과 이데올로기를 이어지는 2절에서 파고들어 보자.

2. 양날의 검, 민족주의

정조와 세종 등 문화적 부흥과 자긍심을 불러일으키는 시대가 주요 배경이었다는 것은 이들 작품들의 두 번째 공통분모가 자연스럽게 추출된다. 역사추리소설들은 우리 역사가 지닌 찬란했던 혹은 알아야만 하는 내용들이 주류이다. 추리소설이라는 장르적 속성을 통해 밝혀낸 범죄사실이나 진실이 현재의 우리가 놓치고 있었던 주요한 역사적 문화나 유물 혹은 인물인 경우가 대부분이다. 1990년대 이후의 역사소설은 그 이전의 총체적이고 무거웠던 역사관과 현실 의식을 탈각한 것이 사실이고 이후의 소설에도 상당한 영향을 끼친다. 그러다 보니 주로 초점을 맞추게 된 것이 현재 대중들의 욕망을 충족시켜 주는 쪽으로의 선회이다. 여전히 강대국들 사이에 끼어 외교적으로 열세를 보이는 대한민국의 대중들은 이러한 소설을 통해서나마 위로 받고 싶어 한다. "대안적 역사의 환기 및 상상은 백일몽에의 탐닉이 아니라, 미래를 개척할 수 있는 에너지의 공급원이라 할 수 있다"[12]는 긍정적 발언이 아니더라도 역사추리소설도 그 내용에서 민족적 자긍심을 고취시키는 에너지가 있음은 분명하다.

2000년대 들어 대한민국은 세계 경제대국의 척도라 할 수 있는 OECD 회원국이 되었고 한류라 지칭되는 드라마, 가요, 문화, 화장품 등이 전 세계적으로 환영받는, 콘텐츠 강국이 되어갔다. 비록 '헬조선'란 자조에도 알 수 있듯 사회적으로 해결해야 할 문제가 산적해 있음에도 상대적

12 전수용, 「TV드라마 〈뿌리깊은 나무〉와 이정명의 원작소설: 한류 사극의 세계화 전망」, 앞의 논문, 803쪽.

으로 높아진 국가적 자부심은 또 다른 일면이다. 근대사의 질곡, 나라를 잃고 36년간의 식민지를 겪고, 곧바로 이어진 1950년 한국전쟁 등으로 대한민국은 세계 최빈국으로 전락했지만 그것을 딛고 일어섰다는 긍지도 적지 않다. 그동안 군사독재와 분단의 멍에 속에 움츠렸던 민주화와 사회 변혁에 대한 열망도 일정 부분 달성하기도 하였다. 이러한 여러 가지 사회문화적 여건에 빛나던 역사에 대한 재현을 통해 과거 역시 훌륭했다는 것을 확인하고 싶은 분위기가 팽배했다 할 것이다. 이는 힘들었던 역사를 거쳐 영화로웠던 과거를 불러내 보상받고 위로받고 싶은 심리일 터이다. 그리고 이러한 자랑스러운 역사를 되짚으며 새삼스럽게 공동체의 소중함과 동질감을 느끼게 하는 것도 순기능일 터이다. '비동시성의 동시성'이라 부르는, 즉 과거를 통해 지금 현재의 문제와 모순을 해결하려는 의도도 간과할 수 없다. 우리가 받들어 마지않은 시절은 한 왕의 위대함만이 아니라 정치, 사회, 문화가 적절하게 어우러져 조화를 이루었기 때문이다. 그 안에도 갈등과 분쟁이 넘쳐나고 모순이 있었지만 그것을 극복하고 해결했기에 융성한 시절이 만들어졌을 터이다. 그렇다면 지금의 우리에게는 성찰하고 본받을 거리가 있다는 의미이다. 역사를 통한 교훈이란 어찌 보면 너무나 상투적일 수 있는 부분이지만 우리가 역사소설이나 역사서를 읽는 큰 이유임은 부인할 필요가 없다. 이 가려운 부분을 역사추리소설은 나름의 방식으로 긁어주고 있는 것이다. 이는 앞서 살펴본 세종과 정조 시대가 그 중 가장 많이 호출된 시대적 배경이었다는 데서 증명된다.

역사추리소설은 그 욕망에 충실했고 그것으로 많은 대중들에게 소구되었지만 그것이 한계인 것도 어쩔 수 없는 부분이다. 지난 100년의 근대문학이 "이미 형성된 공동체의 현존성을 재생산. 재확인하는 방향으로 흘러온 느낌이 없지 않다"[13]라는 지적은 되새겨 볼 필요가 있다. 이 장르가 비록 대중들의 욕망을 충실히 반영한다 하더라도 총체적이고 성찰적인 역사관을 보여주기보다는 맹목적인 애국심과 민족주의적 자긍심을 되풀이한다는 혐의를 벗어나기 어렵다. "근대 초 후쿠자와 유기치는 그것을 공통의 언어나 종교, 같은 장소에 살고 있다는 믿음, 혹은 공유된 전통, 특히 역사를 공유하는 것이라고 주장했는데, 이러한 주장은 근대문학=민족문학이라는 등식을 통해서 오늘날까지도 여전히 유통되고 있"[14]다는 일침에선 뜨끔하기까지 하다. 실제로 역사추리소설은 역사를 자의적 혹은 편의적으로 해석하는 경우도 종종 있을뿐더러 더러는 배타적이기까지 하다.

일본의 황태자비를 납치해 명성황후 시해와 관련된 비밀을 간직한 문서를 요구하는 설정이라든지(김진명, 『황태자비 납치사건』) 일본의 화가 도슈샤이 샤라쿠가 조선의 화가 신윤복(김재희, 『색, 샤라쿠』) 혹은 김홍도(백금남, 『샤라쿠』)였다는 가정들은 일본에 대한 우리의 불편한 감정을 바탕으로 삼는다. 여기에 고대사를 다룰 때는 고구려나 발해의 역사를 통해 빛나던 제국적 면모에 치중하는 작품들도 등장한다. 하용준의 『고구려유기』나 정명섭의 『적패』가 그러한 접근이다. 특히 『고구려유기』는 말로만 전해지는 고구려의 역사서 〈고구려유기〉가 발견되면 고구려가 중국이나 여타 아시아 국가들보다 강력했다는 증거가 되리라는 전제 하에 내용이 전개

13 고봉준, 「근대문학과 공동체, 그 이후—'외부성의 공동체'를 위한 시론」, 〈상허학보〉 제33집, 2011, 32쪽.

14 고봉준, 「근대문학과 공동체, 그 이후—'외부성의 공동체'를 위한 시론」, 위의 글, 49쪽.

된다. 〈고구려유기〉가 병인양요 당시 프랑스로 일부 넘어가고 일부는 우리나라에 남아 있다는 상황 아래서 여러 가지 사건이 펼쳐진다. 만주 벌판을 호령했던 고구려를 당연히 대한민국의 영토로 끌어들이고 싶다는 욕망과 고대사에 대한 현재적 시각을 고스란히 드러낸 설정이 아닐 수 없다. 근대의 국가개념과 고대의 시각이 판이하게 달랐다는 점을 외면한 결과이자 고구려사가 반드시 한국사가 되어야 한다는, "'만주는 우리 땅'에 대한 꿈, 즉 찬란한 민족사에 대한 열망과 집단적 투사(project)가 그런 꿈을 꾸게 하고, 만주 벌판을 호령했던 고구려인들을 민족의 이름으로 호명하게 만들었다"[15]는 비판은 이러한 작품들에 그대로 맞아떨어지게 되고 만다. 그러다보니 이러한 작품들은 넓은 영토와 힘에 대한 열망을 노골적으로 표출한다.

> "그렇다면 역사란 뭔가? 현대사는 어떻게 기술되는 건가?"
> "역사 기술은 힘이야. 힘 있는 자의 목소리가 기록되는 거지. 시간이 지나고 나면 그때 숨죽였던 목소리들이 조금씩 나오기도 하지만 그렇게 되면 역사는 해석의 문제가 되지.(중략)"(『고구려유기』, 202쪽)

1895년 명성황후 시해와 관련된 음모를 파헤치는 주요 인물들 간의 대화이다. 역사란 결국 승자의 기록이란 말을 되풀이하면서도 타자나 약자의 목소리가 섞일 수 있다는, 즉 역사란 누구에 의해 해석되느냐에 따라 달라질 수 있다는 상대주의적 시각을 한편으로 내세우면서 그 주장을

15 김기봉, 『팩션시대, 영화와 역사를 중매하다』, 프로네시스, 2006, 33~35쪽 정리.

완화시킨다. 그럼에도 소설의 내용은 구한말에 대한 적극적인 재해석과 일본에 대한 강한 분노를 불러일으킨다는 점에서 속으로 감춰진 의도가 보다 강하게 배어나온다. 이는 식민지배, 외세에 의한 분단과 전쟁, 지속적인 강대국의 영향력, 과거사와 영토를 둘러싼 일본 및 중국과의 갈등 등 한국을 둘러싼 역사적이고 현실적인 조건들은 한국인들의 사고 기준을 계속 민족(국가)에 두도록 했고, 특히 해방 이후로 지속된 민족주의 교육과 국가 및 언론이 유포한 민족(국가) 중심의 담론은 한국인들의 민족주의적 사고를 형성하고 지속적으로 강화시켰다는[16] 시각과도 맞물린다. 민족주의와 관련해서는 "한국인들은 공동의 피와 선조에 바탕을 둔 강한 종족동질성의식을 지니고 있으며, 민족주의는 한국의 정치와 대외정책에서 주요한 자원으로 끊임없이 기능하고 있다"[17]는 분석에서도 여지없이 드러난다.

더구나 작품 속에 그려지는 역사 속 인물에 대한 왜곡과 무비판 혹은 오류 없음에 집착하는 작품들은 그런 양상을 짙게 한다. 정조와 세종의 인간적인 면모를 내세운 듯 하지만 그 체제와 국가 및 권력담론은 순순히 인정하고 만다. 많은 역사추리소설이 그렇다. 모든 범죄는 단죄되고 특히 질서가 바로 잡히면서 지배구조는 여전히 공고하리라는 체제이데올로기에 순응하는 추리소설의 장르적 속성 상 역사추리소설 속 많은 살인사건과 음모들은 공권력이라는 이름하에 해결되면서 권력이나 체제에 포섭되고 마는 속성을 일정 정도 노출한다. "역사 대중서에서 나타나는

---

16 전재호, 「2000년대 한국의 '탈민족주의' 논쟁 연구: 주요 쟁점과 기여」, 〈한국과 국제정치〉 제34권 제3호, 2018, 57쪽.

17 신기욱, 『한국 민족주의의 계보와 정치』, 창비, 2009, 347쪽.

이분법적 선정주의의 양상은 이분법이라는 프레임에서만이 아니라, 그 내용에서 볼 때도 현재 전문 역사학자들의 연구 경향에 힘입은 바가 크"[18]다는 지적처럼 역사 대중서가 지닌 명확한 선악의 구분들이 많은 역사추리소설 속에서도 되풀이된다. 이분법은 무엇인가를 판단할 때 가장 경계해야 할 방식임에도 쉽게 이해되기 때문에 자주 사용되는 방식이기도 하다. 역사 속 사건이나 인물에 대한 접근에서 칼로 자르듯이 명쾌하게 나누어지는 일은 거의 없다. 여러 가지 가치관과 중층적 사고들이 충돌하고 겹쳐서 이루어진 내용들임에도 후대는 우선 눈에 보이는 사실에만 집중할 수밖에 없다. 그렇기 때문에 더욱 이러한 접근에 대한 비판적 거리를 두는 게 필요한데 역사추리소설 속에서는 그 거리가 충분히 확보되지 못한 채 전개되는 경우가 종종 발생한다. 예를 들어 세종 시절에는 한글 창제에 반대했던 최만리 등은 악의 세력으로, 집현전 학사들 및 한글 창제 주역들은 선의 세력으로 규정하는 것이 가장 대표적인 예라 할 것이다. 즉 이들은 현재의 시각에서 보았을 때 보수와 진보 간의 투쟁으로 비칠 가능성이 크다. 정조 시대 정약용을 위시한 남인 대 노론의 정쟁이 진보와 보수의 대립으로 보이는 것과 아주 흡사하다. 저항 이데올로기와 지배 이데올로기로 환원해 볼 수 있는 이들의 대립은 역사추리소설의 단골 메뉴이다. 왜곡된 역사상의 무의식적 세뇌라는 역사소설의 폐해가 큼을 걱정하는 시각[19]에서도 알 수 있듯이 선입견과 편협한 시각은 역사를 거시적으로 조망하는데 가장 큰 걸림돌이 되기도 한다.

---

18 오항녕, 「역사 대중화와 역사학—역사의 향유와 모독 사이」, 앞의 논문, 111쪽.

19 최성철, 「역사이론의 앵글에 잡힌 역사 소설」, 앞의 논문, 266쪽.

더불어 역사추리소설은 근대적 민족국가를 지향하는 경향이 짙다. 1980년대 불기 시작한 통일과 민족에 대한 강력한 거대담론이, 90년대 들어 다소 주춤해지고 김영삼 정권 들어 세계화를 외치며 다른 외연을 보이는 듯 했다. 그러나 1990년대 말 일본의 우경화와 중국의 동북공정, 미국의 국익 우선주의에 맞서 오히려 상대적인 의미에서의 민족주의가 강화되는 역설이 연출되기에 이르렀다. IMF를 겪고 세계화를 부르짖는 2000년대 들어서는 또 다른 방향으로 선회한다. 국가적 위기 사태를 겪으면서 다져진 내부 결속과 그럼에도 계속해서 경제적으로 성장하고 국제적인 위상이 높아진 데 따른 자긍심은 자국에 대한 탄탄한 이미지를 구축하는 데 일조한다. 민족주의가 "외부의 위험에 대항해 집단의식과 내부 연대를 고취하였으며 한국의 근대화 기획에 효과적인 자원으로 봉사"[20]하였다는 의견과 같은 맥락인 셈이다. 때를 같이해 등장한 다양한 대중역사서와 수많은 콘텐츠들은 민족주의적 시각의 편향성을 비판하면서도 역설적이게 역사 속에서도 하나 된 '민족'과 '국가'를 다지는 발판이 된다.

그럼에도 2000년대의 역사추리소설이 민족주의가 지니고 있는 문제들 즉 배타성과 억압성 및 체제 이데올로기 순응과 같은 권력 담론을 무조건적으로 체화시키고 있지는 않아 보인다. II장에서 간략히 확인했듯이 기존의 역사소설은 국가주의적 통합을 강화하고 민족의식을 고취하는 작가 의식을 바탕으로 써졌다면 지금의 역사소설이나 역사추리소설은 다소 분열적이다. 기존의 역사서술이 당연시했던 질서가 가진 당위성과 정당성에 의문을 제기하며 미시사와 일상사를 기반으로 한 개인의 주체

20 신기욱, 『한국 민족주의의 계보와 정치』, 앞의 책, 347쪽.

성을 내세우며 빈틈과 공백을 노린다. 이인화의 『영원한 제국』이 정조의 개혁이 과연 무엇이었고 어떤 방향으로 흘렀나에 대한 의문을 제기하거나 김탁환의 백탑파 시리즈가 정조 시절의 여러 가지 혼돈과 갈등 및 그 안에서 서서히 무너져 내리는 양반 사회에 초점을 맞춘 점 등이 그 예이다. 두 소설은 정조 시절에 대해 지니고 있었던 막연한 개혁과 진보의 이미지에 균열을 가한다.

거기에 근대적 개인에 대한 추구 속에 소외된 주체에 대한 관심도 높아졌다. 그러다보니 전근대 사회였던 조선 시대임에도 여성이나 소외된 주체에 대한 자각과 각성이 돋보이는 내용도 많아졌다. 상당히 주체적인 여성이나 서자가 받는 차별에 대한 고민, 궁녀나 환관의 고통과 애환, 욕망을 그린 김다은, 상인이나 기술자 등을 주인공으로 내세운 오세영, 겸사복이나 궁녀, 화가들과 같은 조선시대에 천대받았던 직업군을 다채롭게 다룬 이정명 등이 그렇다. 이들은 모두 기존 역사책에서는 다루어지지 않았던 이들에 해당된다. 이는 모두 90년대부터 이루어진 미시사와 일상사에 대한 연구들에 상당 부분 빚지고 있고 시각 역시 상당히 현대적이다. 더구나 탈민족과 탈국가를 주장하는 학계의 다양한 의견들과 이주민의 증가, 다문화주의, 단일혈통주의에 대한 반성과 성찰에 따른 보다 개방적이고 전진적인 민족주의에 대한 흐름들에서 역사추리소설도 손 놓고 있지만은 않다는 걸 보여주기도 하는 증좌라 하겠다.

최근 학계나 일반 대중 사이에서 불고 있는 흐름은 탈근대, 탈민족주의 담론과는 다른 방향성, 즉 전진적이며 개방적인 민족주의에 대한 요구 및 이주민의 증가에 따른 단일 혈통주의에 대한 반성과 성찰이다. 2000년대 역사추리소설이 민족주의가 지닌 배타성, 억압성, 체제 이데올로기 순응, 국가 중심의 발전을 지향, 내셔널 히스토리, 폐쇄성, 권력 담론을 일정 정도 함유하고 있는 혐의점은 분명히 짙다. 그럼에도 민족주의는 한국이 근대사회로 전환하는 소란스러운 시기에 반식민주의와 근대화 세력으로서 많은 기여를 했고, "여전히 많은 한국인들에게 영감과 자존심의 원천이 되고"[21] 있는 것도 사실이다. 하지만 그 안에서 보이는 내부적 파열, 타자나 이방인, 즉 여성이나 성소수자, 하층계급에 대한 접근, 타민족과의 결합 등은 이전과는 다름을 시사한다. 아직은 진행 중인 장르로서 보다 깊이 있는 반성과 작가들의 성찰이 그 어느 때보다 중요한 시점이라 할 것이다.

3. 인문학적 지식과 다채로운 풍속

많은 이들이 역사추리소설을 읽는 이유로 장르적 재미와 미처 몰랐던 역사의 진실이나 깨알 같은 일상사, 풍속사 혹은 지적인 논쟁 등을 우선순위로 꼽는다. 이들이 주는 인문학적 교양이나 전문적인 지식들은 책읽기의 즐거움과 더불어 지적 유희까지 채워주며 인포테인먼트(Infortainment, information + entertainment)로써의 역할을 톡톡히 떠안는다. "나름대로의 조사와 고증을 거쳐 정확한 역사적 사실을 토대로 펼쳐지는 소설들이 역사지식의 습득 측면에서 한권의 역사책 이상의 효과를 발휘하거나 꼭 그렇지 않더라도 보충하거나 보완하는 기능을 수행"[22]할 수 있다는 주장과 같이

21 신기욱, 『한국 민족주의의 계보와 정치』, 앞의 책, 29~38쪽 정리.

역사추리소설 또한 그러한 역할을 제법 떠맡는다. 이는 앞서 밝힌 바와 같이 미시사 연구와 조선 시대 사대부나 다양한 계급의 삶과 취미, 생활상에 대한 많은 저작들이 한몫한다. “소규모 공동체의 개개인들을 추적하여 그들의 행적과 관계망을 구체적으로 밝히다 보니, 미시사가들은 자연스럽게 이야기식으로 서술한다”[23]는 말처럼 많은 대중역사서들은 이야기 식으로 전개된다. 따라서 유익한 정보와 지식으로 재미를 더하고 있는 것이 역사추리소설의 세 번째 주요한 공통점이다. 90년대 이후로 쏟아져 들어온 외국 역사추리소설이나 팩션이 “현대사회의 문제점들을 우회적으로 비판하고 있는데, 그 과정에서 해박한 종교사, 미술사, 문화사 지식으로 독자들에게 지적 즐거움과 깨달음”[24]을 주면서 독자들의 환호를 받았던 것 역시 큰 영향을 끼친 것으로 짐작된다. 이는 정치사적 사건보다는 예술사, 사상사, 문화사적인 소재를 다룬 팩션이 최근 인기를 얻는 것과도 같은 맥락이다. “세분화된 전문 분야의 지식과 정보를 말랑말랑하게 가공하여 전달하는 팩션으로부터 수용자가 지적인 만족감을 얻을 수 있기 때문일 것”[25]이라는 판단은 그래서 타당하다.

90년대 등장한 이인화의 『영원한 제국』에서부터 그러한 양상은 뚜렷했다. 이후 분석한 김탁환, 이정명, 오세영, 김다은 등은 이를 보다 가볍고 즐겁게 풀어냈다. 주로 조선시대를 그리고 있는 이 작품들은 독자들

22 최성철, 「역사이론의 앵글에 잡힌 역사 소설」, 앞의 글, 265쪽 정리.

23 곽차섭, 『미시사란 무엇인가』, 앞의 책, 26쪽.

24 김성곤, 「순수문학과 대중문학의 경계를 넘어서」, 〈작가세계〉 제28권 제4호, 2016.11, 96쪽.

25 박진, 「한국형 팩션—역사소설이라는 혼종 지대」, 앞의 글, 48~49쪽.

에게 그 시대의 다양한 생활들을 다각도로 보여주는데 성공하였다. 여기에는 우리 조상들이 어떤 옷을 입고, 어떤 생각을 지녔는가에 대한 호기심이 작동한다. 현재 대한민국의 의식주나 일상은 조선시대와는 상전벽해라 할 정도로 편차가 크다. 따라서 몇몇 단편적인 지식을 제외하고는 사실상 그들의 풍속이나 일상은 마치 외국의 이색적인 풍물처럼 다가오는 역설적인 상황이 발생한다. 낯선 풍물을 볼 때의 감흥인 셈이다. 그럼에도 이국과는 다른, 완전히 새롭기 보다는 어딘지 모르게 친숙한 면도 있다는 데 조선시대 일상사의 매력이 있다. 여기에 우리 조상들의 문화와 풍속임에도 모르고 있었다는 부끄러움까지 합세해 역사추리소설이 보여주는 저잣거리와 시정잡배의 삶까지 속속들이 묘파해내는 품새에 독자들은 격하게 환호한다. 이에 더해 중세시대 베네치아의 상인들이나 르네상스기의 한 장을 열었던 구텐베르크의 활자술을 펼쳐놓은 오세영의 팩션 등은 우리나라 개성상인과 세종 시절의 활자술과의 비교를 통해 보다 너른 지식과 상상력을 보태기도 하였다.

따라서 오로지 유교 경전만을 읊조리며 당쟁만을 일삼았을 것 같았던 양반들이 다양한 취미에 빠졌다는 사실은 흥미 그 자체이다. 그림뿐 아니라 기중기와 도르래, 맷돌과 수차 같은 기계를 직접 설계, 제작하고 서양 천문학에도 조예가 깊었다는 정철조 뿐 아니라 꽃에 미친 김덕형, 장황에 고질이든 방효량, 칼 수집벽이 있었던 김억, 매화시광(梅花詩狂)이라 불렸던 김석손 같은 18~19세기 인물들이 대표적이다.[26] 오타쿠나 마니아가 조선시대에도 있었다는 사실은 현재의 독자들에겐 낯설면서도 반갑

26 정민, 『미쳐야 미친다』, 푸른 역사, 2004, 23쪽 정리.

지 않을 수 없다. 이런 인물들은 김탁환의 백탑파 시리즈나 이정명의 『바람의 화원』과 같은 소설에서 가장 대표적으로 드러난다. 전문적인 지식을 줄줄이 읊어대는 인물들이 주는 재미는 진진하기 짝이 없다. 이런 인물들이 보여주는 잡학다식한 면모들이 추리소설이라는 형식과 만나 보다 감각적으로 전개된다는 점이 역사추리소설의 장점이라 할 것이다.

추리소설은 대표적인 장르소설로 범죄의 서사와 탐색의 서사가 교차되는데 이 중 독자들이 가장 흥미롭게 여기는 부분은 범죄가 어떻게 이루어졌는가와 탐정과 같은 인물이 벌이는 탐색의 서사를 통해 밝혀지는 범인의 정체 등이다.

> 유문승이 벼락을 맞은 듯 부르르 떨었다. 최헌직의 사체에서 나온 여섯 개의 글자. 신지. 미친 듯이 소매 속에서 암호를 꺼냈다. (중략) 첫 글자 '동東'을 풀어내기 시작했다. 동쪽이라는 방향을 가리키는 한자가 옆으로 누워 있다. 누워 있는 방향 역시 동쪽이다. 동쪽이 두 번, 혹은 '동쪽에 치우친'이 될 것이다. 나무를 심는다는 뜻의 '수樹'자는 나무목(木) 변이 턱없이 작다. 좌변이 나무, 그리고 중변은 물건이라는 뜻이고, 우변은 손이다. 손으로 직접 나무라는 물건을 심는 행위를 가리킨다. 그런데 나무가 작다. 작은 나무. 어린 나무.(『사도세자 암살 미스터리 제3일』 1, 180~181쪽)

위 인용문은 이주호의 『사도세자 암살미스터리 제3일』 중 나온 암호풀이이다. 한자가 지닌 의미와 형태를 통해 숨어있는 뜻을 찾아내는 과정이다. 이런 식의 암호나 뜻풀이는 한자가 문자 의사소통에서 중요한 위치를 차지했던 조선시대를 잘 반영하면서 시대적 상황도 유추할 수 있게 해준다. 『다빈치 코드』의 인기요소가 "아서왕의 전설적인 시대, 십자군 전쟁, 19세기의 종교사 등의 방대한 지식을 담고 있으며, 레오나르도 다빈치를 비롯한 예술가들의 미술사적 분석과 상징 해석, 암호학을 이용해서 우리 시대의 과학적, 고고학적 연구의 다양한 줄기를 흥미로운 하나의 소설적 줄기로 묶어"[27] 낸 데 있었다는 언급과 같이 2000년대 역사추리소설도 다양한 방식으로 지적 호기심을 풀어낸다. 조선 시대에는 너무나 익숙했던 한자가 낯설게 느껴지는 현재의 독자들에게 이런 식의 뜻풀이는 놀라울뿐더러 우리말과 문자에 깊숙이 들어와 있는 한자에 대한 인식을 새삼 일깨워주기도 한다.

앞서 보았던 이정명의 『바람의 화원』에서는 화원의 일을 꼼꼼하게 재현한다.

> 단청질의 첫 공정은 단청을 칠할 바탕재목을 고르는 일이다. 기둥이나 기둥머리 대들보, 서까래에 먼지나 곰팡이가 있으면 단청이 먹지도 않을뿐더러 표면이 조잡하고 먹은 색도 금방 일어났다. 아교나 부레풀을 바르고, 마르고 다시 바르기를 다섯 번씩 반복해야 했다. 그것을 개칠改漆이라 했다. 개칠은 단청실의 가장 어린 도제에게 맡겨지는 것이 대부분이었다.
> 개칠 위에는 청록색 흙을 엷게 발라 표면을 고르게 하는 청토바르기를 했다. 청토를 바른 후에는 단청본을 표면에 대고 분주머니로 분가루를 발랐다. 무늬가 드러나면 한 단청공이 하나의 색을 나누어 칠했다.(『바람의 화원』 1, 115쪽)

27 강은모, 「세계화의 관점에서 본 팩션의 가능성」, 앞의 글, 18쪽.

『바람의 화원』은 도화서 화원들의 위계질서나 일하는 과정, 어려움 등을 흥미롭게 배치해 놓고 있다. 화원들의 작업을 옆에서 지켜보는 듯 세세하게 묘사하여 더욱 몰입을 높인다. 색 하나를 칠하는데도 위의 인용문과 같이 공들이는 모습은 감탄을 자아낼뿐더러 화원이 단순히 그림만 그린 것이 아니라 건물의 건축과정에 참여하여 색을 입혔다는 사실까지 알게 된다. 더구나 이 작품은 우리에게 너무나 널리 알려진 김홍도와 신윤복의 작품을 다른 시각에서 보게 해준다는 데 큰 재미가 있다. 신윤복의 〈주사거배(酒肆擧盃)〉와 김홍도의 〈주막〉이 왕의 명령에 따라 일반 백성들의 삶을 그림으로 그렸다는 설정도 설레지만 그림에 대한 해석도 알차다.

> "같은 주막을 그렸지만 두 점의 그림은 다른 이야기를 하고 있음이렷다? 단원의 그림에선 질박한 상민들의 삶이 그대로 보이고, 혜원의 그림은 양반들의 호사를 드러냈구나. 단원의 그림은 초가지붕과 단조로운 색이 눈에 띄는 반면, 혜원의 그림은 호화스런 기와지붕과 화려한 색감이 돋보인다. (중략) 흥미롭구나. 누추한 주막의 궁핍한 자들은 모두 웃는 얼굴인데, 호사스런 술자리의 양반들이 모두 찡그린 표정이 아니냐?"(『바람의 화원』 1, 164쪽)

조선시대를 대표하는 두 화원의 그림이 화재나 소재 면에서 비슷하다는 점과 그것을 절묘하게 포착하여 대비시키는 점은 단연 이 작품의 숨겨진 공신일뿐더러 위와 같이 정조의 입을 빌어 그 차이점을 밝히는 것도 예사롭지 않다. 조선의 문예부흥기라 일컫는 시절의 왕답게 그림을 즐기고 자유롭게 해석할 수 있는 능력을 지녔다는 면을 은근 강조하는 장치이자 우리가 미처 자세히 보지 못했던 부분까지 긁어준다는 느낌이 들어 새삼 우리 그림에 대한 자부심도 솟구친다.

이렇게 친근한 소재들과 달리 거의 알려져 있지 않은 궁녀들의 삶과 의외로 다양한 일을 했었던 모습을 상세히 그려 관심을 불러오는 김다은의 소설도 흥미롭다.

> 어제 어스름녘에 김 씨 형님이 와서 친잠례(양잠을 장려하기 위해 왕비가 궐 안에서 직접 뽕잎을 따고 누에를 치는 행사를 말한다: 작가 주)가 얼마 남지 않았으니 만반의 차비를 하라고 특별히 당부를 하고 갔다. 알에서 누에가 나오면 싱싱한 뽕잎을 잘게 썰어 주고, 뽕잎에 허연 실처럼 붙어 있는 '이'가 있는지 살펴보고, 똥을 싼 누에는 새로운 잎 위에 올려주고, 잠실의 습도를 잘 유지하라고 뻔히 아는 이야기를 몇 번씩 되풀이하고 갔다. (중략) 김 씨 형님에게서 들었는데 잠실을 감독할 새 환관이 곧 온대.(『모반의 연애편지』, 36~37쪽)

김다은의 『모반의 연애편지』 속 잠녀의 편지이다. 우리들이 가지고 있는 궁녀에 대한 이미지는 왕의 여인이나 궁중 여인네들의 암투와 관련해서 갈등과 해결의 역할을 지닌 정도로만 규정되어 있다. 드라마 〈대장금〉과 같은 드라마는 그런 의미에서 수라간 궁녀에 대한 관심을 불러일으켰고 우리가 알고 있는 것보다 훨씬 더 역동적이고 살아있는 주체로서의 모습을 되살렸다. 이 소설은 궁녀들이 잠실에서 누에를 키우고 보살폈을 뿐 아니라 내명부 소속으로 왕실 행사를 위해 어떤 준비를 했는가도 찬찬히 보여준다. "언어로의 전환과 미시사. 심성사의 발달, 공식적인 역사 서술에서 배재되었던 하위 주체들의 재현, 풍속에 대한 탐구를 통한 구체적인 삶의 복원"[28]을 진행하였다는 미시사의 발전은 이렇게 소설 속에서 다양한 방식으로 표출되고 있는 셈이다. 역사추리소설은 조선 시대에 대한 일상사나 풍속사를 섬세히 재현하고 묘사하는데 있어 열심이다. 살펴본 바대로 대부분의 작품들이 꼭 조선시대가 아니더라도 가능하다면 그 시대의 풍속과 일상을 섬세하게 작품 속에 녹여내려 노력하였다. 거기에 더해 인문학적 지식과 새로운 정보를 깨우칠 수 있는 다양한 문화, 기술, 학술 등을 적절하게 삽입하여 인포테인먼트적인 요소를 맘껏 발산하였다는 것을 확인하였다.

4. 조선 혹은 한국형 탐정의 출현

역사추리소설은 결국 추리소설이란 형식적 테두리를 지니고 있다. 그렇다면 2000년대 역사추리소설이 보여준 추리소설로서의 매력은 무엇인지 살펴볼 필요가 있다. "추리소설(whodunit)의 훌륭함을 측정하는 기준은 장르의 규칙을 넘어선 데서 훌륭함을 평가하는 것이 아니라, 얼마나 장르의 규칙을 수행하고 있는가에 달려 있다"[29]는 츠베탕 토로로프의 전언은 이제 일정 정도는 맞고 어느 부분에서는 아니다 해야 할 상황이다. 역사추리소설은 당연히 일반 역사소설도 추리소설도 아니다. 그들과는 분명히 결이 다르다. 역사소설과 달리, 추리소설은 앞서 살펴 본대로 1930

---

28 장성규, 「재현 너머의 흔적을 복원시키려는 소설의 욕망」, 앞의 논문, 200쪽.

29 츠베탕 토도로프, 『산문의 시학』, 앞의 책, 49쪽.

년대 김내성과 1970년대 김성동 이외에는 걸출한 작가가 별반 없을뿐더러 우리 뇌리에 확실하게 각인된 탐정 역시 많지 않다. 1930년대 추리소설이 당대 신문에 넘쳐나던 기기묘묘한 범죄에 대한 쏟아지던 센세이션한 보도와 에로.그로.넌센스 및 엽기적인 취향 등이 결합되어 드러났음을 면밀하게 살펴보았듯이[30] 2000년대도 사회상을 반영하며 역사추리소설이 형성되었음은 당연하다. 식민지 시절에 비해 현재 대한민국의 치안유지는 상당히 높은 편에 해당된다. 강력범죄나 체제 위협적인 범죄도 그다지 높지 않다. 사실상 지금 대한민국 국민들이 느끼는 가장 문제적인 상황은 절대적인 빈곤 하에서의 경제적 어려움보다는 상대적 박탈감과 불평등 쪽에 가깝다. 그렇기 때문에 이전의 치정, 복수, 엽기적인 범죄 등은 그다지 매력적인 소재로 작동되지 못한다. 더구나 미국의 CSI나 범죄수사극 등으로 인해 수준이 높아진 독자들에게 예전의 추리소설, 특히나 90년대의 다소 선정적이고 자극적인 소재의 작품들이 먹히는 것은 역부족이라 할 것이다. 새로운 활로가 필요했던 추리소설은 90년대의 달라진 역사관과 외국의 팩션 열풍 등으로 '역사'라는 아주 중요하고도 무궁무진한 소재를 잡을 수 있었던 것이다. 둘의 결합은 당연히 그 이전의 영역과는 다른 형태를 보였고 외국의 팩션과도 단층을 이루면서 폭발적인 시너지 효과를 냈다.

2000년대 역사추리소설은 추리소설이라는 장르적 속성에 걸맞게 살인사건과 같은 강력한 범죄로 시작되면서 감추어진 비밀을 찾기 위해 '탐정' 역할에 맞는 인물이 등장한다. 우리나라 추리소설은 미스터리 추리

30 졸고, 『1930년대 한국 추리소설 연구』, 앞의 책 참조.

소설보다는 범죄 추리소설의 유형을 대부분 띠고 있는데 2000년대 역사 추리소설 역시 그러한 양상을 따른다. 서스펜스나 스릴러보다는 미스터리한 범죄를 풀어내기 위해 고군분투하는 주인공이 대부분 해결자, 즉 탐정 역할을 도맡는 경우가 대부분이라는 것도 공통점이다. 전문적인 탐정보다는 상황에 의해 사건과 얽히게 되어 어쩔 수 없이 범죄를 추적하고 탐색하는 경우가 많다는 의미이다.

추리소설은 살인을 둘러싸고, 살인사건 이전에 어떤 일이 '실제로 일어났는가'를 재구성하려는 탐정의 노력에 대한 이야기이며 소설은 우리가 '범인은 누구인가'에 대한 답을 얻었을 때 끝나는 것이 아니라 탐정이 마침내 선형적인 서술 narrative 형식으로 '실제 이야기'를 말해줄 수 있을 때 종결[31]되는 특징이 있다는 것은 누누이 밝힌 바이고 그렇다면 이러한 내용을 이끌어내는 가장 적합한 형식임도 수긍될 것이다. 한편, 질서 속에 드리워진 무질서, 무질서에 뒤따르는 질서, 합리성을 전복시키는 비합리성, 비합리적인 소란 후에 회복되는 합리성, 이것이야말로 추리소설의 이데올로기가 지닌 전부[32]라는 평가도 있지만 역사추리소설은 이러한 기본적인 속성을 지니면서도 그 안에 전복과 탈선을 시도하고 있는 점에 주목할 필요가 있다.

요즘 많은 장르소설이 "세계적인 관심사－예컨대 절대적 진리에 대한 회의, 감추어진 또 다른 역사, 자신만 옳다고 믿는 사람들의 독선과 폐쇄가 초래하는 살인 사건, 금단의 지식과 금서－를 주제로 다룸에 따라 추

31 슬라보예 지젝, 『삐딱하게 보기』, 앞의 책, 106~107쪽.

32 Ernest Mandel, 『즐거운 살인』, 앞의 책, 85쪽.

리소설이나 판타지, SF도 이제는 진지한 본격문학으로 대접받고 격상되는 시대"[33]라는 지적과 같이 외국소설만이 아니라 우리 문학에도 이러한 양상은 두드러진다. 그렇다면 이러한 내용을 보다 흥미롭게 접근하는 방식은 그 사건을 해결하는 주인공의 활약에 의해서인 경우가 태반인데, 우리와 같은 평범한 사람인 경우가 많은 점은 그전의 추리소설과 변별되는 지점이다. 홈즈와 같은 완벽하고 이성적인 탐정의 전형보다는 평범하지만 사건과 얽히거나 우연한 기회로 맡아 동분서주하는 와중에 깨달음을 얻는 주인공이자 탐정으로 그려진다. 추리소설의 기본 형식에서 변화를 보이기는 하지만 대부분 범죄 추리소설인 것도 그러한 주인공의 성향과 밀접한 관련을 맺는다. 단순하게 탐정의 자격으로 사건을 해결하는데 주력하기보다는 자신의 문제이기도 한 사건에 휘말려 그 안에서 고뇌하고 갈등하는 인물들이 대다수를 차지한다.

그렇다면 이들 탐정들의 특징을 몇 가지로 추려보는 것도 좋을 듯싶다. 가장 눈에 띄는 공통점은 역사추리소설 속 탐정들은 관리라는 점이다.

> 조선시대에도 사형에 해당하는 범죄는 오늘날처럼 복잡한 절차를 통해 판결이 내려졌다. 사형에 해당하는 죄는 대략 모반죄와 살인죄 등이 있다. 모반죄 같은 정치적인 사안은 의금부를 통해 처리되었고, 그 외의 일반 범죄는 포도청에서 맡았다. 일단 죄인들은 세 차례에 걸쳐서 심문을 해서 죄상을 밝혀내는 삼복제도가 기본이었다. (중략) 살인사건의 경우에는 피살자의 시신에 대한 조사도 이뤄졌는데, 『신주무원록』의 항목들을 토대로 사인을 밝혀내려고 애썼다. 시

33 김성곤, 「순수문학과 대중문학의 경계를 넘어서」, 앞의 글, 95쪽.

> 신에 대한 조사는 더욱 엄격하게 이뤄졌는데 조사관을 바꿔서 세 차례에 걸쳐 진행하는 삼복제를 시행했다. (중략) 조사가 끝나고 범인이 밝혀지면 최종 조사보고서에 해당하는 결안이 작성된다. 형조가 바친 결안을 보고 임금이 최종 결정을 내린다.[34]

조선시대 사법 제도가 매우 치밀하게 이루어졌음은 잘 알려진 바이다. 위의 인용문에서도 잘 보여주듯이 사형을 구형하는데 따른 절차가 꽤 엄격하다. 이러한 사실을 감안했을 때 사건 자체에 접근할 수 있는 권한이 필요한 것이다. 의금부 도사, 별순검, 포도청 관리, 겸사복, 형조참의 등 벼슬을 가진 사람들이 사건해결자인 경우가 대부분인 이유이기도 하다. 조선시대가 주요 배경이다 보니 시대적 한계로 인해 관리이자 남성들인 경우가 압도적이다. 사건을 수사하고 탐색하기 위한 현실적인 조건을 지닌 이들은 양반 자제이거나 의금부, 혹은 관료들이기 때문이다. 개인적으로 사건을 해결하는 김홍도나 신윤복 등도 등장하지만 이들은 대체로 개인적인 사건이나 복수를 위해 은밀히 범인을 추적하는 경우에 해당한다. 조선시대 탐정들은 그럼에도 상당히 현대적인 감각을 지닌 소유자들이다. 김진, 이명방, 채윤, 김홍도, 정약용, 허균 등이 모두 선구적인 안목과 지식을 갖추었음에 더해 타인에 대한 배려 등이 깊숙이 배어 있다. 성감수성이 상당히 높고 약자에 대한 공감 능력이 탁월하다. 양반과 관료라는 그 시대의 특징과 맞지 않는 이율배반적인 설정이긴 하지만 그럼에도 이런 인물들로 그려내는 것은 너무나 당연하게 독자들이 2000년대를

34 정명섭 · 최현곤, 『조선의 명탐정들』, 앞의 책, 223~224쪽.

살고 있다는 데 있다. 단순히 사건을 해결하는 것으로 끝나는 것이 아니라 질서를 회복함과 동시에 희생자나 범죄자에 대한 연민의 정을 품고 또 공평정대함을 바라는 현재적 지도자의 모습이 투영된 것이다.

두 번째 특징으로는 이들 탐정들이 서구의 탐정과 같이 연역적 추리와 과학적 수사로 사건을 해결한다는 점이다. 〈신주무원록〉을 중심으로 검안과 검시도 빠짐없이 진행한다.

> 김진은 사물을 논하는 데 탁월한 백탑 서생 중에서도 쉼 없이 관찰하고 남김없이 정리하기에 으뜸이었다. 아무리 마음 놓고 쉬라 해도 곰곰 궁리하며 살피고 또 살폈다. 골방쥐든 파리든 구더기든 가리지 않았다. 오랜 관찰 끝에 예리한 독론(篤論, 정확하고 믿음이 가는 논의)과 명쾌한 판단이 나오겠지만, 정작 관찰 대상이 되고 보면 목이 움츠러드는게 사실이다.(39쪽)
>
> "타살 물증은 없단 말인가? 그들 말을 전부 진실로 받아들이는 건 어리석지만, 그 모두를 거짓으로 돌릴 수도 없네."
>
> 김진이 내게 시선을 옮기며 말했다.
>
> "청전, 자넨 자꾸 물증 얘기만 하는군. 이 원을 설명할 수 있으면 물증도 찾을 수 있으이. 내게 흥미로운 부분은 남편이 죽고 2년 동안 김아영이란 여인이 보인 행적 자체일세. 남편 잃은 슬픔이야 컸겠지만 남편을 따라 자진할 뜻은 전혀 없었어. 들숨 날숨 없이 아랫사람들을 돌보고 시부모를 공경하며 하루하루 열심히 살았으니까. 그런 나날을 이어가다가 갑자기 죽었네. 이건 그 무렵 뭔가 대단한 일이 일어났음을 뜻해. (중략) 김 씨가 죽던 날을 전후하여 다른 이들 행적은 확인이 불가능해. 하나같이 부인이 죽고 나서 그 소식을 들었다고 하지만 그 주장을 뒷받침할 물증이나 증인이 없지. 향이는 달라. 향이는 틀림없이

한양으로 심부름을 갔어. 이건 상전(床廛, 한양 시전 상인)들을 수소문하면 알 수 있지. 또 그곳에서 똘이와 만난 것도 사실이야. 똘이를 보낸 사람이 누구냐 하는 물음엔 두 가지 엇갈린 답이 나왔지만, 하여튼 누군가 일부러 똘이를 도성에 보내 향이를 만나게 했어. (중략) 똘이가 한양에 간 이유는 향이가 제때 돌아오지 못하게 막기 위해서야. (중략) 적어도 향이는 김 씨를 살해하는 일에 처음부터 가담하진 않았어. 살인자들은 향이를 적성에 두고 일을 도모한 것이 아니라 한양에서 돌아오지 못하게 하는 쪽을 택했으니까."(『열녀문』 하, 61~62쪽)

"잘못된 해답들이 진실을 얻기 위해 내버려야 할 단순한 장애물이라 여기지 않고 오히려 그것을 통해서만 진실에 도달할 수가 있는데, 그 이유는 진실로 곧바로 인도하는 길은 어디에도 존재하지 않기 때문"[35]이라는 말을 위의 인용문 속 김진은 잘 알고 있는 듯 보인다. 첫 번째 인용문에서 보듯 김진은 전형적인 연역적 추리를 하는 탐정임이 작가에 의해 다시 한 번 강조된다. 두 번째 시리즈이기 때문에 첫 번째 시리즈에서 어느 정도 선보인 김진의 놀라운 추리는 이 작품에서 그 진면목이 화려하게 빛을 발한다. 이명방의 잘못된 추측과 해석을 듣고 그것을 바탕으로 김진은 다각도의 관찰과 추론으로 김아영 죽음의 실마리를 파헤친다. 그 중 위 대목은 김아영을 둘러싼 인물들의 '알리바이'에 대한 김진의 해답인 셈이다.

실존 인물인 경우 그 인물의 생애를 적극 차용하여 재미를 더한다. 많은 소설이나 드라마에서 탐정 역할의 선두주자는 바로 다산 정약용이다.

35 슬라보예 지젝, 『삐딱하게 보기』, 앞의 책, 116쪽.

정약용을 탐정으로 내세운 소설들은 그가 가지고 있는 실학자이자 과학자, 뛰어난 저술가이자 목민관으로서의 다재다능한 면을 맘껏 활용한다. 일반적인 기준으로 보았을 때는 “별나고 기이하며, 심지어 다소 어리석어 보이지만, 사실상 그는 모든 면에서 굉장히 박식하고” “통상적인 의미에서의 법을 그다지 중요하게 여기지 않는”[36] 서구의 탐정과 정약용은 흡사하다. 이는 현재의 공권력에 대한 비판과 더불어 정약용과 같은 논리적이면서도 위민과 공평함을 모두 갖춘 포청천이자 정 깊은 조선시대 홈즈와 같은 인물을 지금 대중들이 원하고 있다는 걸 잘 보여준다. “곡산부사로 있던 시절부터 미궁에 빠진 형사 사건들을 잘 해결했던 정약용은 1798년, 형조참의로 임명돼서 한양으로 올라왔다. 정조는 그에게 오랫동안 해결되지 않았던 91건의 미해결 사건들을 재조사할 것을 지시했다. 정약용은 형조의 관리들과 함께 사건들을 조사하면서 진범을 밝혀내고 억울한 누명을 쓴 사람들을 풀어줬다. 진정한 명탐정의 길을 걸은 것”[37]이라는 지적은 그야말로 지금의 역사추리소설 속 정약용과 맞아 떨어진다. 그는 90년대 역사추리소설의 첫발을 디뎠던 이인화의 『영원한 제국』에서부터 사건 해결자로 등장한 후 오세영의 『원행』에서는 동분서주하는 탐정으로 거듭난다. 이어 김상현의 『정약용 살인사건』에 이르러서는 살해 위기에 처한 정약용이 직접 그 해결책을 찾아 나서는 모습까지 연출한다. 그 와중에 유배지 강진에서 일어났던 사건을 말끔하게 처리하며 그 솜씨를 여지없이 발휘한다.

---

36 Tomas Narcejac, 『추리소설의 논리』, 앞의 책, 47쪽.

37 정명섭 · 최현곤, 『조선의 명탐정들』, 앞의 책, 204쪽.

> "내가 어제 시체를 초검했을 때, 죽은 김천귀의 목에 난 상처를 유심히 보았느니라. 그 상처는 바로 네 손이 남긴 상처이며, 그것을 대어보면 완벽하게 일치할 것이다." (중략) "처음부터 죽일 생각은 아니었지? 그냥 사고였던 것이야. 하지만 너는 김천귀의 눈알이 튀어나와 자신을 노려보는 것을 보았어. 그래서 얼른 이불로 죽은 김천귀를 덮었던 것이지. 그리고 죄를 벗고자 얕은꾀를 내어 새끼줄을 노파가 잠들어 있는 옆방에 놓고 관아로 뛰어왔던 것이야. 내가 처음에 시체를 보았을 때, 이불이 덮여 있는 것을 보고 네 놈이 범인일 것이라 짐작했느니라.(『정약용 살인사건』, 162쪽)

형조참의를 지냈던 정약용은 살인사건이 벌어졌을 때 어찌 해야 하는지를 정확하게 인지하고 있을뿐더러 범인까지도 알아내는 통찰력을 보여준다. 위의 인용문은 사건 현장이 상당히 많은 것을 말해준다는 추리소설의 원칙을 잘 따른다. 다른 사람은 무심히 보았던 사체의 상처와 이불이 덮여 있었다는 단순한 사실 하나도 놓치지 않은 모습이 그야말로 탐정임을 증명하는 관찰력이다. 거기에 더해 자신을 죽이려 했던 조택수의 음모를 파헤치고 자신을 은밀하게 감시 겸 보호했던 김판곤의 정체 역시 알아낸다. 이후 이수광과 강영수에 의해 똑같은 제목으로 『조선명탐정 정약용』이라 명명되기에 이른다. 그 외 실존인물이 탐정의 역할을 맡은 작품으로는 이정명의 『바람의 화원』의 김홍도를 꼽을 수 있다. 가상인물의 경우라 하더라도 시대적 분위기를 한껏 반영한다.

그 다음 특징으로는 여성인물과 얽히는 경우이다. 실제로 우리나라 많은 추리소설이 로맨스와 상당히 긴밀하게 연결된다. 1930년대 김내성은 에로틱하고 그로테스크한 범죄소설을 많이 선보였는데 그런 작품들은 대부분 치정에 얽힌 사연들이었고, 『마인』과 같은 대표작에서도 유불란 탐정과 범인인 은몽의 은밀한 감정이 매우 중요한 요소로 작동되었다. 이후 많은 추리소설이 그러한 경향을 띠는데, 서구의 추리소설이 탐정이 사적인 감정이나 연애로 인해 흔들리는 것을 극도로 거부하고, 특히 범인과의 로맨스는 가능한 지양했던 것과는 사뭇 다르다. 이것을 우리 추리소설의 한계로만 인식할 필요는 없다. 그것이 작품 속의 내적인 결합으로 적절하게 이루어지고 독자들이 자연스럽게 받아들였다면 우리 추리소설만의 장점으로 수용하면 되는 것이다. 역사추리소설 역시 이러한 경향에서 벗어나지 않은 작품들이 꽤 있다. 백탑파 시리즈의 탐정인 김진은 공과 사를 명확히 구분하고, 수색이나 탐색 과정에서 일체의 사사로운 감정을 드러내지 않는 서구형 탐정의 전형이다. 하지만 백탑파 시리즈의 또 다른 주인공 이명방은 아니다. 그 역시 몸을 사리지 않은 주인공이라는 점을 감안했을 때 이명방이 각 시리즈마다 중요인물들과 깊은 감정을 교류하는 점은 눈여겨볼 만하다. 이정명의 『바람의 화원』의 김홍도가 여성으로 그려진 신윤복에게 애틋한 감정을 느끼고, 『뿌리깊은 나무』에서 겸사복 채윤이 어쩌면 범인일지도 모르는 궁녀 소이에게 어쩔 줄 몰라 하는 것이 모두 그렇다. 흥미로운 것은 앞서도 지적했듯이 이들의 감정들이 상당히 현대적이라는 점이다. 이명방과 여성들과의 사랑은 신분의 차이에도 불구하고 대등할뿐더러 심지어 이용당하는 듯한 느낌까지 든다. 채윤과 소이의 미묘한 감정들도 가부장적인 시각이 아닌 현재의 젊은이들이 느끼는 감정의 교류 같은 느낌이 든다. 더구나 이후 세종에 의해 채윤과 소이가 궁을 벗어난다는 설정은 역사추리소설이 지금의 욕망을 그대로 보여준다는 것을 알 수 있다. 궁녀란 왕의 여인들이란 말처럼 다른 남성들과의 관계는 허용되지 않는 게 당시의 불문율이다. 그것을 왕 스스로 깨고 둘의 사랑을 인정한다는 것은 지금의 시각에서 이루어진 소망어린 결말이라 하지 않을 수 없다.

많은 추리소설의 범인들이 사적인 원한이나 복수에 의해 움직인다. 역사추리소설에도 그런 범죄들이 왕왕 일어난다. 그러나 의외로 중요 작품들에서 사건은 정치적 음모나 술수에 의해 이루어지는 경우가 비일비재하다. 이 경우 표면적으로 범죄를 저지르는 사람과 그를 뒤에서 조종하는 배후 인물이 따로 존재한다. 즉 살인을 저지르고 피해자를 궁지로 몰아넣는 인물은 대부분 사주를 받거나 아니면 배후자의 지시에 의해 자행하는 경우가 태반이다. 배후자는 상당한 실권자들인 모양새다. 그 권력자들은 심지어 왕과도 맞선다. 김탁환의 백탑파 시리즈나 이정명의 『뿌리깊은 나무』, 오세영의 『원행』, 김상현의 『정약용 살인사건』 등이 특히 그렇다. 『원행』은 아예 직접적으로 왕을 시해하기 위한 시도가 감행되기도 해 간담을 서늘하게 한다. 더불어 많은 범죄들은 그야말로 추리소설답게 연쇄살인이 압도적이다. 백탑파 시리즈는 대부분 연쇄살인이 벌어지고 이정명과 김다은의 소설도 그렇다. 이들 범죄는 사실상 일반 추리소설과 다르지 않게 치밀하게 계획되고 어떻게 범행이 자행되었는지가 쉽게 드러나지 않는다. 미스터리 추리소설의 범죄 양상을 띤다고 할 수 있다. 여기서 탐정의 진가가 드러난다. 우선 표면화된 근거들을 중심으로 물증을 잡고 여러 가지 정황과 추론을 통해 심증을 굳힌다. 그리고 혐의자들이라 예견되는 인물들의 알리바이를 잡으면서 서서히 범인의 실체에 접근한다. 탐정은 동시에 은폐된 진실이 무엇인지에도 천착한다. 이 탐색의 서사를 통해 범죄의 서사를 밝혀내는 것이 바로 추리소설을 읽는 가장 큰 재미라 할 것이다.

밝힌 바대로 역사추리소설 속 탐정들은 논리적이고 합리적인 수사를 하지만 상처되는 면모를 지니고 있다는 또 하나의 공통점이 있다. 이들은 사건과 어떤 식으로 얽혀 있고, 그 자신이 어떤 부분에서는 피해자인 경우도 종종 발생한다. 따라서 그들에게 사건의 실체에 접근한다는 것은 범죄의 이면, 즉 진실이라는 무거운 운명과 대면하는 쉽지 않은 상황으로 이어진다. 차라리 모르는 것이 더 나았을지도 모르는 불편한 진실들을 마주하기 위해서는 용기와 결단력이 필요하다. 김진이 백탑파 시리즈 마지막에 이 모든 살인들이 어쩌면 왕과 관련되어 있고, 사실은 그 배후일지도 모른다는 사실을 알았을 때와 같은 경우가 특히 그렇다. 이런 경우가 극대화되는 것은 주인공 탐정이 1인칭으로 나왔을 때이다. 추리소설이 1인칭인 경우 그 화자는 대부분 탐정의 보조자가 맡는다. 탐정의 감정이나 내적 번민이 중요한 것이 아니라 1인칭 관찰자 시점을 통해 탐정의 진술, 즉 누가 범인이고, 왜, 어떻게 범죄가 일어나게 됐는가를 치밀하게 재구성하는 것을 독자와 함께 경탄하는 구조로 진행된다. 탐정과 보조자, 혹은 의뢰인과 주고받는 대화들, 간결하고 명쾌한 추리, 사건의 본질을 꿰뚫는 탁월한 안목과 통찰력 등을 말이다. 그에 비해 역사추리소설의 시점은 다채롭다. 김탁환의 백탑파 시리즈는 1인칭 관찰자 시점인 듯 보이지만 이명방 역시 주인공으로 사건에 직접적으로 관여해 동분서주 분주하게 모험을 하게 되면서 상당히 많은 감정을 토로하고 고민한다. 『뿌리깊은 나무』의 주인공 채윤은 1인칭 주인공이자 탐정이다. 채윤은 그야말로 번뇌로 몸부림치는 주인공이다. 학사들의 죽음을 파헤치면서 주변의 인물들, 소이, 가리온에 더해 심지어 왕까지 의심해야 되는 상황에 황망해 하고 허둥댄다. 끊임없이 방해를 놓는 악의 세력에 맞서는 것 역시 두려움과 공포 그 자체이다. 이는 이인화의 『영원한 제국』 속 이인몽과 흡사하다. 그 역시 갖은 어려움과 추적, 심지어 목숨까지 위협받으면서 사건의 실체에 접근해 가지만 마지막에는 그것마저 여의치 않아 결말마저 흐지부지되고 마는 지경에 이른다. 이인몽의 탐색의 서사는 독자에게 괴로움을 안길 정도로 치열하다. 채윤의 어려움은 그 정도는 아니지만 그럼에도 독자들은 정공법으로 수사를 진행하고 두려움에 굴하지 않는, 겉으로는 약해보이지만 강단이 있는 주인공을 응원하게 된다. 이처럼 다채로운 시점의 변화는 김다은의 경우에 와서는 더욱 극대화된다. 주고받는 편지로 인해 독자들은 뚜렷한 탐정을 인지하긴 어렵지만 구중궁궐 속 여인들, 왕비나 빈들뿐 아니라 그림자와 같은 존재인 궁녀들의 내밀한 고민들과 살인에 얽힌 흑막을 차차 알게 된다.

이렇듯 역사추리소설 속 탐정들의 공통점을 정리해보면 남성 관료들이란 점, 연연적 추리와 수사, 과학적인 사건조사를 벌인다는 것 등이다. 여성인물들과 묘한 감정적 교류를 나누기도 한다. 범인들은 주로 권력을 지닌 실세들에 의해 움직이고 연쇄살인이 주로 벌어진다. 더불어 탐정들은 완벽하기보다 고뇌하고 좌절하는, 즉 감정을 속이지 않은 인물들이기도 하다.

그렇다면 이러한 탐정과 사건들을 통해 역사추리소설은 무엇을 이야기하고 싶었는지를 새삼 짚어볼 필요가 있다. 추리소설이란 범인이 누구인지 탐정에 의해 밝혀지게 마련이고 단죄 받게 되어 있다. 더구나 역사추리소설인 경우, 고대사가 아니라면 일어난 사실을 바꾸는 것은 거의 불가능하다. 따라서 가상의 사건과 인물을 등장시켰다 하더라도 결과가 어찌되었다는 사실은 이미 우리가 알고 있는 셈이다. 왕을 위협하고 시해하려 했지만 종국엔 그 무리는 처단되었다는 사실을 통해 역사추리소설은 무엇을 드러내고 싶었는지에 초점을 맞출 필요가 생긴다. 권력자들에 의한 음모들은 어느 시절이든 모순과 갈등이 있었음을 상기시킨다. 아무리 대왕의 시절이라 불리던 때라도 그 안에는 많은 알력과 투쟁이 있었고, 그러한 내용들이 꼭 문제적이지만은 않았다는 것도 다시 한 번 일깨운다.

세종이 집현전을 만들어 우리글을 만들 때에 반대했던 여러 유학자들의 의견들이 지금의 우리가 보았을 때는 사대주의적이고 권위주의적이라고 느낄 수밖에 없지만, 당시로 보았을 때는 그것이 어찌 보면 평범하거나 현실적이라고 할 수 있을지 모른다. 세종이 한글을 만들고 자주적 문물을 만들기 위해 힘썼지만 중국에 대해서는 낮은 자세를 유지하고 눈치를 보았다는 사실은 그다지 널리 알려져 있지 않다. 겉으로는 중국에 예의를 갖춰 사신을 맞이하고 조공을 바치는 등 심기를 건드리지 않았지만, 또 한편으로는 '우리' 것에 대한 인식을 견지했던 그야말로 영리하기 짝이 없던 왕이었다. 따라서 이러한 논쟁과 갈등을 통해 그 시절의 모순뿐 아니라 현재의 갈등과 해결책을 새롭게 강구할 수 있는 길라잡이 역할까지 가늠해 볼 수 있다. 이보다 더 중요한 것은 이 모든 균열에도 불구하고 그들마저 품으며 시대에 빛을 주었던 선각자들에 대한 경외심일 터이다. 살인 사건이라는 극적인 범죄를 통해 역사추리소설은 역사의 한 단면을 선명하고도 새롭게 조감하는 것이다. 이런 범죄들과 범인들이기에 대부분의 탐정들은 사건을 해결하고도 명쾌하고 산뜻한 기분을 지니기는 다소 힘들다. 범인을 잡고 사건을 무마했지만 그야말로 봉합에 불과한 경우가 많기 때문에 앞으로의 일에 대한 염려와 성찰이 따르게 마련이다. "탐정의 존재 그 자체가 비합법적인 진행순서를 합법적인 순서로 변형시키는 것, 다시 말해 '정상상태 normality'의 재확립을 보장"[38]해주는 것처럼 질서는 돌아왔고 역사의 시계바늘은 우리가 알고 있는 대로 흘러갈 것임을 한 번 확인하고 있는 것이다.

총 네 가지로 압축한 2000년대 역사추리소설의 특징을 보다 세부적으로 면밀하게 살펴보았다. 이렇게 역사추리소설은 기존의 역사소설과도 추리소설과도 비슷하면서도 다른 면모를 띤 새로운 특징의 장르임이 확인되었다. 새로운 시대에 돌파구를 마련했다는 의미도 적지 않다 하겠다. 그럼에도 2000년대 후반으로 갈수록 장르의 틀을 깨고 새로움을 추구하는 경향이 적어지는 양상이다. 2010년대로 들어서면 역사추리소설은 앞서 언급한 특성들을 자기 복제하거나 재생산하고 있다는 회의와 의심이 들기도 한다. 추리소설이라는 장르적 속성에 대한 새로운 접근과 역사에 대한 치열한 자기반성이 보다 절실해지는 것은 아마도 그러한 한계점을 인식했기 때문일 터이다. 2010년대 역사추리소설은 2000년대의 특징을 공유하면서도 나름의 타개책을 모색하는 중으로 보인다. VI장은 그런 노력들을 기울인 2010년대로 가보려 한다.

---

38 슬라보예 지젝, 『삐딱하게 보기』, 앞의 책, 123쪽.

VI.

2010년대 이후의 역사추리소설

1. 작품과 경향

2010년대로 들어서도 역사의 대중화 물결은 뚜렷하다. 최태성 등의 많은 역사 강사가 스타 반열에 올랐고 유튜브나 방송에서도 역사와 예능을 버무린 콘텐츠들이 즐비하다. EBS의 〈역사채널〉, KBS 〈역사의 라이벌 및 한국사전〉, 〈역사스페셜〉, 2013년부터 시작된 〈역사저널 그 날〉 등이 대표적이다. 역사추리소설의 영향으로 나온 대중서들도 흥미롭다. 실제로 추리소설을 쓰기도 하는 정명섭과 최역곤은 '세종대왕부터 이름 없는 서흥부사까지, 조선시대를 풍미한 실제 명탐정들의 사건 기록집'이라는 부제를 달고 『조선의 명탐정들』이란 책을 만들어내기도 하였다. 이 책은 세종, 연산군, 정조 등이 해결한 사건에서부터 이순, 정약용, 황현 등과 같이 잘 알려진 조선시대 선비들이 활약했던 다양한 사건들을 망라해 외국의 탐정들과 비교하고 있다. 고영진 등의 『조선시대사』(푸른역사, 2015), 오영선 등의 『알기 쉽게 통으로 쓴 한국사』 1~5(시공주니어, 2015) 등 역사서들도 꾸준히 나오고 있다. 이들은 시청자나 독자의 눈높이에 맞춘 용어와 개념 사용, 다양한 접근법, 흥미와 재미를 동시에 선사하는 토크 쇼 등의 방식을 활용해 역사란 충분히 재미있다는 것을 보여주었다. 이들 방송은 다시 책으로 엮어져 그 인기를 이어가기도 한다.

이런 분위기 속에서 2010년 이후의 역사추리소설은 여전히 활발히 창작되고 읽히고 있다. 그럼에도 다양하고 자유로운 상상력을 보여주는 데에는 다소 주춤하고 있는 듯한 분위기이다. 2000년대와 같이 여전히 조선시대가 주요배경이고 그 중 정조와 정약용은 중요한 키워드이다. 이수광의 『조선명탐정 정약용』, 강영수의 『조선명탐정 정약용』은 심지어 제목마저 같다. 이주호의 『사도세자 암살 미스터리 3일』은 사도세자 주변을 둘러싼 암살과 그를 풀어가는 사도세자의 추적과 심적 고통을 그린 작품이다. 김탁환은 한동안 내놓지 않았던 백탑파 시리즈의 인물들인 이명방과 김진을 내세워 2014년에 있었던 세월호 사건을 오버랩 시킨 『목격자들』을 내놓기도 했다. 이외에 이상우의 『김종서는 누가 죽였나』, 김진명의 『신 황태자비 납치사건』, 이수광의 『대왕 김춘수』, 조완선의 『천년을 훔치다』, 『비취록』, 『걸작의 탄생』 등이 있다. 이들은 2000년대 이후의 작품들과 그 특징들을 대부분 공유한다. 그리고 김탁환을 비롯 정명섭, 한동진, 김재희 등은 자신들의 캐릭터를 활용하여 시리즈물을 계속 내고 있는 점이 눈에 띈다.

물론 신선한 바람도 조금씩 불고 있다. 패러디가 섞인 역사추리소설의 등장이다. 이들은 보다 분방한 상상력으로 역사 보다는 추리에 더 방점을 찍어 소설의 형식을 완성시키고 거기에 패러디라는 요소까지 첨가한다. 셜록 홈즈와 왓슨을 일제시대 '설홍주'와 중국인 한의사 '왕도손'으로 변형시킨『경성탐정록』은 등장인물의 이름만큼이나 미스터리 추리소설을 표방하고 있다. 그럼에도 당대 나약한 지식인과 예술가들, 신흥 자본세력, 독립운동과 같은 시대적 배경과 장치들을 충분히 활용해 새로운 유형의 추리소설을 선보이려 노력했다. 문제는 설홍주가 기존의 셜록 홈즈와 구분되는 독특한 개성이 없고, 사건 전개나 추리 역시 코난 도일을 따르고 있어, 셜록 홈즈의 패러디나 오마주(hommage)를 넘어서지 못했다는 한계를 지닌다. 눈여겨 볼 작품으로는 김재희의『경성탐정이상』과 윤해환의『홈즈가 보낸 편지』가 있다.[1] 두 작품은 한동안 쏟아졌던 역사추리소설의 자장 안에 있으나 동시에 그것을 벗어나기 위한 시도로 패러디를 선택했다는 점에서 변모양상을 조심스럽게 타진해 볼 수 있는 텍스트들이기도 하다. 2절에서는 김재희와 윤해환의 작품을 중심으로 2010년대 경향을 좀 더 깊이 있게 살펴볼 것이다.

2. 패러디를 통한 영역 확대

2.1 추리소설과 패러디

스마트폰으로 대변되는 새로운 네트워크와 인간의 상상력을 뛰어넘는 기술의 발전은 우리의 많은 것들을 변하게 한다. 특히 소셜 네트워크

1 김재희,『경성탐정이상』, 시공사, 2012. 윤해환,『홈즈가 보낸 편지』, 노블마인, 2012. 각 작품의 인용시 쪽수만을 밝힌다.

(Social network)로 명명되는 다양한 미디어와 관계망은 정치, 사회, 문화의 저변을 흔들고 있다. 디지털 세대로도 불리는 이들이 주도하는 블로그, 싸이질, 댓글, 펌, 아햏햏, 뽀샵질, 유시시, 온라인 카페와 클럽, 인증샷 등은 새로운 놀이의 소재들이자 문화정치의 공작소[2]이기도 하다. 이들에게 정치나 사회적 이슈 역시 문화이자 놀이인 것이다. 그 놀이 중 하나가 패러디(parody)이다. 그들의 패러디는 선거와 같은 정치 영역부터 포스터, 영화, 드라마, 웹툰, 노래 등등 분야를 가리지 않는다. 패러디는 그들에게 자신을 표현하는 하나의 미디어인 셈이다. 패러디란 예술의 영역, 즉 문학, 회화, 음악 등에 주로 사용되었지만 이제는 그 범위를 가리지 않고 광범위하게 활용되고 있는 디지털 세대의 표현도구이다.

김재희의 『경성탐정이상』과 윤해환의 『홈즈가 보낸 편지』는 그러한 패러디의 자장 안에 녹아 있는 상상력의 일환이다. 두 작품 모두 배경이 1930년대라는 것도 의미심장하다. 이는 우리나라 추리소설이 첫발을 디뎠던 시대이기도 하고, 두 소설에 패러디로 삼고 있는 대상이 이상이나 박태원, 또 김내성이기 때문이다. 패러디란 기법이나 내용의 성공 여부도 중요하지만 그에 못지않게 그것을 받아들이는 독자가 패러디하고 있는 원텍스트나 대상을 잘 알고 있어야 한다는 전제가 깔려 있다. "패러디의 독자는 종전의 단순한 관찰자나 수동적인 존재가 아니라 일종의 공동작가로서 작품의 창작과정에 참여하게 된"[3]다는 의견처럼 독자의 역할은 패러디 텍스트에서 간과할 수 없다. 이는 곧 우리 역사추리소설이

2 이광석, 「디지털 세대와 쇼셜 미디어 문화정치」, 〈동향과 전망〉 84, 2012.2, 103쪽.

3 정끝별, 『패러디 시학』, 문학세계사, 1997, 72쪽.

패러디를 자유자재로 활용할 정도로 기반이 다져졌다는 의미이고, 1930년대라는 시기에 대한 제반 연구들과 독서들이 일정 부분 이루어졌다는 자신감의 표출이기도 하다. 최근 독자들의 패러디에 익숙한 문화적 환경 등도 이러한 텍스트의 출현과 무관하지 않으리라 여긴다.

흥미로운 점은 잠시 뒤에 명확히 밝혀지겠지만, 패러디한 내용이나 형식이 여전히 르블랑(Le Blanc)과 코난 도일(Conan Doyle)의 작품에 기대고 있다는 점이다. 1930년대 우리나라 장편추리소설의 신기원을 보여주었던 김내성의 『마인』이나 그 외 작품들 역시 두 작가에게 상당 부분 기대고 있다. 심지어 김내성이 만들어낸 탐정인 유불란(劉不亂)은 르블랑을 패러디한 이름이기도 하다. 그렇다면 이러한 김내성의 작품을 패러디한 윤해환의 작품이나 코난 도일의 셜록 홈즈와 왓슨 박사의 관계 및 전형적인 미스터리 추리소설의 형식을 패러디한 김재희의 작품은 중층의 패러디가 이루어진 셈이다. 이렇게 몇 겹의 패러디를 선보이고 있는 두 작품에 대한 분석은 1930년대부터 많은 영향을 받은 외국 추리소설에 대한 패러디의 긴 맥락을 짚는 것 뿐 아니라 여전히 그러한 작가와 작품이 패러디되는 이유까지를 파헤치는 작업이 되리라 여긴다. 이는 우리 역사추리소설의 새로운 가능성에 대한 진단과 더불어 한계를 살펴보는 데도 의미가 있으리라 본다.

2.2 패러디란 무엇인가

패러디란 아주 큰 범주로 접근하자면 원텍스트가 있는 상태에서 그 내용에 대해 의도적인 풍자, 조롱, 왜곡 혹은 변형 등을 통해 새로운 텍스트를 만들려는 모든 행위 전반을 가리킨다. 패러디는 '대응노래(counter-song)'를 뜻하는 희랍어 명사인 'paradia'가 그 어원이다. 많은 이론가들이 접두사인 'para'의 의미 중 '대응하는(counter)/맞서는(against)'에 초점을 맞추는 데 반해 몇몇 눈에 띠는 이론가들은 다른 시각을 제공한다. 바흐친의 경우 패러디를 '모든 반복과 답습'으로 보고 있다. 반복(repetition)이란 선례와 선행을 뒤따르는 행위이다. 따라서 반복이라는 행위는 모델을 가지기 마련이며 반복의 대상에는 당연히 선행하는 문체, 문학적 규범, 목소리, 기법, 제재, 관습(convention), 인물과 명명법 등이 포함된다.[4] 그렇다면 바흐친에게 패러디는 특정한 문학 행위라기보다 대부분의 문학 행위에서 이루어지는 상호 영향관계까지 아우를 수 있는 개념이다. 린다 허천은 패러디의 의미를 조롱하거나 우습게 만들려는 의도를 지닌 것 뿐 아니라 일치와 친밀성에도 눈을 돌려 조롱의 개념을 포함할 필요가 없는 "아이러닉한 '초맥락성(trans-contextualization)'과 전도(顚倒, inversion)에 있어서 차이를 가진 반복"[5]으로 확대한다. 패러디는 때로는 존경심에 찬 태도로 재맥락화(recontextualize)하고, 통합하고, 관행을 재구성하려 한 것임을 우리에게 일깨우기 위한 것이라는 주장도 따라서 같은 맥락이다. 린다 허천의 논의는 러시아 형식주의자의 아이러니(irony)와 낯설게 하기 등의 이론들과 바흐친의 다성성, 대화성과 연관된 패러디 이론,[6] 줄리아 크리스테바

---

4 한용환, 『소설학 사전』, 문예출판사, 1999, 472쪽.

5 Linda Hutcheon, 김상구 · 윤여복 역, 『패러디 이론』, 문예출판사, 1998, 57쪽.

6 바흐친은 패러디는 패러디되는 언어를 하나의 진정한 총체로 재창조해야 하며, 그것이 자기 자신의 내적 논리를 가진 언어로서, 자신과 밀접하게 연관된 고유의 세계를 드러낼 수 있다는 사실을 인정해주어야 한다고 언급했다. 소설에서 혼성과 대화, 다성성을 주장한 바흐친에게 패러디란 그것들을 적극적으로 보여준 하나의 양식이었던 셈이다

(Julia Kristeva)의 상호텍스트성(intertextuality) 등에 영향을 받았다. 이들은 모두 패러디가 문학 양식의 하나임을 인정했고, 그것이 부정적인 형식이 아니라 긍정적이고 창조적인 하나의 문학 형식임을 여러 모로 입증하였다. 두 작품에 대한 분석 역시 패러디가 가진 긍정적인 측면에 초점을 맞추되 부정적인 부분도 놓치지 않고 진행할 것이다. "패러디가 가진 동일성과 차이의 관계 속에서 양자는 연속성과 단절성, 반복과 이탈, 답습과 위반, 추수와 전복, 모방과 창조, 부정과 긍정, 경멸과 경의 등의 다양한 의미를 함축"[7]하고 있듯이 두 소설에 구현된 패러디 양식을 다성적으로 살펴볼 것이다. 더불어 원텍스트에 대한 패러디스트의 태도에 따라 모방적, 비판적, 혼성모방적 패러디로 나눠볼 수 있는데 두 소설의 태도를 점검하는 과정도 요구된다.[8] 물론 우리소설에 구사된 패러디의 특징 역시 감안하여 탄력적으로 이론을 적용하려 한다.

우리 문학에서 보여준 패러디 양상은 의외로 넓다. 많은 작가들이 패러디를 시도했고, 이에 관한 연구들도 어느 정도 진척된 상황이다. 특히 1990년대 들어 포스트모더니즘 논의가 활발해지면서 패러디 소설이 문

(Mikkail.M.Bakhtin, 전승희 · 서경희 · 박유미 역, 『장편소설과 민중언어』, 창작과 비평사, 1998, 187쪽).

7 이승준, 「한국 패러디 소설의 새로운 가능성—이순원의 「말을 찾아서」와 김영하의 『아랑은 왜』를 중심으로」, 〈국제어문〉 40, 2008.8, 77쪽.

8 이 세 가지 구분은 정끝별의 논의를 참고로 진행할 것이다. 정끝별은 여러 논자들의 이론을 정리하여 패러디를 원텍스트의 권위와 규범을 계승하려는 '모방적 패러디', 원텍스트의 권위와 규범을 문제시하는 '비판적 패러디', 원텍스트의 권위와 규범, 그 자체가 불가능하다고 가정하는 '혼성모방적 패러디' 등으로 나누고 있다. 이 각각의 내용에 관해서는 이 책과 더불어 작품의 특성에 맞추어 적용하려 한다(정끝별, 『패러디 시학』, 앞의 책, 69~70쪽 정리).

단의 화두로 떠올랐고, 관심도 높아졌다. 그에 따라 본격적인 패러디 관련 연구가 이루어졌다. 연구의 첫출발은 주로 고소설과 현대소설과의 관련성에 초점을 맞춘 것들이 많다. 김현실과 다른 연구자들이 참여한 『한국 패러디 소설 연구』는 고전의 이야기들이 현대문학에 어떻게 수용되고 변환되었으며 어떠한 가능성을 보여주었는가를 살핀다.[9] 패러디 소설이 지닌 서사구조나 인물구성, 초점화와 서술 양상 등을 치밀하게 파고든 이미란[10]의 연구와 주제별로 패러디 양상을 살펴본 송경빈[11]의 작업들은 패러디 연구가 점점 세부적이고 보다 전문화되고 있음을 보여준 것들이라 하겠다. 패러디의 개념에 대한 이론적 천착을 중심으로 현대시사에 전반적으로 드러난 패러디 양상을 살피고 있는 정끝별[12]의 논의는 비록 다른 장르이지만 많은 시사점을 던져준다.

2000년대 들어 패러디 관련 연구들은 기존의 연구들을 토대삼아 새롭게 나오고 있는 근래 작들에 집중하고 있는 경향이다. 오태호와 이승준은 김영하의 『아랑은 왜』 외에 각기 다른 작품을 다루고 있다. 오태호는 김영하의 소설을 현재적 전용과 재해석이라는 측면에서 바라보았고, 황석영의 『심청』을 21세기 담론을 향한 새로운 전용으로 해석하며 패러디

9 처용이나 흥부·놀부 이야기, 「허생전」, 「춘향전」과 같은 민담, 전설, 고소설 등이 채만식이나 최인훈 등에 의해 어떻게 거듭나고 있는가를 분석한 연구들이다. 장양수는 고소설을 패러디한 소설 외에도 김승옥의 「서울, 1964년 겨울」을 패러디한 전진우의 「서울 1964년 겨울」과 같이 현대소설에 나타난 패러디 양상을 전반적으로 훑고 있어 의미가 깊다(장양수, 『한국 패러디소설 연구』, 1997, 이외문화사). 김현실 외, 『한국 패러디 소설 연구』, 1996, 국학자료원.

10 이미란, 『한국 현대소설과 패러디』, 1999, 국학자료원.

11 송경빈, 『패러디와 현대소설의 세계』, 1999, 국학자료원.

12 정끝별, 『패러디시학』, 앞의 책.

소설이 하나의 장르적 개념으로 설정되기 위해서는 현재적 문제의식이 보다 첨예하게 원작을 향해 놓여있어야 한다고 지적하였다.[13] 김영하의 작품을 삼중 혹은 사중의 패러디로 보는 등 패러디의 문학적 효과를 다양한 층위에서 본다면 충분히 창조적인 양식이라 주장하는 이승준의 논의도 있다.[14]

이렇게 간헐적으로 전개된 연구들은 고소설과의 관계에 많은 부분 치중해 있고, 작가 역시 최인훈이나 황석영, 김영하 등에 몰려 있는 것도 사실이다. 따라서 이 절은 기존 논의들을 충분히 참고하여 역사추리소설 속에 나타난 패러디 양상을 살펴볼 것이다. 따라서 여기서는 패러디와 역사추리소설이라는 두 가지 층위에서 김재희와 윤해환의 소설을 세심하게 살펴볼 것이다.

2.3 경성의 탐정, 이상(李箱)으로 구현된 현재적 욕망

김재희의 『경성탐정이상』은 제목부터 역사추리소설임을 표방한다. 경성의 탐정, 그런데 그 탐정은 1930년대의 천재 시인이자 소설가인 이상이다. 이상의 작품과 삶은 그 전에도 여러 작품과 영화에 등장한다.[15] 이는 그의 기이한 행적과 미심쩍은 죽음 및 난해한 작품이 주는 특별함에

13 오태호, 「한국 패러디 소설의 현재성 고찰: 고전 담론의 현재적 전용—김영하의 ≪아랑은 왜≫, 황석영의 ≪심청≫을 중심으로」, 〈한국언어문화〉 27, 2005.6.

14 이승준, 「한국 패러디 소설의 새로운 가능성—이순원의 「말을 찾아서」와 김영하의 『아랑은 왜』를 중심으로」, 앞의 논문.

15 김연수의 『꾿빠이, 이상』(문학동네, 2001)이 소설로는 대표적이다. 영화로는 〈금홍아, 금홍아〉(김유진 감독, 1995)나 〈건축무한육면각체의 비밀〉(유상욱 감독, 1999) 등이 있다.

기인한다. 이상은 김재희에 의해 탐정으로 호출되기에 이른다. 암호와 같은 그의 시와 총독부 건축부 기사였던 이력은 이 소설에 아주 주효하게 작용한다. 시인이자 건축가, 즉 문학과 과학의 결합체로 근대적 탐정의 맞춤인 셈이다.

> "교수님께서 기다리는 친구 분은 혹여 물건을 찾아달라는 용건이 있으신 분 아닙니까?"
> 남자의 눈이 휘둥그레졌다.
> "제 직업과 찾아온 이유를 어떻게 대번에 알아맞히셨습니까?"
> "손가락 사이에 묻은 분필과 소매부리가 낡은 모양새를 보니 분명 교직에 계시는 분일 거라고 생각했습니다. 거친 흑판에 소매가 닳았겠지요. 그것도 소학교나 고보가 아닌 대학교일 거라고 생각됩니다." (중략)
> "안절부절못하는 모습을 보니 분명 사람이나 물건을 찾고 계신 듯합니다. 허나 무언가를 찾을 때의 절실함이나 괴로움이 엿보이지는 않으니 직접적인 관계가 있으신 분은 아닌 듯 보입니다. 더구나 친구가 올 때까지 기다리는 것을 보니 무언가를 잃어버린 분은 그분이실 확률이 높고요. 또한 그분은 잃어버린 것을 찾기 위해서 함부로 나설 수가 없는, 사회적 위치가 있으신 분이겠죠. 그렇기 때문에 오늘 이 후진 다방에 나타나지 않을 것 같아 불안하신 거고요."(205~206쪽)

위의 인용문은 3화 '간송 전형필의 의뢰'의 첫부분이다. 사건을 의뢰하러 온 고유섭에게 이상은 탐정으로서의 능력을 과시한다. 이상은 전형적인 미스터리(Mystery) 추리소설의 조선식 홈즈로 패러디된다. 단짝 문우

박태원은 왓슨과 같이 이 소설의 서술자이자 보조자로 패러디된다. 이상의 맞수인 류자작 역시 홈즈의 적이었던 모라이티 백작을 연상시킨다. 소설은 '사건의 의뢰 혹은 발생(주로 살인사건) – 탐정의 수색, 추리, 증거 수집 등 탐색의 과정 – 진실의 공표'라는 미스터리 추리소설의 구성을 잘 따르고 있다. 이상의 사건 해결 역시 홈즈식 추리가 많은 부분 패러디된다. 앞선 인용문은 홈즈의 놀라운 가추법을 고스란히 재현한다.

> "이 분은 예전에 손을 사용하는 일에 종사한 적이 있었고, 코담배를 좋아하지. 그리고 프리메이슨 회원이야. 중국에 다녀 온 적도 있고, 최근에는 상당히 많은 양의 글을 쓴 듯하네. 내가 확실하게 말할 수 있는 건 이 정도고 나머지는 잘 모르겠어."
>
> 깜짝 놀란 윌슨은 의자에서 벌떡 일어나 검지로 신문을 누른 채 홈즈를 바라보았다.
>
> "홈즈 씨! 그걸 어떻게 아셨습니까? 제가 손을 사용하는 직업을 가지고 있었다는 걸 어떻게? 저는 처음 배를 만드는 일을 직업으로 삼었었습니다."
>
> "손을 보고 알았어요. 오른손이 왼손보다 훨씬 더 크지 않습니까? 오른손을 많이 사용하는 일을 했기 때문에 왼손보다 오른손에 근육이 더 생긴 거죠."
>
> "그렇군요. 그럼 코담배는? 그리고 프리메이슨 회원인 건 또 어떻게 아셨습니까?"
>
> "그것을 일일이 설명하면 당신에게 폐가 될 테니 생략하도록 하지요. 게다가 당신은 프리메이슨의 엄격한 규칙을 깨고 원호와 컴퍼스로 만든 부장 배지를 가슴에 달고 있으니까요."[16]

코난 도일의 대표작 「빨강 머리 연맹」의 한 부분이다. 앞선 이상의 가추법이 홈즈의 전형적인 방식을 패러디했음이 쉽게 확인된다. 물론 이러한 가추법이 꼭 코난 도일만의 방식이라 보기는 어렵다. 추리소설의 창시자인 에드거 앨런 포(Edgar Allan Poe)부터 적극적으로 활용된 가추법은 이후 많은 추리소설에 사용된다. 재미있게도 의뢰인이 탐정을 처음 만나는 장면에 가추법과 추리가 큰 빛을 발한다. 독자나 범인보다 지적인 문제 해결 능력이 앞선다는 것을 선보임으로써 주인공인 탐정이 충분히 사건을 해결하고 승리를 거둘 수 있음을 예고한다. 코난 도일의 경우 홈즈를 통해 이를 더욱 정착시켰고, 김재희 또한 그것을 적극 활용한다. 그렇기 때문에 이는 패러디라기보다는 추리소설의 전형적인 사건 의뢰의 한 장면에 해당된다고도 볼 수 있다. 그럼에도 고유섭과 이상의 대화를 보며 대부분의 독자가 코난 도일의 작품을 떠올린다면 "낯선 것(혁신적인 것)과 익숙한 것(관습적인 것 또는 전통적인 것) 사이의 균형을 유지"[17]하는 패러디의 속성을 보여주는 것이라 하지 않을 수 없다. 런던 베이커 거리 221B의 하숙집에 홈즈가 기거하듯이 이상은 자신과 금홍이 경영하는 다방 '제비'에서 의뢰인들을 마주한다. 독자는 탐정과 의뢰인 사이가 주는 익숙함과 1930년대 조선, 그것도 이상이라는 천재 시인이 주는 묘한 낯섦 사이의 긴장감을 유지하며 새로운 텍스트의 의미를 찾아낸다.

그러나 해독자와 텍스트 간의 상호텍스트적 관계를 제한한다는 데 덧붙여, 패

---

16 Conan Doyle, 박현석 역, 「빨강 머리 연맹」, 『홈즈단편베스트걸작선』 17, 동해출판, 2006, 53~54쪽.

17 Patrica Waugh, 김상구 역, 『메타픽션』, 열음사, 1989, 27쪽.

러디는 추정된 기호부여자(encoder)의 의도와 기호학적 능력을 가정할 것을 요구한다. 그러므로 나의 패러디에 관한 이론은 해독자와 텍스트를 모두 포함한다는 점에서 상호텍스트적이지만, 텍스트의 생산과 수용의 맥락은 보다 광범위하다.[18]

린다 허천의 주장과 같이 해독자, 즉 독자는 패러디 텍스트에 매우 중요한 요소이고, 상호텍스트성에 있어서도 보다 차별화된 개념을 획득하는데 기여한다. 상호텍스트성은 일반 작품들 간에도 이루어지지만 패러디의 경우 이 상호적인 영향 관계는 더욱 뚜렷해진다. 『경성탐정이상』은 7화 모두 독립적이기도 하지만 식민지 시절이라는 배경 아래 조선인과 일본인의 갈등과 적대감이 작품 전체에 깔려 있고, 그 중심에 류자작이 서 있다. 류 자작은 2화 '류 다마치 자작과 심령사진'부터 등장하는데 이후 몇몇 사건의 배후 인물로 지목되고 마지막 화인 '이상의 데드마스크'에서는 이상과 최후의 대결을 벌이는 인물이다. 홈즈의 숙적 모리어티 교수는 유럽 최고의 두뇌 혹은 한 세기를 풍미한 비상한 두뇌의 소유자로 홈즈로부터 지적으로 동등한 적수로 인정받기까지 한 존재이다. 범죄계의 나폴레옹인 모리어티 교수를 처단하기 위해 홈즈는 폭포에서 결투를 벌이지만 둘 다 사라진다(「마지막 사건」). 류자작은 작품 전체에 걸쳐 이상과 대적하지만 보다 음험하고 신비스러운 인물로 그려진다. "황실과 연관돼 있고 막대한 재산을 지녔다는 (중략) 깊게 들어간 눈 밑으로 음영이 진 얼굴에서는 약간 솟아오른 광대뼈가 유일하게 생동감이 있어 보이

18 Linda Hutcheon, 『패러디 이론』, 앞의 책, 63쪽.

는"(122~123쪽) 류자작은 자신의 혈통을 이용해 무시무시한 음모를 꾸민다. 이상은 류자작을 막기 위해 목숨을 걸고 동경에 가게 된다. 이상의 저 유명한 동경 행은 이제 민족을 위한 거사로 돌변한다. 박태원은 이상의 죽음에 수상함을 느껴 동경으로 건너가 그 행적을 추적한다. 의문만을 가득 안고 조선으로 돌아가던 구보 앞에 죽었다고 믿었던 이상이 등장한다. 구보는 이상에게 사건의 전말을 듣게 된다.

> 자작이 막대한 자금과 자신이 조선과 일본의 양대 황실의 혈통을 이어받았다는 충격적인 사실을 증명할 문서를 지닌다면 그는 천하무적이 되네. 일본의 황실 대가 끊긴다면 그가 일본의 천황이 되고, 또한 무서운 집념으로 정권을 손안에 넣을지도 모른다네. 구보 난 자네에게 류 다마치 자작을 내 손으로 잡고 싶다는 암시를 주었네.(527쪽)

류자작을 저지하기 위한 이상의 행동은 탐정에서 영웅으로, 나아가 애국자로 거듭난다. 그러나 급작스레 나타난 류자작과 이상은 몸싸움 끝에 현해탄 검은 바다로 사라져버린다. 선행텍스트를 재편집, 재구성하여 전도시키고 초맥락화 함에 발생하는 '차이와 반복'의 규명이 이제 독자들에게 넘어간다. 홈즈 대 모리어티 교수와 이상 대 류자작과의 관계는 유사성을 넘어 한국과 일본과의 관계로 확대되어, 새로운 차원으로 끌어올려 진다. 최근의 역사추리소설이 찬란했던 과거를 재현하거나 현재적 욕망을 소급하는데 주력했듯이 탐정 이상의 영웅적 행위에 김재희 역시 공을 들인다. 범죄자에 대한 정의로운 단죄를 넘어 일본 제국주의의 상징인 류자작을 끈질기게 추적, 처단함으로 당시에는 엄두도 낼 수 없었던 복수와 전복의 기쁨을 독자에게 선사하다. 물론 이와 같이 민족주의적 색채를 노골적으로 드러내며 최근 일본과의 풀리지 않은 외교문제나 과거사를 보상하려는 협의 자체를 부인하기는 힘들다. 분명히 경계해야 할 부분이지만 대중소설이 지닌 감정이입과 보상심리, 놀라움 등의 속성이나 시대적 욕망을 고려한다면 긍정적인 일면도 분명 크다. 또한 작가가 굳이 1930년대라는 식민지를 선택한 지점 역시 이러한 부분을 의식했기 때문이라 해석한다면 더욱 그렇다.

여기에 『경성탐정 이상』은 도시화가 시작된 경성의 근대적 풍경이 빚어내는 1930년대를 세심하게 재현한다. 당대 유행했던 '에로 그로 넌센스'라든지 모보. 모걸(모던 보이, 모던 걸의 줄임말)들의 생활상을 적절히 섞어, 그 당시 있을 법한, 혹은 실제로 있었던 사건들을 다룬다. 또한 이상과 구보 외에도 실존했던 인물들의 등장으로 역사적인 사실들을 상기시킨다. 우리 미술품을 지키기 위해 힘썼던 간송 전형필이 등장, 문화재에 대한 경각심을 불러일으키거나 심지어 명성황후가 살아있을지도 모른다는 충격적인 내용까지 펼쳐진다. 그 외에도 나비연구가였던 석주명 박사와 자전거의 명수였던 엄복동 등이 등장해 식민지 시절 우리네 생활상과 사회상을 여러 사건들과 촘촘하게 엮어나간다.

김재희의 『경성탐정이상』은 홈즈를 패러디한 이상을 호출한다. 이는 두 가지 양면적인 해석이 가능하다. 하나는 김내성 이후로 지속되어 온 미스터리 추리소설에 대한 우리나라 독자들의 애착이다. 또 하나는 여전히 외국의 전형을 패러디 할 수밖에 없는 한계이다. 김재희의 작품 이전에도 한동진에 의해 홈즈는 패러디되었다. 너무나도 잘 알려진 코난 도일의 작품을 패러디한다는 것은 기존 작품이 주는 친숙함에 기대기에 장르적 속성이나 매력을 안정적으로 보장받는다는 장점이 존재한다. 동시에 원텍스트와의 비교 역시 감당해야 할 몫이다. 『경성탐정이상』은 코난 도일의 작품 속 인물과 적수와의 대결 및 가추법과 다양한 추리 방법 등과 같은 형식적 특징을 상당 부분 패러디했지만, 공간과 시대의 변화에 맞춰 '차이'와 '단절'을 추구하였고, 원텍스트에 대한 풍자나 조롱보다는 그것을 재해석하고 재구성하는데 무게중심을 실었다. 즉 원텍스트의 권위와 규범을 문제시하거나 거부하기보다는 계승하는 '모방적'패러디에 가깝다고 할 수 있다.

2.4 김내성 패러디, 자신감의 표출

『경성탐정이상』이 홈즈를 자꾸 떠올리게 하는 상상력의 산물이라면 윤해환의 『홈즈가 보낸 편지』는 또 다른 패러디와 모방을 선보인다. 이 소설의 탐정은 바로 김내성이다. 1930년대 일천했던 우리 문단에 추리소설이라는 비밀병기를 들고 나타난 김내성이야말로 그 시대 유일하게 자타가 인정하던 추리소설가이지 않던가. 그는 소설에서 어렸을 적 진실을 찾기 위해 추리소설가가 되고, 마침내 사건을 밝혀내며 탐정으로 거듭난다.

『홈즈가 보낸 편지』는 김내성의 고향인 평양 대동강변을 배경으로 시작된다. 1919년 3월 1일 만세사건에서 자신을 구해준 청년을 찾던 어린 내성은 자신을 홈즈의 조수였던 카트라이더라고 소개하는 외국 소년을 만난다. 김내성의 삶에 대한 패러디와 허구, 실제를 마구 뒤섞은 소설 속 첫 장면은 3.1운동 당시의 정황을 회고한 김내성의 수필 「3.1運動과 나의 少年時節(平壤 南門通의 追憶)」(『민성』, 1950.3)에 기반을 둔다. 여기에 코난 도일의 「바스커빌의 개」에 등장하는 소년인 카트라이더가 등장한다.[19] 실존했던 김내성과 소설 속 인물이 섞이며 묘한 긴장감을 유발한다. 더 짜릿한 것은 김내성의 실제 모습에 작가가 밝혔듯이 일본 만화 주인공으로도 유명한 간다이치 고스케(우리나라에서는 「소년탐정 김전일」이란 제목으로 출간되었다)와 셜록 홈즈의 모습이 중첩되어 있다는 점이다. 허구와 역사적 사실을 교묘하게 배합하여 작가는 새로운 재미를 이끌어낸다. "내성이 머리를 북북 긁다 자리에 주저앉았다. 양손을 세워 삼각형 모양으로 만들고 잠시 바라보는가 싶더니 벌떡 일어나 더벅머리에 억지로 모자를 눌러쓰며 말했다"와 같은 장면은 이를 대변한다.

이 소설은 이후 김내성 삶의 궤적을 크게 벗어나지 않는 수준에서 '널다리골 살인 사건'을 둘러싼 사건과 카트라이더(이후 카트로 명명)와의 만남, 헤어짐, 해결로 전개된다. 정식 명칭이 '평양중앙교회'인 널다리골 교회는 기독교 대부흥운동인 '백만구령운동'의 모태가 된 역사적인 장소이기도 하다. 소설 전체를 관통하는 '널다리골 살인 사건'은 이 소설의 도입부부터 카트와의 만남을 유도하는 계기가 된다. 이 사건은 널다리골 교회 안에서 벌어진 철성의 죽음이다. 철성은 삼일운동 당시 내성의 목숨을 구한 은인이기도 하다. 이들에게 단서는 방갓을 쓴 여자 두 명 뿐이다. 용의자는 교회 안에 있었던 지현과 자애이지만 그마저도 확실치 않다. 더구나 지현은 카트가 내성에게 거짓말을 했음을 넌지시 흘린다. 여

19 작가는 소설의 첫 장면이 김내성의 수필을 고스란히 가져왔다는 점과 카트라이드가 셜록 홈즈 시리즈에 등장하는 인물이라는 것을 미주를 통해 자세히 밝히고 있다. 김내성의 수필은 전문이 그대로 옮겨져 있다. 그 외에도 필요한 부분은 "모른다고 본문을 읽는 데 딱히 큰 문제는 없지만 안 읽으면 섭섭할 매우 편협하고 사적인 주석들"이란 소개로 설명되어 있다.

기에 만세사건의 주모자를 찾기 위해 몰려든 일본인 경찰 때문에 내성과 카트는 다음을 기약하고 헤어지지만 카트는 대동강변의 나루터에 더 이상 나오지 않으면서 사건은 미궁 속에 빠져든다.

김내성은 1934년 일본으로 건너가 와세다 대학 법학부에 입학한다. 대학에 다니던 중 1935년 일본잡지 〈프로필〉에 일본어로 쓴 「타원형의 거울」로 등단한다. 그리고 1936년 귀국한다. 김내성의 전기적 사실과 결부되어 소설 속 내성도 일본으로 유학을 가게 되고 거기서 절친한 일본인 친구 쥬니치로와의 우정 및 내성의 탐정취미나 소설에 탐닉하는 성향 등이 자연스럽게 이어진다. 그러면서 쥬니치로의 형 이치로의 사진관에서 일하던 도무라 실종사건과 여학생 유리코와의 관계 등을 밝혀내며 탐정으로써의 자질을 뽐낸다. 내성이 추리소설가로서만이 아니라 직접 탐정이 되어 자신의 소설 속 유불란(劉不亂)과 같이 활약한다는 설정은 사실과 상치되면서도 충분한 개연성을 띄어 흥미롭다. 소설 속 내성이 해결한 사건들은 연역적 사고와 정황 증거에 따른 추리가 대부분이다. 홈즈 식 추리에 가깝다는 말이다. 1930년대 김내성 추리소설이 탐정 유불란을 등장시킨 『마인』이나 「가상범인」 혹은 데뷔작 「타원형의 거울」 역시 미스터리 추리소설에 가까운 것과 흡사하다. 범죄 추리소설에 비해 미스터리 추리소설은 "독자와 작가, 그리고 사건 조사자와 범인 사이의 진정한 '지적 게임'이 성립"[20]하는데, 윤해환의 소설 역시 그러한 지적 게임을 독자와 함께 벌여나간다. 우리나라 추리소설이 범죄 추리소설에 가깝지만 미스터리 추리소설이 가지고 있는 수수께끼 풀이나 홈즈와 같이 명쾌

20 졸고, 『1930년대 한국 추리소설 연구』, 앞의 책, 272쪽.

하고 지적인 탐정을 추구하는 바에 따라 이 소설도 충실하게 그 양상을 따른다. 내성이 해결한 첫 번째 사건에서 자신을 "조선 최초의 정탐소설가가 될 예정"이라 소개하며 도무라와 유리코의 관계를 추리하고 상상해내는 과정은 그 첫 번째 증좌이기도 하다.

> "(생략) 일본인들은 웬만큼 친한 사이가 아니면 서로 이름을 부르지 않습니다. 한데 도무라 군은 미도리, 유리코, 벚꽃이라 적었어요. 이말은 즉, 당신이 유리코 양과 친밀한 사이가 아닐까 싶더군요. (중략) 교정을 빠져나와 두 분이 사라진 우에노 공원으로 향하였지요. 그리고 깨달았습니다. 미도리 여학원과 우에노 공원, 사진관이 꽤나 가깝다는 사실을.(145~146쪽)

거기에 더해 내성의 탐정으로서의 활약은 '하드보일드형 탐정'과 같이 몸을 직접 부딪치며 위험을 감수하는 모습까지 불사하는데, 서대문형무소에 갇혀있던 김근섭을 무사히 탈출시킨 사건 등의 에피소드들이 바로 그것이다. 이렇게 내성의 탐정으로써의 능력은 서서히 발휘되고 움직이는 활동형으로 변화한다. 일본에 유학해 다양한 일본 추리소설을 읽고, 여러 사건을 파헤치는 내성 스스로의 노력과 카트와 홈즈의 편지 등의 도움으로 어릴 적 자신의 가장 큰 숙제였던 사건을 해결해 나간다는 점은 소설의 전개방식과도 일치해 형식적 묘미도 자아낸다. 내성이 아무런 고민이나 시행착오 없이 완벽한 탐정으로서의 역할을 하는 것이 아니라 추리소설가나 탐정으로써의 역할에 대한 고민 등이 어우러져 한편의 성장서사로도 재미를 이끌어내고 있다. 또한 1930년대 우리나라 추리소설의 주춧돌인 김내성을 통해 우리 추리소설이 어떤 식으로 형성되었는지와 3.1운동 당시의 상황을 간접적으로 그려 비록 식민지 시절이었지만 내부적인 노력에 의해 현재의 모습이 이루어졌음을 넌지시 보여준다.

여기서 가장 흥미로운 점은 김내성의 소설 또한 패러디되었다는 점이다. 김내성의 등단작인 「타원형의 거울」뿐만 아니라 『마인』 등, 그의 대표작에 많은 부분이 패러디되었고, 몇몇 사건을 해결하는 과정은 김내성 소설에 사용되었던 트릭과 기법들로 산재해있다. 패러디가 가장 빛을 발한 지점은 널다리골 살인사건을 김내성의 「타원형의 거울」에 나왔던 그대로, 현상공모를 통해 범인을 찾아내는 것이다.

> 이 유명한 살인사건은 여러분도 잘 아시는 바와 같이 지금으로부터 10년 전 평양 한 모퉁이에서 일어난 잔혹한 살인극으로서 아직까지 누구가 진정한 범인이며 또 어떠한 방법으로 살해하였는지 이러한 문제가 해결되지 못한 채 남아 있습니다.
>
> 추리소설 애독자는 다시 말할 것도 없거니와 소위 명수사관이라 자칭하는 제씨 및 강호 일반의 성의 있는 응모를 절망하오며 모집규정과 살인사건의 내용은 다음을 참고하십시오.
>
> 모집규정 –
> 문제 – (A) 범인은 누구인고?
> (B) 살인 동기는 무엇인고?
> (C) 살인 방법은 어떠한고?(김내성, 「타원형의 거울」)

살인 해답 현상공모

십칠 년 전에 일어난 살인사건으로 여적 밤이면 잠 못 드는 제씨(諸氏)를 위하여 실제로 일어났던 살인사건의 해답을 모집합니다.

모집 규정

문제

* 범인은 누구일꼬?
* 어째서 범인은 양장에 방갓을 쓰고 나갔다가 한복으로 갈아입고 교회로 돌아왔는가?
* 어째서 범인은 이렇듯 복잡한 과정을 거쳐 살인사건을 저질렀을까? 왜 이철성을 죽여 방갓 안에 넣었을까? (『홈즈가 보낸 편지』, 287쪽)

위 인용문에 잘 드러나 있듯 윤해환은 김내성의 작품을 고스란히 패러디하고 있다. 「타원형의 거울」은 현상공모와 함께 사건 현장의 그림도 상세히 그려 놓았는데, 이 작품도 살인사건이 일어나게 된 정황과 교회 지도 및 세탁실 전개도까지 집어넣어 문제를 낸다. 두 작품 모두 현상공모에 당첨된 편지를 통해 해결의 중요한 실마리를 찾는다. 이처럼 패러디를 통한 텍스트 상호성을 윤해환은 잘 따르고 있다. "텍스트를 생산하고 수용하는 생산자와 수용자들이 다른 텍스트의 지식을 이용하고 활용하는 모든 방식을 의미"[21]함과 동시에 텍스트상호성이 텍스트의 유형론과 관계된다는 점을 고려해봤을 때 더욱 그렇다. 더구나 두 작품 모두 밀

21 이석규, 「텍스트성」, 『텍스트분석의 실제』, 역락, 2003, 80~81쪽.

실살인에 가까운 상황으로 이른 점은 단순히 패러디로서가 아니라 추리 소설이 가진 재미와 흥미를 함께 이끌어냈다는 점에서 주목된다. 이처럼 「타원형의 거울」을 고스란히 패러디한 널다리골 살인사건의 해결 과정은 김내성 소설에 대한 존경어린 재맥락화이다. 「타원형의 거울」의 해결 과정은 치밀한 트릭과 "여러 대안들을 가늠해 보는 것은 개연성(probability)의 견지에서 비교해 볼 수 있어야 할 뿐만 아니라 가능성(possibility)의 견지에서도 설명할 수 있어야 하는 문제"[22]까지 앞뒤 오차 없이 정확하게 맞아떨어진다. 윤해환은 김내성 작품이 가지고 있는 월등함에 기대면서도 한 발 더 나아가 홈즈의 편지를 등장시켜 기존 텍스트에 대한 패러디의 기대치에서 한 발 벗어난다. 김내성 소설의 독자라면 가지고 있을 기대치를 넘어 보다 확장된 텍스트를 만들어낸 것이다. 그러면서 여전히 우리나라에서 독보적인 지위를 차지하는 홈즈 캐릭터를 적극적으로 활용하여 "다른 텍스트에서 발췌한 여러 언표들이 텍스트 공간에서 서로 교차하고 중성화"[23]되면서 나름의 새로운 역사추리소설을 한편 만들어 낸 것이다.

2.5 가능성과 시도의 발판

간접적이든 직접적이든 패러디는 문학에서 늘 이루어지는 행위이다. 그럼에도 우리 문학, 특히 소설에는 그 양상이 두드러지거나 많은 논의

22 Marcello Truzzi, 「응용 사회심리학자 셜록 홈즈」, 『논리와 추리의 기호학』, 앞의 책, 187쪽(졸고, 『1930년대 한국 추리소설 연구』, 앞의 책, 267쪽 재인용).

23 Julia Kristeva, 서민원 역, 『세미오티케—기호분석론』, 동문선, 2005, 69쪽.

가 있었던 것은 아니다. 이 절은 최근 역사추리소설을 중심으로 조금씩 선보이고 있는 패러디 양상을 분석해보았다. 2000년대 이후 본격적인 추리소설이 아니더라도 추리서사를 바탕으로 전개해 간 소설들이 현격하게 많아지고 있는 와중에 우리의 작가들과 작품을 패러디한 역사추리소설의 등장은 우선 그 시도 자체로 상당히 의욕적이다. 김재희의 『경성탐정이상』은 탐정의 대명사인 홈즈와 왓슨 박사를 패러디한 경성의 탐정 이상과 조수 박태원을 내세워 미스터리 추리소설로의 형식도 겸비한다. 이는 두 가지 양면적인 해석을 불러온다. 너무나도 잘 알려진 코난 도일의 작품을 패러디한다는 것은 기존 작품이 주는 친숙함에 기대기에 장르적 속성이나 매력을 안정적으로 보장받는다는 장점이 존재한다. 동시에 그러기에 원텍스트와의 비교 역시 감당해야 할 몫이다. 『경성탐정이상』은 코난 도일의 작품 속 인물과 적수와의 대결 및 가추법과 다양한 추리방법 등 형식적 특징을 상당 부분 패러디했지만, 공간과 시대의 변화에 맞춰 '차이'와 '단절'을 추구하였고, 원텍스트에 대한 풍자나 조롱보다는 재해석하고 재구성하는데 무게중심을 실었다. 그럼에도 원작이 지닌 테두리를 크게 벗어나지 못했다는 한계와 패러디가 주는 유희와 전복적인 의미 역시 그다지 살리지는 못한 것은 간과할 수 없는 부분이다. 최근 인터넷을 중심으로 일고 있는 패러디는 많은 부분 절묘할 정도의 신선한 반전을 꾀하는 특징을 보인다. 이 작품 역시 이상을 홈즈와 같은 탐정으로 설정하였다는 것 자체가 매우 신선한 발상임에도 비틀기나 전복적인 측면에는 뚜렷하지 못한 것도 사실이다. 그럼에도 김재희 작품은 여전히 제대로 풀리지 않은 일본과의 관계 및 식민지 시절이 줄 수밖에 없는 치욕스러움을 상당 부분 어루만져주고 있고, 모방과 창조를 적절히 버무려 새로운 영역을 개척하였음은 분명하다. 기존 우리 추리소설이 외국 추리소설에 상당 부분 기대고 있음에도 그것을 감추기 위해 급급했다면 김재희의 작품은 아예 패러디라는 문학적 양식을 과감하게 이용하였다는 점 역시 놓쳐서는 안 될 의의라 여긴다.

윤해환의 『홈즈로부터 온 편지』는 제목에서 홈즈를 내세우고는 있지만 김내성의 소설을 적극적으로 패러디하면서 우리나라 추리소설에 대한 자부심을 보여주고 있다. 이는 패러디되는 대상인 김내성과 작품이 추리소설에 관심이 있는 독자라면 충분히 알 수 있을 것이라는 확신과 더불어 알지 못한다 하더라도 새롭게 인지시킬 수 있는 좋은 기회로 삼았음에 분명하다. 따라서 이 소설은 몇 가지 한계에도 불구하고 우리 추리소설가와 작품을 적극적으로 패러디할 만큼 추리소설이 성장했음을 보여주는 한 증거이기도 하다. 물론 가장 핵심적인 사건이 홈즈의 편지에 의해 힌트를 얻은 점이나 그 힌트마저 애매한, 또 그 단서의 풀이로 내성이나 카트가 애를 먹고 결국 김내성의 소설처럼 범인의 자백 아닌 자백에 의해 진범을 잡는 점 등은 지적 게임을 중요시하는 추리소설에선 결함이 아닐 수 없다. 또한 이 소설의 전체적인 내용과 패러디, 또 주인공의 이름마저 내성이라는 점을 감안한다면 제목에서 김내성을 드러낼 수 있는 무언가가 필요했음은 당연하다. 그럼에도 작가가 김내성이라는 우리의 걸출한 추리소설가를 내세우지 못하고 홈즈를 제목으로 뽑았다는 사실은 뼈아프다. 더구나 내성을 앞세워 패러디가 지닌 풍자와 통쾌한 "비평적 거리를 가진 반복"[24]으로 강한 흡인력을 선보인 전개부분이

24 Linda Hutcheon, 『패러디이론』, 앞의 책, 36쪽.

뒤로 가면서 사건을 해결하고 정리하는 데 주력하다보니 단순한 '모방적' 패러디로 흐르는 듯해 아쉽다.

두 소설은 결론적으로 비판적이거나 혼성모방적인 패러디의 면모보다는 '모방적 패러디'가 지닌 "원텍스트와의 이데올로기적 승인, 내적 발화의 친화를 토대로 이루어지기 때문에 원텍스트의 계승 혹은 의미 확장에 주력"[25] 할 수 밖에 없었다. 그러다보니 패러디가 지닌 다양한 저항이나 풍자, 새로움 등에는 아무래도 소홀해진 점은 있다. 그렇지만 최근 그 진폭이 점점 넓어지고 있는 역사추리소설의 영역이나 내용을 확장하고 있다는 점이나 우리 근대추리소설의 족적을 남기고 있는 김내성의 작품과 생애가 패러디되었다는 것 등은 상당히 고무적이다. 정통적인 미스터리 추리소설이나 역사추리소설이 2010년대 이후 다소 답보상태에 빠진 점들을 고려한다면 패러디라는 형식적 돌파구를 통해 보다 확장된 영역을 마련한다는 점에서도 두 소설의 출현은 충분히 긍정적이라 하겠다.

3. 앞으로의 전망

추리소설이란 무엇인가. 대중문학이자 장르문학의 대표 격이라 할 수 있다. 그렇다면 우리는 왜 추리소설을 보는 것일까. 여러 가지 이유가 있겠지만 아마도 많은 독자들이 추리소설을 선택하는 이유는 어떤 이유에서 범죄가 일어났고, 그것을 탐정 혹은 주인공이 얼마나 지적으로 뛰어

25 정끝별, 『패러디 시학』, 앞의 책, 69쪽.

나게 혹은 몸을 던져가며 알아내고, 드디어 모든 사람들 앞에서 "범인은 바로 너야" 외치면서 조목조목 그 이유를 밝힐 때의 쾌감을 느끼기 위해서가 아닐까 싶다. 악은 결국 파헤쳐지고 벌을 받을 것이라는 권선징악에 대한 안심과 한편으로 살인이나 폭력에 대한 대리만족, 아니면 대리복수와 같은 보다 어두운 인간의 충동을 인정하고 다스리는 역할까지 맡는다고 하면 과장일까. 그렇다면 우리 독자들은 언제부터 추리소설을 즐기기 시작했을까 좀 더 근원을 살펴보면 아마도 1920년대 소위 근대문학이 태동함과 동시라고 해도 과언이 아니다. 조선시대 송사소설부터 신소설에 이르기까지 추리소설의 기원을 우리의 문학사에서 찾아보는 것 역시 의미 있는 일이긴 하다. 그럼에도 '추리소설 십계명'과 같은 법칙들과 탐정이라는 확고한 주인공의 등장은 역시나 물 건너 온 모습으로의 추리소설임에 분명하다. 그러기에 추리소설은 우리에게 상당히 익숙하다. 어린 시절 읽었던 수많은 셜록 홈즈와 뤼팽 시리즈에 더불어 에가사 크리스티나 조금 더 나아가 대실 헤밋이나 007시리즈와 같은 스파이소설까지 모두가 추리소설의 테두리에서 벗어나질 않는다. 번역물만 보았던 것은 아니다. 1920년대 방정환의 「동생을 차즈러」나 「칠칠단의 모험」에서 시작된 우리 어린 시절의 꼬마탐정은 어떤 식으로든지 이어졌고 지금까지도 아동, 청소년 문학의 단골손님으로 탐정들이 활약한다. 1930년대 김내성으로 비롯된 우리 추리소설의 역사도 만만치는 않다는 것은 II장에서 익히 살펴본 바대로다. 모든 소설이 마찬가지이듯 추리소설 역시 시대의 변화에 반응한다. 외국에서 건너 온 추리소설이지만 우리 땅에서 우리 문학이 자라나듯 우리의 추리소설도 이제 번듯하게 100년이라는 세월을 건너 온 셈이다. 그렇다면 당연히 우리만의 추리소설의 흐름이 있을 것이고 이 책 역시 그것의 일환인 것은 읽어 온 바대로다.

2000년대 역사추리소설은 기존 추리소설의 한 영역이다. 아니 역사소설의 한 영역이다. 어디에 초점을 두느냐에 따라 달라질 수 있겠지만 당연히 쉽게 답할 수 있는 문제는 아니다. 분명한 것은 I장에서 밝혔듯이 형식상으로는 추리소설인 것이고 내용상으로 역사소설에 가깝다고 하는 것이 보다 수월하게 역사추리소설을 이해하는 방식이지 않을까 한다. 또 그 안에는 팩션이라는 조금은 색을 달리하는 영역도 분명 존재하기에 그렇다. 지금까지 살펴본 대로 역사추리소설은 90년대 달라진 문화, 문학, 역사관 등에 의해 만들어졌고, 2000년대 상당한 양의 작품이 쏟아지며 많은 관심을 받았다. 그것은 단지 수적인 물량으로만이 아니라 드라마, 영화로도 만들어지면서 독자들에게 역사란 무엇이고, 어떤 해석을 내려야 하는가에 대한 성찰과 물음을 이끌어내기도 하였다는 측면에서 중요하다. 더구나 그것이 추리소설이라는 매력적인 장르적 성격을 띠면서 나름의 특성을 잡아갔고 기존의 추리소설과는 분명 다른 면모를 보였다.

이 책은 1930년대부터 1980년대까지 우리나라의 역사소설과 추리소설의 흐름을 살펴보면서 두 장르가 어떤 식의 발전과 변화 과정을 거쳤는지 그 맥을 짚었고, 그를 바탕으로 1990년대 달라진 상황을 면밀하게 들여다보았다. 이는 2000년대를 이해하기 위한 기본 바탕이기도 하고 1990년대 시작된 역동적인 문화 사회상의 변화를 통해 보다 탄력적인 이해를 하기 위해서이기도 하다. 살펴본 바대로 1990년대 이인화의 『영원한 제국』을 시작으로 역사추리소설의 첫 장이 써졌고 이후 그야말로 물밀 듯이 작품들이 쏟아졌다. IV장은 그 중 김탁환, 이정명, 오세영, 김다은 작품을 중심으로 역사추리소설의 내용과 형식을 보다 깊숙이 파헤쳐보았다. V장은 이 네 작가의 작품을 중심으로 하여 여러 역사추리소설들을 합해 그 공통점을 찾는데 주력하였다. 정조와 세종 시절이 주요 배경으로 등장했던 여러 원인과 이유들을 살펴보았고, 그것이 바로 민족주의적 경향을 보인다는 지점에 포착하였다. 아울러 조선시대 생활사와 미시사를 바탕으로 우리 조상들의 일상과 생활 습속을 속속들이 보여주며 우리의 머리와 눈을 즐겁게 하였고 새로운 정보를 얻어간다는 지적 쾌감까지 선사하였음을 알 수 있었다. 추리소설이라는 형식에서 보여주는 탐정과 범인의 지적 게임이 어떤 식으로 이루어졌고, 범행들은 대부분 정치적인 음모나 권력을 향한 도전과 삐뚤어진 욕망이었음을 엿보았다. 역사 속 탐정의 모습으로 그려진 인물들이 양반이자 주로 남성이었다는 점과 더불어 그들의 겉모습과는 다르게 현대적이고 상당히 올바른 정치의식과 타인에 대한 공감과 배려가 뛰어난 인물이 대부분이었다는 점도 흥미로웠다. 정약용, 허균, 김홍도 등이 소설 속에 탐정으로 호출되기도 하였는데, 그 중 정약용의 활약은 단연 돋보였고 뛰어났고 그의 삶과 맞닿아 있는 부분이 많아 리얼리티에 힘을 싣기도 좋았다.

이렇게 살펴본 바대로 2000년대를 주름잡았던 역사추리소설은 2010년대 이후로도 많은 작품들이 선보이고 있고, 현재진행형으로 나름의 장르로 자리매김하고 있다. 그럼에도 최근의 역사추리소설은 다소 소강국면으로 접어든 듯하다. 이제까지 보여주었던 여러 가지 특징과 색다름이 더 이상 특별함으로 다가오지 못하고 그 특징들이 답습되고 있는 것 같은 답답함을 보이는 것이 사실이다. 2010년대로 접어들면서 역사추리소설은 위에서 살펴본 『경성탐정 이상』 시리즈나 『경성탐정록』 시리즈 등을 양산하며 나름의 활로를 개척하고 있는데 이것이 아이러니하게도 역사추리소설을 매너리즘에 빠지게 하고 있어 문제적이다. 시리즈물은 아무래도 범죄와 그것을 풀어가는 방식을 만들어내야 하며 대부분 하나의 긴 호흡을 지닌 장편소설보다는 간단한 범죄와 해결식으로 전개되는 단편의 모음들이 대다수다. 그러다보니 이러한 단편들은 미스터리 추리소설로 흐르기가 십상이고, 그 안에 깊숙한 시대적 고민과 성찰의 농도가 얕아진다는 인상을 지울 수 없다. 정약용이 탐정으로 등장하는 소설들도 이제 그 효력이 다한 듯하다. 아무래도 실존 인물이다 보니까 계속해서 같은 인물이 탐정의 역할을 맡는다는 한계에 다다른 것 아닌가 싶다. 그래서 역사 속 다른 인물들이 속속들이 호출되고 있다. 위에서 살펴본 『경성탐정 이상』의 이상이나 『홈즈가 보낸 편지』의 김내성, 이정명의 『별을 스치는 바람』 속 윤동주과 같은 식민지 시기의 인물들 뿐 아니라 조완선의 『걸작의 탄생』 속 허균과 박지원, 임종욱의 『죽는 자는 누구인가: 유배탐정 김만중과 열 개의 사건』의 김만중 등이 그렇다. 정명섭은 여자탐정을 내세운 『유품정리사』를 선보이기도 했다. 각 소설 마다 개성적인 면모를 뽐내기는 하지만 그전과 같은 파급력과 흡입력은 모두 부족한 상황이다. 이 작품들 역시 V장에서 정리한 특징들을 대부분 공유하고 있다. 시대적인 배경들은 보다 넓어지고 나름의 형식적, 내용적 개성들은 분명히 존재하지만 2000년대 역사추리소설에 비해 크게 달라진 것은 없다고 하겠다. 역사추리소설은 역사라는 무궁무진한 소재를 안고 접근하는 소설이다. 그렇기 때문에 운명과 시대에 맞장 뜨는 용기 있고 합리적이면서도 시대에 부응하는 탐정이 등장한다면 독자들의 가슴은 언제고 뛸 준비는 되어있다.

200년이 넘은 세월을 뛰어넘고 셜록 홈즈는 여전히 현재진행형으로 사랑받고 있다. 세계에는 수많은 셜로키언과 홈지언 등과 같은 열혈 독자들이 존재하고 다양한 콘텐츠들이 끊임없이 만들어지고 있다. 최근에 방영된 영국 BBC 방송의 드라마 〈셜록〉은 선풍적인 인기를 끌었고 우리나라에도 적지 않은 영향을 끼쳤다. 영화로도 제작되어 여러 나라 극장에 걸렸고 주연배우 역시 세계적으로 유명세를 날렸다. 우리에게 이러한 셜록 홈즈와 같은 탐정이 없다는 한탄은 이제 별 소용없는 넋두리다. 아마도 셜록 홈즈를 뛰어넘는 탐정은 완벽하게 다른 장르에서나 나올 콘텐츠이기 때문이다. 중요한 것은 그런 인물이 없는 것에 한탄과 비난이 아니라 우리만의 특성과 새로움을 발굴하는 것일 터이다. 이런 소망들과 결합하고 그 외 살펴본 여러 가지 내외적 조건으로 2000년대 역사추리소설이 우리 앞에 나타났던 것이다. 고갈되어버린 매력은 역사와 추리에 성실하게 뛰어드는 작품에서 나오게 마련이다. 그 어떤 장르보다 풍부하면서도 근대적인 상상력과 시대의 욕망에 충실한 역사추리소설은 충분히 세련되고 성공적이다. 이 장르는 2000년대 독자들을 매료시켰고 그 신선함과 새로움으로 다른 콘텐츠로 뻗어 나가기도 하였다. 그렇다면 우리만의 이 소중하고 특색 있는 장르에 좀 더 불을 지펴 다시 활활 타오르게 하는 시기가 지금이 아닐까 싶다. 보다 중요한 것은 빼어난 작품이란 장르적 속성에 구애받지 않고 진지한 성찰과 꾸준한 노력 속에서 피어나는 것임을 되새기며 이 긴 글을 마치려 한다.

오혜진(1972~)
중앙대학교 국문과를 졸업했고, 이후 몇 군데 직장을 거쳐 나머지 공부한다는 마음으로 동대학원 국문과에 발을 디뎠다. 2002년 겨울에 「김승옥론: 내면의식과 작품의 변모 양상을 중심으로」로 석사학위를, 2008년 여름에 「1930년대 한국 추리소설 연구」로 박사학위를 받았다. 박사학위논문은 같은 제목으로 어문학사에서 2009년 책으로 출간되었다. 추리서사와 대중문학에 관심이 많아 그 쪽 방면의 논문을 주로 쓰고 있고, 2013년에는 몇 편을 모아 『대중, 비속한 취미 '추리'에 빠지다』(소명출판)를 세상에 내놓았다. 그 외 소설에 대한 서평모음집인 독서에세이 『소설과 수다떨기』(교평, 2012)도 선보인 바 있다. 2017~2019년까지는 〈고교독서평설〉에 매달 소설에 관한 평설을 썼다. 현재 남서울대 교양학부 교수로 재직 중이며 글쓰기와 문학 관련 강의를 하고 있다.

시대와의 감흥, 역사추리소설

초판 1쇄 발행 2021년 9월 3일
초판 2쇄 발행 2022년 10월 17일

지은이 오혜진

펴낸이 이대현

책임편집 강윤경 | **편집** 이태곤 권분옥 임애정

디자인 안혜진 최선주 이경진 | **마케팅** 박태훈 안현진

펴낸곳 도서출판 역락 | **등록** 1999년 4월 19일 제303-2002-000014호

주소 서울시 서초구 동광로46길 6-6 문창빌딩 2층(우06589)

전화 02-3409-2060(편집부), 2058(영업부) | **팩스** 02-3409-2059

전자우편 youkrack@hanmail.net | **홈페이지** www.youkrackbooks.com

ISBN 979-11-6742-037-4 93810

정가는 뒤표지에 있습니다.
잘못된 책은 바꿔 드립니다.